L'IN

Madeleine Chapsal mène, c
rière de journaliste et d'
l'équipe fondatrice de *L'Express*.
En ce qui concerne sa carrière littéraire, elle a notamment publié : Aux éditions Grasset : *Une femme en exil, Un homme infidèle, Envoyez la petite musique..., La Maison de jade.* Aux éditions Fayard : *Adieu l'amour, La Chair de la robe, Une saison de feuilles, Le Retour du bonheur, Si aimée, si seule, On attend les enfants, Mère et Filles, L'Inventaire, La Jalousie, Suzanne et la province, La Femme abandonnée, Oser écrire, Ce que m'a appris Françoise Dolto, Une femme heureuse, Une soudaine solitude, Le Foulard bleu, Les amis sont de passage, Paroles d'amoureuse, La Femme en moi, L'Embellisseur, Jeu de femme, Divine passion, Dans la tempête, Nos jours heureux, J'ai toujours raison !* Aux éditions Fixot : *L'Inondation*. Aux éditions Stock : *Reviens, Simone, Un bouquet de violettes, Meurtre en thalasso, Ils l'ont tuée, L'Ami chien.*
Un film a été tiré de *La Maison de jade* et des téléfilms de *Une saison de feuilles* et de *L'Inventaire*.
Madeleine Chapsal est membre du jury Femina depuis 1981.

Paru dans Le Livre de Poche :

ADIEU L'AMOUR
L'AMI CHIEN
LES AMIS SONT DE PASSAGE
LES AMOUREUX
CE QUE M'A APPRIS FRANÇOISE DOLTO
CET HOMME EST MARIÉ
DANS LA TEMPÊTE
DÉFENSE D'AIMER
DEUX FEMMES EN VUE
L'EMBELLISSEUR
LA FEMME ABANDONNÉE
LA FEMME EN MOI
LE FOULARD BLEU
L'INONDATION
L'INVENTAIRE
J'AI TOUJOURS RAISON !
LA MAISON DE JADE
JEU DE FEMME
LA MAÎTRESSE DE MON MARI
MÈRE ET FILLES
MEURTRE EN THALASSO
LA MIEUX AIMÉE
NOS JOURS HEUREUX
ON ATTEND LES ENFANTS
LE RETOUR DU BONHEUR
REVIENS SIMONE
SI AIMÉE, SI SEULE
SUZANNE ET LA PROVINCE
TROUS DE MÉMOIRE
UN BOUQUET DE VIOLETTES
UN ÉTÉ SANS TOI
UNE FEMME HEUREUSE
UNE SAISON DE FEUILLES
UNE SOUDAINE SOLITUDE

MADELEINE CHAPSAL

L'Indivision

ROMAN

FAYARD

« Ah ! l'indivision, c'est la mort. »

FRANÇOIS MITTERRAND.

(entretien avec l'auteur, le 5 octobre 1995, à Paris, publié dans *Si je vous dis le mot passion...*, Fayard, 1999)

Il va mourir et sa fille lui tient la main.

En fait, Émilienne ne se dit pas que son père s'en va, parce qu'elle n'est pas en mesure de l'imaginer. Tant qu'il y a de la vie, la mort n'est pas envisageable. Même par le personnel médical, qu'on pourrait croire lucide. Tout à l'heure, le médecin lui a dit : « On va voir comment il réagit à la cortisone, je reviendrai ce soir... » Faut-il accuser le praticien d'inconscience ?

Emmy se souvient de la petite chienne qui a léché et reléché son chiot à peine né, manifestement non viable, jusqu'à la dernière seconde. Dès qu'il a cessé de respirer, la chienne s'est immobilisée, le nez sur le petit cadavre, a reniflé une fois, puis s'est détournée. C'était fini : il n'avait plus besoin d'elle, elle n'en voulait plus. Souffrait-elle ?

Emmy ne souffre pas, pas encore ; elle n'est qu'oppressée. Sa poitrine se soulevant au même rythme, rapide, que celle de l'agonisant. Elle ne se dit pas qu'elle cherche à le retenir, à lui insuffler sa propre énergie, mais elle s'y emploie.

Ses pensées errent.

Elle pense à Giselle, sa sœur. Va-t-elle arriver à temps ? Là aussi, elle ne va pas jusqu'au bout, n'ajoute pas : « Pour recueillir avec moi le dernier souffle de Papa. » Elle pense simplement que cela la soutiendrait d'avoir sa sœur près d'elle.

Elles ont vécu si proches, si longtemps. Toute leur enfance, et même après. La naissance de Jean-Raoul, leur frère, ne les a pas séparées, au contraire ; il avait dix ans de moins que Giselle, un monde.

Et leur mère, si heureuse d'avoir un fils, comblée même, en a tout de suite fait sa chose, écartant les autres de leur couple — son mari, ses deux filles — comme s'ils avaient été des intrus.

Un rejet qui a achevé de souder les filles.

Cela va faire deux jours qu'Émilienne a prévenu Giselle qu'il serait temps qu'elle arrive. Pourquoi tarde-t-elle ? Elle n'a même pas téléphoné. À chaque voiture qui s'arrête dans la rue, Emmy pense que c'est elle. À moins qu'elle n'ait décidé de venir en train... ? Ou alors avec Jean-Raoul, prévenu lui aussi et qui, en voyage, n'est rentré en France que ce matin. Le temps de passer chez lui et d'aller chercher Giselle, ils vont arriver ; Emmy le sent, c'est une question d'heures, peut-être de minutes.

Leur père tiendra bien jusque-là. On dit que les mourants attendent leurs aimés avant de partir. Comme si le choix de l'instant dépendait d'eux... De toute façon, celui-ci n'est pas abandonné, il est avec elle, et chez lui. Est-ce ce qui lui donne cet air apaisé dans un visage blanc comme l'ivoire, mais serein ?

L'aide-soignante s'approche, jette un regard vers l'homme allongé, aux yeux clos, si immobile, puis sur sa fille à genoux près du lit, leurs mains nouées. Seul le souffle fort de l'homme, presque un râle, pas tout à fait, manifeste que la vie est encore là.

L'aide-soignante vérifie sans nécessité que l'oxygène de la bouteille arrive convenablement par le petit tuyau qui aboutit aux narines du malade. Faut-il dire le malade, l'agonisant, le partant ? Il n'y a pas de mot juste pour désigner la personne sur le point d'entreprendre le grand voyage.

Pour témoigner qu'elle compatit, la jeune femme demande à Emmy : « Vous ne voulez pas que je vous apporte quelque chose à boire ? De l'eau ? Du thé ? Un café ? »

Emmy secoue négativement la tête. Son père est incapable d'avaler ; la dernière cuillerée de liquide qu'elle a tenté de lui donner n'a pas pu pénétrer entre ses mâchoires serrées et a inondé son menton. Elle a dû l'essuyer, s'excusant de son geste vain.

Comme s'il pouvait l'entendre.

Mais on dit que les gens dans le coma continuent de percevoir les paroles qu'on prononce auprès d'eux.

Elle non plus ne peut rien absorber. Par mimétisme. Par amour.

« Nous nous sommes tant aimés... » La phrase résonne dans sa tête, seule parole par laquelle elle se laisse envahir comme pour faire barrage à toutes les autres.

Pourtant, il n'en a pas toujours été ainsi.

Longtemps, le père et la fille se sont ignorés. Ou plutôt, en quelque sorte, manqués. Lorsque l'un faisait un geste en direction de l'autre, c'était mal à propos. Raté. Refusé.

C'est tout dernièrement qu'ils se sont rapprochés, depuis que le vieux monsieur est tombé malade et qu'Émilienne, qui avait pris un an pour préparer sa thèse, est venue s'installer chez lui, dans la maison de leur enfance à tous trois. Ici, à Saint-Valençay.

Peu à peu, ils ont trouvé les mots pour se comprendre.

L'amour, ce serait donc avant tout des mots ?

Jean-Raoul et leur mère, qui s'aimaient tant, se parlaient, chuchotaient sans cesse.

Tout bas.

Les excluant, sa sœur et elle, ainsi que le reste du monde.

Était-elle jalouse ? Emmy n'y a jamais pensé. Ils

semblaient si heureux, tous deux ensemble; ils ne se quittaient presque jamais. Et c'était tellement mieux que lorsque Marceline allait de dépression en dépression avant la naissance de son fils.

À cette époque, elle leur en avait fait voir, à ses filles comme à son mari! Puis Jean-Raoul était arrivé et...

Brusquement, la respiration du vieux monsieur se ralentit et sa main commence à se refroidir dans celle d'Emmy.

L'aide-soignante surgit, alertée par le changement intervenu dans l'unique son — avec celui de la pendule qui sonne les heures et la demie — qui emplisse la maison et la tienne en éveil.

« Allons, allons », dit-elle d'un ton grondeur comme si elle reprochait au mourant de se laisser aller. Vite, elle lui prend le pouls; la main se laisse faire, molle, déjà désertée par la vie, en train de devenir chose, objet, bientôt rien.

L'anticipation du décès qui va s'accomplir sous ses yeux serre le cœur d'Émilienne. La terrifie.

Et cette voiture qui n'arrive pas!

Après le déjeuner servi par Marthe, tous trois sont assis au salon pour prendre le café, chacun dans le fauteuil qu'il s'est attribué dès le premier jour, après l'enterrement. Emmy a choisi la bergère près de la cheminée, où le vieux monsieur, qui ne marchait presque plus, a passé ses derniers mois à contempler le feu, appelant de temps à autre pour qu'on remette une bûche.

Lorsque Emmy, le voyant absorbé dans sa songerie, lui demandait : « À quoi penses-tu, Papa ? », elle s'attendait à ce qu'il réplique : « Je me remémore ma vie passée... », mais il lui répondait avec un sourire doux, presque enfantin : « J'admire les flammes, la façon dont elles lèchent leur proie avant de se l'approprier pour la consumer... C'est comme dans l'amour, on caresse, puis on étreint, puis on étouffe jusqu'à consumation complète... Et il ne reste plus que des cendres...

— Ça n'est pas gai !

— Mais si, ma chérie, c'est l'éternel recommencement... Un amour succède à un autre, une bûche vient remplacer la précédente... Quant au feu, tu sais bien qu'il ne meurt jamais ; on le rallume quand on veut. »

Elle avait adoré leurs échanges mi-fous, mi-sages, toujours tendres. Il faut dire qu'Aubin y voyait de moins en moins — elle s'en était aperçue à des détails —, ce qui l'incitait à abandonner les livres, et même son journal, pour le rêve.

Giselle avait préféré le petit canapé à deux places, récemment retapissé d'une soie bleu pâle, dont elle caressait les coussins, les accoudoirs. La pensée avait traversé Emmy : « Songe-t-elle à le ramener chez elle, à Paris ? Giselle a toujours adoré le bleu, et si cela peut lui faire plaisir, qu'elle le prenne !... C'est Papa qui a choisi ce tissu, il n'y a pas si longtemps... »

« Tout est bien usé dans cette maison, encore plus que moi ! disait-il. Ce petit canapé en a vu : ta grand-mère, que tu n'as pas connue, y faisait sa tapisserie... » Il feuilletait la liasse du nuancier de soieries. « Mais là, il ne tient plus le coup, et puisque lui, on peut le rajeunir, profitons-en ! Tiens, ce ton-là me plaît, il a la couleur de tes yeux ! »

C'est vrai, Émilienne a les yeux bleus ; ceux de Giselle sont noisette et Jean-Raoul les a noirs : les yeux de leur mère, qui était d'ascendance andalouse.

Leur frère s'asseoit toujours sur la chaise au dossier droit, style Louis XIII. « Mais tu n'es pas confortable là-dessus ! lui disait leur père. Prends plutôt place sur le canapé ! » Jean-Raoul hochait négativement la tête : « J'aime bien être là... » Emmy savait pourquoi : que ce soit dans son habillement ou sa tenue, son frère s'imposait sans cesse une discipline, une sorte de raideur qui, d'après lui, servait à camoufler sa nature et ses mœurs. « En tout cas, avait un jour lancé Giselle devant Émilienne, il n'a pas l'air d'une "folle". C'est déjà ça ! »

Peu conventionnelle par ailleurs, Giselle craignait sans doute d'afficher un frère homosexuel dans le milieu de la magistrature et du Palais où exerçait Thierry, son mari.

Toutefois, ce n'était pas pour ménager sa sœur que Jean-Raoul avait pris le pli, très jeune, de ne pas « faire pédé »; c'était vis-à-vis de leur mère. Longtemps, il avait réussi à l'abuser. Emmy se rappelait Marceline lui disant : « Quand tu seras marié... Quand tu auras des enfants... » Et si quelque jeune fille, une amie d'elle ou de Giselle, venait à la maison, leur mère l'épluchait sous tous les angles pour savoir si elle serait recevable comme future épouse de son fils chéri.

Lequel, pour son compte, ne disait mot.

Le temps passant, au lieu de s'inquiéter de son célibat prolongé, Marceline l'en félicitait : « Tu as bien raison de ne pas te presser. Tes sœurs se sont mariées jeunes, et je n'ai plus eu de filles. Sans compter qu'Emmy est veuve ! Il vaut mieux faire le bon choix et s'y tenir... »

Puis elle n'avait plus rien dit. Était-ce sa maladie, ce cancer long et insidieux qu'on a cru guéri après traitement, et qui a soudain repris avec plus de force pour l'emporter en quelques semaines ? Ou alors quelque « bonne » langue, la rumeur ? Mais elle avait fini par savoir ce qu'il en était de son fils, même si Jean-Raoul n'avait jamais ramené personne à la maison. Fréquentant, le soir, des boîtes homo ; ou bien, l'été, panant en voyage toujours très loin de France. « Montre-moi des photos... J'aime pouvoir me représenter les lieux où tu as été... », lui demandait Marceline, ravie de le retrouver sain et sauf. Mais Jean-Raoul n'en avait aucune à sortir. Ou alors des photos de lui seul devant un décor de carte postale, presque cravaté, même dans les pays chauds. On pouvait se demander qui avait appuyé sur le déclic de l'appareil pour prendre le cliché, mais Marceline s'abstenait de le faire. Quelque autre touriste, aurait-il sans doute répondu, auquel il aurait, en retour, rendu le même service.

Une seule fois, Emmy l'avait surpris avec un garçon qu'il embrassait à pleine bouche dans une rue adjacente, avant de descendre d'une voiture qui n'était pas la sienne, mais celle du jeune homme qui se trouvait au volant.

Cette discrétion avait duré jusqu'à la mort de leur mère.

Par la suite, cela s'était dénoué. En paroles, déjà, Jean-Raoul avait commencé à laisser entendre que, lorsqu'il partait en vacances ou en week-end, c'était avec un ami. Il avait fini par en amener un, pas toujours le même, à dîner chez Emmy, puis chez son père qui n'avait pas commenté. Un homme a bien le droit d'avoir des amis de son sexe : Aubin en avait eu beaucoup, depuis le lycée et le régiment ; il en avait encore quelques-uns, ceux qui n'étaient pas morts.

« On a fait les quatre cents coups avec Lafarge, avant que lui et moi soyons mariés », disait-il sur le tard en chuchotant comme si Marceline était encore là pour l'entendre et s'en offusquer.

Ce garçon, puis cet autre que son fils lui présentait, tenaient-ils pour lui le rôle de Lafarge, le camarade des « bons coups » ? Peut-être Aubin le pensait-il. Peut-être pas. Le libéralisme de leur père, Emmy l'avait observé, consistait à faire comme s'il n'avait rien remarqué de ce qui pouvait le choquer ou l'embarrasser. Lâcheté, sagesse ? Prudence, en tout cas, et qui lui avait réussi. Il était mort en parfaite harmonie avec ses trois enfants, sans un seul sujet de discorde.

« C'est pour quand, le rendez-vous avec le notaire ? » demande Giselle en se débarrassant de sa tasse à café sur le petit guéridon en bois de rose où leur père voulait qu'on ne posât rien : le dessus est si fragile, si vite taché ! Et quelle affaire, pour le « ravoir » ! « Ce n'est pas que je sois pressée, poursuit-elle, mais Thierry ne peut rester seul à s'occuper des enfants trop longtemps.

— C'est pour après-demain, répond Emmy, mais, si tu veux qu'on avance la chose à demain...

— Moi aussi, je dois rentrer, ajoute Jean-Raoul. Le bureau m'a donné trois jours pour l'enterrement de Papa ; il ne faut pas que j'abuse.

— Bien, dit Emmy en se levant, je vais appeler Me Baulieu. »

De toute façon, leur tête-à-tête a pris un tour pesant; autant qu'il cesse.

Pourtant, il y avait longtemps qu'ils ne s'étaient pas trouvés tous les trois seuls ensemble. Cette intimité fraternelle risquait-elle de trop leur rappeler leur enfance? « En fait, on n'a été seuls ensemble qu'une fois, quand nous sommes allés en vacances chez la tante Marie — que Maman ne pouvait pas voir — à La Tranche-sur-Mer. Sinon, il y avait toujours quelqu'un entre nous : Maman, Papa, des cousins, une employée... »

Après l'enterrement de leur mère, en particulier, pour ne pas lâcher un instant Aubin, si affecté, ils s'étaient relayés pour que l'un d'entre eux demeurât toujours avec lui. Puis ils ne s'étaient plus revus qu'en présence de tiers, comme à l'accoutumée.

« Et toi, lui demande Giselle, que comptes-tu faire? Rester là?

— Pour l'instant du moins. Il va falloir ranger, s'occuper des affaires de Papa. À propos, qu'est-ce qu'on fait de ses vêtements?

— Le Secours populaire, décrète sèchement Giselle. Ces vieilles fringues usées jusqu'à la corde qu'il s'obstinait à porter encore... Je ne veux même pas les voir!

— Il m'a recommandé de donner sa pelisse à Thierry, et tout le reste à Jean-Raoul!

— Tu plaisantes! Tu vois Thierry dans cette ratine trouée aux coudes? Si Jean-Raoul en veut pour se déguiser...

— Je jetterai un coup d'œil à son armoire avant de partir, dit Jean-Raoul. Papa avait des cravates marrantes, me semble-t-il, et peut-être un ou deux chapeaux style melon, plus un haut-de-forme...

— Ça, en vue du Mardi-Gras, tu trouveras ton affaire! poursuit Giselle, méprisante. Bon, les enfants, je vais faire un petit tour en ville, il m'a semblé qu'il y avait de nouvelles boutiques... Je n'ai jamais le temps de faire des courses à Paris, surtout pour les petits. »

Émilienne lui indique quelques adresses. Elle se dit qu'elle devrait accompagner sa sœur, elles sont si rarement ensemble, mais elle n'en a pas envie.

Elle a le cœur trop gros. Elle préfère commencer à ranger, à trier. Faire un tas de ce qu'il est impératif de jeter au plus vite : les médicaments, les affaires de toilette, le linge de corps. Tout cela doit partir dès maintenant — à la pharmacie pour les remèdes encore valables, chez les petites sœurs des Pauvres pour le reste.

Puisque sa sœur lui en a donné la permission.

Cela lui fait drôle d'avoir à se soucier de son autorisation pour ce qui concerne le ménage, la maison. Depuis deux ans, elle était seule avec son père, et, s'il y avait une décision de vie commune à prendre, ils la prenaient ensemble sans qu'il fût besoin d'en référer à personne.

Maintenant, c'est fini : il y a Jean-Raoul et il y a Giselle.

Elle ne peut plus rien faire sans les en aviser, solliciter leur accord.

Comme pour l'enterrement.

Cela s'est bien passé : à peine quelques tiraillements. « Normaux, quand on est trois... », se raisonne Emmy. Eux ne voulaient pas d'annonce dans le journal local, rien que dans *Le Figaro*. Il est vrai que ces parutions sont dispendieuses et que leur règlement relève de la succession. Mais Emmy savait que, beaucoup de gens du cru ne lisant pas les journaux nationaux, il était donc nécessaire et juste qu'ils apprennent ainsi le décès de leur concitoyen, parfois de leur ami, avec la date et l'heure de ses funérailles.

Alors, elle a payé de sa poche.

Pas grave. D'autant qu'elle avait encore de l'argent du « compte maison » : la somme que son père lui allouait en avance, tous les mois, pour partager avec elle les frais de leur entretien. « Tu me diras combien tu as dépensé pour que je t'en rembourse la moitié ! — Bien sûr, Papa. »

En fait, elle trichait : le vieux monsieur n'avait plus tout à fait le sens de l'argent, autrement dit de l'augmentation du coût de la vie. Pour ne point l'affecter en lui donnant le sentiment que tout devenait si ruineux que sa retraite n'était plus à la hauteur, Emmy lui mentait sur les prix, y compris ceux des réparations, de plus en plus fréquentes. Il lui faisait confiance, la croyait lorsqu'elle lui disait : « L'électricien est passé ce matin avant que tu ne sois levé, mais il n'a rien trouvé à faire, juste une ampoule à changer... » Cachotterie dont elle était amplement récompensée lorsque Aubin finissait par lui dire, après des calculs laborieux, au centime près : « Tiens, ce mois-ci, j'ai fait des économies par rapport au mois dernier. Veux-tu déposer ce petit chèque sur mon compte à la Caisse d'Épargne ? »

Le sourire de satisfaction dont s'illuminait alors le vieux visage valait tout l'argent du monde aux yeux d'Emmy.

Giselle sort vivement de la maison et doit s'y reprendre à deux fois pour claquer la porte derrière elle : c'est toujours aussi dur ! Emmy, qui se vante d'avoir fait accomplir quantité de réparations depuis qu'elle vit là avec leur père, n'a pas veillé à celle-ci, pourtant nécessaire. Alors qu'il ne l'était peut-être pas de repeindre la cuisine, surtout dans ce jaune flamboyant. Son argument ? Leur père avait choisi la couleur lui-même : du fait de sa cataracte, il n'y voyait plus assez, les derniers temps, et avait besoin de tons vifs et de lumière accrue. D'où l'achat du lampadaire halogène — qui l'a payé, à propos ? lui ? Emmy ? — qui jure parmi le mobilier ancien.

Émilienne a toujours été d'une faiblesse coupable avec leur père. Peut-être parce qu'elle n'a pas eu d'enfants ? Giselle a remarqué que les femmes qui n'ont pas pu materner pour leur compte et à leur heure sont souvent d'une grande complaisance avec les enfants d'autrui. Ou les vieux. Ou alors les animaux. Comme ce chat jaune qui a la permission de laisser ses poils partout, sur les divans, les sièges recouverts de velours ; elle l'a même retrouvé sur son couvre-pied, l'autre soir... Vite réglé !

À moins que ce ne soit pour se faire bien voir de

lui qu'Emmy cédait à tous les caprices de leur père ?

La pensée la cingle soudain, plus encore que le tourbillon de vent glacé qui saisit chaque passant sur le parvis de la cathédrale. Encore un souvenir d'enfance ! Dès qu'elles arrivaient là pour se rendre à la messe, leur mère leur disait : « Attention à vos chapeaux, les filles, tenez-les bien... Et toi, Jean-Raoul, ôte ta casquette ! »

Thierry lui en a fait la remarque alors qu'ils repartaient juste après l'enterrement : « Méfie-toi, ta sœur est restée plus d'un an en tête à tête avec votre père. Elle a pu lui faire faire ce qu'elle a voulu, il a dû signer des papiers, lui filer des objets de valeur, des actions... Tu penses, dans l'état de fatigue et même de dépendance où il était...

— Le testament est chez le notaire, Me Baulieu connaît la famille depuis toujours ; il m'aurait prévenue, s'il y avait du louche.

— Et les cadeaux de la main à la main, les dessous de table ? *Le vieux* devait avoir des économies... »

Le mot l'avait choquée. Giselle n'aimait pas qu'on désigne ainsi son père ; tous trois avaient toujours respecté leurs parents. Cela venait de leur père, justement, qui n'aurait pas toléré une familiarité malsonnante, la moindre grossièreté à son endroit comme à celui de leur mère. Et c'était mieux ainsi : cela instituait une certaine distance, tout en préservant la paix. Pas de disputes verbales, chez eux ! On pouvait penser ce qu'on voulait les uns des autres, on ne l'exprimait pas.

Toutefois, l'avertissement de Thierry a fait son chemin.

Son père n'avait-il pas l'habitude de conserver de l'argent à la maison, dans quelque tiroir secret ? « En cas de besoin... », disait-il. Quel besoin ? Et les comptes du ménage ? Emmy lui avait dit qu'ils partageaient les frais, elle et Aubin. Mais quelle preuve y en a-t-il ? Marthe, par exemple, était sans doute payée de la main à la main. Avec l'argent de qui ?

Ce n'est pas de la mesquinerie ; il s'agit là de son héritage, le sien et celui de ses enfants. Elle en a deux, et Émilienne aucun. Bien sûr, Emmy est leur tante et, en principe, tout ce qu'elle possède doit revenir à ses neveux ; elle le leur a dit : « Prenez bien soin de moi, les enfants, je suis votre tante à héritage ! — Mais, si on te gâte trop, tante Emmy, tu ne mourras jamais ! Alors on n'héritera pas ! »

Ah, les enfants... Giselle en sourit toute seule en remontant la rue piétonnière. Comme tout a changé depuis le temps qu'elle n'était pas venue. C'était quand, la dernière fois ? Deux ans, trois ans ? Des bacs à fleurs, un meilleur pavage... De nouveaux bancs en ciment, pas trop laids, ma foi ! Mais ce sont surtout les boutiques qui font la différence : là où il y avait un petit épicier, un charcutier, une mercerie, il y a maintenant des fringues, encore des fringues... En « franchises », des marques connues, ce qui fait que, d'une ville à l'autre, on retrouve les mêmes choses ou presque. Et des agences bancaires en veux-tu, en voilà, comme si les gens ne pensaient qu'à ça : à l'argent !

Ah, heureusement la petite antiquaire est toujours là. Giselle s'arrête devant la vitrine jonchée de vieille argenterie et qui exhibe aussi des chandeliers en cuivre, des coupes en cristal taillé, des verres anciens, des vases colorés, des céramiques...

À propos, qu'est devenu le plat en céramique dont leur père leur disait que c'était ce qu'il y avait de plus précieux dans la maison ? Il l'avait accroché au mur de la salle à manger et il lui semble qu'elle ne l'y a pas vu. Pourvu que ce ne soit pas celui qui est là, au beau milieu de la vitrine de l'antiquaire : il lui ressemble comme un frère ! Emmy serait-elle capable de l'avoir mis en vente ?

Pour l'avoir aperçue et reconnue derrière sa vitrine, l'antiquaire ouvre sa porte, sort sur le pas de sa boutique et s'adresse à elle avec amitié, compassion :

« Oh, madame Veyrat, permettez-moi de vous faire toutes mes condoléances et celles de mon mari pour la mort de M. Saint-Cyr. Cela nous a fait bien de la peine, nous l'aimions tant, il était si aimable... Je m'apprêtais à vous écrire, nous n'avons pas pu aller à l'enterrement, nous étions en déplacement, mais nous avons beaucoup pensé à vous, à Mme Émilienne et à M. Jean-Raoul. Ils ne sont pas trop affectés ?

— Merci, madame Rambaud, mais, vous savez, Papa était très affaibli et nous nous y attendions... Pas aussi vite ; comme toujours, on espère que ce sera plus long...

— La dernière fois que je l'ai vu, il marchait mal, mais il avait toute sa tête !

— Ça, il l'a gardée jusqu'au bout ! »

C'est bien le hic ! Quoi qu'il se soit passé entre Émilienne et lui, et par-devant notaire, impossible d'invoquer la sénilité... Trop de gens peuvent témoigner que leur père n'a jamais été gâteux, qu'il est mort en pleine possession de ses moyens, comme le requiert la loi. L'aide-soignante — ah, celle-là, elle pleurait comme si elle avait perdu l'un des siens ! — le lui a encore dit au moment des condoléances : « Il était si lucide, M. Saint-Cyr, si conscient, attentif à tout et à tous. Ah, nous allons le regretter... »

Pour ce qui est du petit plat en céramique, il serait indécent de questionner maintenant la marchande pour savoir si celui qui est exposé là n'a pas appartenu à la famille — tout autant que d'en demander le prix...

Ce sera pour plus tard.

Tout ce qu'elle peut faire pour l'instant, c'est poursuivre son chemin afin de procéder aux quelques achats qu'elle a prévus. Tiens, dans ce nouveau magasin de vêtements pour enfants, où on ne la connaît pas.

Mais le cœur n'y est plus, Giselle se sent pressée. Elle a envie de rentrer à la maison pour voir ce qu'Emmy appelle « ranger ». Dissimuler, peut-être... Faire disparaître certains papiers... Et ce n'est pas Jean-Raoul qui s'apercevra de quoi que ce soit : trop occupé par lui-même. Elle a remarqué que son frère s'éloigne à temps réguliers pour téléphoner. Sur son portable, heureusement, car la communication dure. Il doit avoir des soucis de cœur ; les gens qui ont ses mœurs en éprouvent toujours. Dès lors, plus rien d'autre ne compte... Jean-Raoul doit pourtant avoir des besoins d'argent, ne serait-ce que pour complaire à ces petits jeunes gens dont il se plaît à s'entourer, et, s'il n'y veille pas, il risque de ne pas recevoir toute sa part de l'héritage de leur père ! Ce sera sa faute...

À croire qu'il n'y a qu'elle, Giselle, de sérieuse.

Leur père le lui disait parfois : « Toi, ma Giselle, tu es *trop* sérieuse. Un peu de frivolité sied aux filles ! Surtout lorsqu'elles sont jolies comme toi, ma blonde aux yeux noisette. » Une façon bien masculine de vous détourner, par les compliments, de vos intérêts les plus concrets !

Mais Émilienne aussi, l'intellectuelle, l'agrégée d'histoire, est sérieuse. À sa façon : précise, exacte. Soudain, à la surprise générale, lâchant tout, comme excédée. Faisant des cadeaux inconsidérés aux uns et aux autres. Ne voulait-elle pas offrir sur-le-champ une pendule à Marthe ? Celle de l'entrée, en marbre veiné. « Emportez-la, Marthe, ça vous fera un souvenir ! » Sous prétexte qu'elle a soigné leur père sans compter sa peine ni ses heures... Après tout, on lui devait bien ça, depuis le temps qu'elle était à leur service ! Heureusement, Giselle a mis le holà : « Le partage n'est pas fait. Pour les cadeaux, on verra plus tard ! »

C'est bien beau, les sentiments ; ce n'est pas une raison pour ignorer les réalités. D'autant que l'attendrissement, feint ou réel, peut couvrir des détournements... Qui sait si Marthe n'a pas servi de dépositaire pour quelques objets ? D'ailleurs, y a-t-il eu un inventaire ? Dans ce cas, elle n'en a pas été avertie. Jean-Raoul non plus : sinon, il en aurait fait état quand ils ont parlé de la vieille maison, en se rendant par la route à l'enterrement (Thierry ne les avait rejoints que le lendemain). Ils ont eu alors le loisir de soulever certains de ces problèmes que laissent forcément la disparition d'un proche, l'ouverture de sa succession. Pas tous, par décence, et aussi parce qu'ils n'y avaient point trop réfléchi, l'un comme l'autre.

C'est maintenant qu'il est admissible et même indispensable de s'y atteler. De décider de ce qu'il faut faire de certaines choses, de ce que va devenir ceci ou cela... La maison, pour commencer, avec tout son contenu. Plus Giselle y pense, plus elle s'aperçoit qu'elle aura intérêt à tout voir et revoir de très près.

Déjà, demain, chez le notaire.

« Ce qu'elle est amusante, cette plaque de cheminée ! se dit soudain Jean-Raoul. Comment se fait-il que je n'y aie jamais prêté attention ? »

En l'absence de Giselle, partie en courses, et tandis qu'Emmy s'active au premier — le jeune homme entend les pas de sa sœur qui résonnent sur le plancher au-dessus de sa tête —, Jean-Raoul s'est assis dans la bergère qu'utilisait leur père, face à l'âtre. Distraitement, il s'est mis à tisonner le feu sur le point de s'éteindre, jusqu'à ce que son regard s'attarde sur le fond de la cheminée : une scène de forge y est représentée avec le forgeron ferrant un cheval.

C'est la première fois qu'il remarque un détail quelconque du décor de la vieille maison. Du vivant de son père, il ne prenait pas garde à ce qui l'entourait quand il était à Saint-Valençay. Une fois pour toutes, il avait décidé que ces « vieilleries » ne le concernaient pas. Ses sœurs, elles, s'exclamaient de temps à autre devant une pièce d'argenterie, un tableautin, un buffet sculpté. Leur père leur en expliquait alors l'origine, l'histoire. Cela venait d'un aïeul, ou bien il avait trouvé le bibelot dans une brocante en compagnie de leur mère qui en avait eu envie, l'avait marchandé pour le plaisir et ramené serré contre son cœur dans du papier journal. « Ah, c'était le bon temps ! » soupirait Aubin.

À croire que cela ne pouvait plus l'être depuis la mort de Marceline.

Pour sa part, Jean-Raoul n'a pas conservé d'excellents souvenirs de leurs vacances dans la maison de Saint-Valençay — à l'époque, personne de la famille n'y résidait à l'année. Il préférait Paris, le lycée, avec ses camarades, les sorties seul avec sa mère qui l'emmenait dans les pâtisseries, au cirque, au cinéma, inventant chaque fois un autre but de promenade ou de distraction, les fous rires qu'ils prenaient ensemble. « Calmons-nous, lui disait-elle quand ils rentraient bras dessus, bras dessous ; les autres vont croire qu'on est trop heureux sans eux ! »

Ce qui était vrai.

Depuis la mort de sa mère, tout ce qui la lui rappelait avant qu'elle ne tombe malade lui était devenu si douloureux qu'il n'était pas retourné dans la maison de Saint-Valençay. Jusqu'à l'enterrement de leur père.

Aubin ayant définitivement fermé les yeux, on dirait curieusement que ceux de son fils sont en train de s'ouvrir. Déjà face à cette cheminée dont il vient de remarquer pour la première fois les chenets et la plaque de fonte.

« Cela amuserait Thomas, il adore tout ce qui concerne les chevaux. »

L'idée a surgi comme malgré lui.

Depuis qu'il connaît Thomas, cela va faire quelques mois, Jean-Raoul pense sans cesse à lui, jusqu'à épouser ses goûts et même les pressentir. C'est son défaut : lorsqu'il est amoureux, il anticipe les désirs de l'autre, se met à son service jusqu'à devenir son esclave. Ce qui fait que son amant finit par le considérer comme un objet lui appartenant à plein, et cherche ailleurs qui conquérir. Les affres de la jalousie ! Jean-Raoul les a connues et a déjà pensé en mourir... Sans parvenir pour autant à se corriger de sa propension à se soumettre à celui qu'il aime. Plus exactement, à se donner sans réserves ni détours. « Mon Dieu, fais de moi ce que Tu veux! »... Parole de mystique! Mais l'être aimé ne devient-il pas alors comme un dieu? C'était ainsi entre sa mère et lui : elle était complètement sa chose, lui-même s'accommodant fort bien de cet asservissement, d'autant plus qu'il semblait la combler, elle, jusqu'au jour où...

Jean-Raoul craint d'en porter toujours la culpabilité.

Cela s'est produit quand il a rencontré Mathieu — la cause de tout le mal. Il avait seize ans, Mathieu dix-huit, et déjà une longue expérience de la rencontre sexuelle, ce dont Jean-Raoul était dépourvu. N'avait-il pas vécu jusque-là (son ami l'en raillait) exclusivement « dans les jupes de sa mère »? Le dieu, pour Jean-Raoul, ç'avait été lui. Au premier regard. Ses yeux! Il les revoit encore : sombres, si noirs — plus noirs encore que les siens qui le sont pourtant passablement —, à tel point qu'ils en paraissaient violets, soulignés d'un cerne qui s'élargissait (il allait le découvrir) dans le plaisir.

Jean-Raoul n'avait eu de cesse que ce regard s'arrête sur lui. Déjà, dans ce restaurant où il déjeunait avec sa mère. Mathieu était accoudé au bar auquel Marceline tournait le dos. Dès le premier plat, Jean-Raoul a rencontré ce regard qui revenait vers lui à temps réguliers, comme le pinceau d'un phare. Au dessert, le jeune homme, invoquant un prétexte quelconque, s'est levé, est allé jusqu'au bar et a trouvé le moyen de frôler le garçon aux yeux noirs. Sans un mot, mais cela a suffi. L'autre avait d'ailleurs perçu son trouble dès le premier instant, car Mathieu était un joueur, usant de toute la séduction du pervers... C'était pour lui un amusement que de capter et capturer qui s'y prêtait, puis de déstabiliser, faire souffrir, abandonner enfin sa proie d'un moment...

Ce jour-là, son choix s'était porté sur Jean-Raoul. Parce que le jeune homme lui avait plu ? que lui-même était désœuvré ? ou alors — Jean-Raoul se l'était dit, par la suite — juste pour embêter Marceline ?

Laquelle détestait et même méprisait le monde de l'homosexualité et savait le faire sentir.

Avec sa mèche décolorée, sa chemise ouverte sur une poitrine imberbe, sa petite boucle en or à une oreille, Mathieu ne cachait pas son appartenance, et lorsque Jean-Raoul était revenu à leur table, après être prétendument allé demander quelque chose au serveur, sa mère qui, entre-temps, s'était retournée pour suivre son fils du regard — ce qu'elle faisait toujours lorsqu'il s'éloignait d'elle —, avait détaillé le jeune homme pour jeter à voix très haute :

« Ce petit a bien mauvais genre. »

Lorsqu'elle avait réclamé l'addition, le serveur était arrivé avec deux soucoupes, l'une pour elle, l'autre pour Jean-Raoul : dans celle-ci se trouvait une carte de visite, celle de Mathieu, sur laquelle étaient notées à la main les heures les plus favorables pour lui téléphoner.

Marceline en était restée si stupéfaite qu'elle n'avait pipé mot. Tous deux étaient rentrés à la maison dans un silence total, contrairement à leur habitude de multiplier bavardages et commentaires sur le plaisir qu'ils venaient de partager.

Les jours suivants, Marceline, tout en reprenant leur confiante intimité, n'avait cessé de l'observer. Surtout lorsqu'il téléphonait. Espérait-elle qu'il ne donnerait pas suite aux avances de Mathieu ?

Il l'avait fait, bien sûr, inventant mille prétextes pour rendre visite au garçon qui habitait seul dans un studio, sans avoir à l'avouer à sa mère. Laquelle avait fini par s'en rendre compte. Et s'en atterrer. Toujours sans mot dire.

C'était au-delà, semblait-il, de ce qu'elle pouvait admettre. En même temps, se fâcher avec son fils bien-aimé, sa raison de vivre, ou seulement lui faire des reproches, quels qu'ils fussent, n'était pas dans ses possibilités.

Dilemme dont seule la mort pouvait la sortir.

Est-ce à ce moment-là qu'elle est tombée malade ? Même si le diagnostic du cancer n'a été porté que quelques mois plus tard, Jean-Raoul en a eu l'appréhension. Pour ne pas dire la certitude.

Mais qu'y pouvait-il ?

Par la suite, il n'a jamais su de quoi il a le plus souffert : de la mort de sa mère ou de sa rupture avec Mathieu, qui eurent lieu en même temps. Hasard, coïncidence ou intention délibérée de son amant de le plonger dans le plus grand désespoir possible ? Afin de mesurer son pouvoir sur autrui, lui-même n'éprouvant jamais rien, à ce qu'il prétendait, sur le plan affectif ?

Thomas, à côté, est un ange. En tout cas, une consolation. Ne posant pas de questions sur le passé, ne cherchant pas à le rendre jaloux, du moins ostensiblement, comme le faisait Mathieu. Et facilement, délicieusement gai !

Le seul danger est que Jean-Raoul en est arrivé à ne plus pouvoir se passer de lui et qu'il craint affreusement de le perdre. D'en être soudainement quitté, comme il l'a été par Mathieu. D'où son désir de lui complaire, de le gâter. De le retenir à tout prix.

Il y a d'autres images ou représentations de chevaux dans la maison, en sus de la plaque de cheminée : par exemple, ces petites statuettes de bronze qui ont, paraît-il, beaucoup de valeur. Il va se les faire attribuer, ses sœurs n'en ont rien à faire : c'est plutôt viril, ces objets-là, de même que les soldats de plomb de leur père. En guise de compensation, il leur laissera la collection d'éventails de Marceline. Bien que Thomas se soit déguisé en geisha, l'autre soir, et cela lui allait à merveille d'agiter ce petit cartonnage plissé en forme d'aile qu'il s'était confectionné lui-même...

En fait, il faudrait qu'il puisse décider le jeune homme à venir ici et à choisir ce qui lui plaît ; puis Jean-Raoul se déclarera en fonction de ses goûts. En ce qui le concerne, personnellement, il n'a envie ni besoin de rien... Il suffirait qu'il lui revienne de l'argent sur l'héritage.

En amour, il l'a appris à ses dépens, l'argent, c'est capital. Parfois, c'est tout.

Les deux femmes ne décolèrent pas depuis qu'elles ont quitté l'Étude de Me Baulieu, lequel les a pourtant reçus, elles et leur frère, fort courtoisement. Heureux, semblait-il, de leur communiquer les dernières volontés de leur père à leur égard : aucun legs en particulier, aucune préférence pour aucun d'entre eux, l'indivision!

« Quel vieux bougre que ce notaire!

— L'imbécile, tu veux dire!

— On est bien avancés, maintenant! Il aurait pu nous prévenir à temps, on aurait pu inciter Papa à se déclarer...

— S'il était tenu par le secret professionnel, il aurait dû l'empêcher de nous laisser comme ça! C'est son rôle, non?

— Le notaire, soi-disant l'ami de la famille : quelle bonne blague!

— Dans quel bourbier il nous a fourrés, celui-là! Et les frais de succession, comment va-t-on les calculer? Sans compter l'inventaire!

— Vous avez entendu. Il faut commencer par faire un inventaire.

— Il compte dessus : il avait déjà un nom d'huissier à nous donner!

— Et d'expert...

— Il nous a même indiqué une salle des ventes pour le cas où...

— Il doit toucher sur chaque opération! »

Seul Jean-Raoul ne partage pas la fureur de ses sœurs : « Qu'est-ce que ça a de mal, l'indivision? Chacun prendra ce qu'il voudra, et j'ai retenu qu'on en sort quand on veut! »

Le jeune homme s'est tout de suite dit qu'une chose au moins est acquise : en manœuvrant bien, il va pouvoir obtenir de la succession ce qui peut faire plaisir à Thomas. Les petits chevaux, pour commencer. Car si son père, en admettant, avait légué tout le mobilier à Émilienne ou à Giselle, il se serait trouvé blousé. Il aurait eu de l'argent, bien sûr, de quoi faire quelques emplettes au marché aux Puces, mais, plus il y pense, plus il se dit, connaissant Thomas, que celui-ci sera ravi de venir faire son propre choix dans la maison, comme s'il était dans un grand magasin. Flâner parmi les rayons, mettre la main sur ce qui lui plaît, l'emporter tout de suite : le jeune homme adore... En plus, cette fois, sans qu'il ait à passer à la caisse!

Entre autres avantages, venir ici leur permettra en outre un petit voyage en tête à tête, et, depuis qu'il en entrevoit la perspective, Jean-Raoul s'en fait une fête. Vive l'indivision!

« Croyez-moi, on n'est pas sortis de l'auberge, reprend Giselle. Je connais deux sœurs auxquelles leur mère a fait ce cadeau empoisonné : tout leur transmettre en indivision! Elles en sont au procès!

— Tu veux rire! proteste Jean-Raoul. Nous, cela ne peut pas nous arriver, on s'entend trop bien...

— N'empêche que cela va nous faire perdre un temps considérable, soupire Émilienne. Il paraît qu'on ne peut rien toucher, ni vendre, ni sortir d'ici avant la clôture de la succession... Moi qui comptais faire faire quelques travaux avant de m'installer...

— T'installer? se récrie Giselle, brusquement sur le qui-vive.

— Eh bien oui, j'en avais parlé avec Papa, il approuvait tout à fait mon idée. Je lui ai dit qu'étant donné ma profession d'historienne, je peux très bien faire de Saint-Valençay ma résidence principale. Pour mes autres séjours, je pourrai descendre à l'hôtel, à moins peut-être d'acquérir un pied-à-terre à Paris...

— Et nous ? dit Giselle, le visage fermé.

— Comment ça, vous ? Tu ne comptes pas t'établir ici avec le métier que fait Thierry ? Il n'y a pas de palais de justice dans le coin...

— Je ne parle pas de moi ; mais il y a les enfants.

— Quoi, les enfants ?

— Leurs vacances ! »

Émilienne éclate de rire.

« Écoute, Giselle, les enfants détestent Saint-Valençay, tu le sais mieux que moi ; il leur faut la mer l'été, la montagne l'hiver, comme à tous ceux de leur génération... Cela dit, s'ils veulent venir me rendre visite, ils seront toujours les bienvenus !

— Tu parles comme si tu étais déjà chez toi ! Je te rappelle que rien n'est réglé. Chacun de nous doit toucher sa part : le tiers de la masse successorale, comme dit Baulieu, au centime près. D'après lui, c'était la volonté de Papa : qu'aucun d'entre nous ne soit lésé. Si tu obtiens la maison — et, là-dessus, il faudrait encore qu'on se mette d'accord —, auras-tu de quoi la payer ?

— Comment ça, la payer ? Ce sera ma part ; vous, vous aurez de l'argent.

— Je ne suis pas sûre qu'il y en ait assez. Cette maison est bourrée de merveilles : vieux meubles, objets d'art...

— Tu en connais le prix aussi bien que moi : le notaire nous l'a indiqué, ça ne va pas chercher loin... Il en a fait lui-même l'estimation pour les droits de succession...

— Au plus bas, bien sûr, et c'est normal vis-à-vis de l'État, d'autant plus qu'il y a un forfait pour les meubles : 5 % du tout. Mais tu sais bien que ça n'a rien à voir avec la réalité...

— C'est quoi, la réalité ?

— Nous le saurons quand le véritable inventaire aura été fait.

— Alors, prenons date. Je vais téléphoner à l'expert et à l'huissier, puisque j'ai leurs numéros de téléphone ; Me Baulieu me les a donnés.

— Pas question de prendre ceux-là !

— Pourquoi ?

— Parce qu'ils sont sûrement de mèche avec le notaire ! Ils vont tout sous-estimer... Ce sera bon pour toi, peut-être ; pas pour Jean-Raoul et moi...

— Giselle, pourquoi te méfies-tu de tout et de tout le monde ! Tu es parano, ou quoi ?

— Parce que je ne veux pas me faire avoir ! Tu sais, j'ai un mari juriste, il m'en raconte des vertes et des pas mûres sur les malheurs de ses clients et de ses clientes... Rien n'est plus juteux qu'un héritage. Pas pour les héritiers : pour les vautours qui en vivent ! »

Tous trois sont assis dans la cuisine, chacun ayant éprouvé le besoin qui d'un café, qui d'une tasse de thé ou d'une canette de bière. Jean-Raoul n'a même pas ôté son pardessus : entendre ses sœurs se disputer avec autant de virulence — cela a commencé dans la rue tandis qu'ils rentraient à pied — le laisse complètement déconcerté. Il ne comprend pas, il n'aurait jamais cru que cela puisse se produire chez eux ! Ne dit-on pas qu'il n'y a pas plus uni que la famille Saint-Cyr ? Aucun drame, jamais, aucun sujet de discorde, jusque-là... Même à la mort de leur mère, laquelle avait fait en sorte que tout — la maison de Saint-Valençay, les meubles d'ici comme ceux de Paris — revienne à son mari. Pour que le nouveau veuf ne soit pas désorienté en se voyant privé d'un ou de plusieurs éléments de ce qui avait constitué jusque-là son cadre de vie.

Quant à la part réservataire, celle revenant obligatoirement aux enfants, elle consistait en actions que M. Saint-Cyr avait divisées en trois parts égales qu'il avait versées sur le compte de chacun d'eux. Il y avait aussi les bijoux, mais Aubin avait déclaré vouloir les conserver dans son coffre en souvenir de sa femme. Personne n'avait alors songé à protester : d'autant que c'était des joyaux montés à l'ancienne, difficilement monnayables aujourd'hui, provenant de sa propre famille, plus ceux qu'il avait lui-même offerts à Marceline. Il leur avait dit qu'il les leur donnerait un à un. Et il est exact qu'à chaque anniversaire, il avait offert tantôt une bague, tantôt un collier à chacune de ses filles, sans que sa décision ait jamais fait d'histoires...

Quant à Jean-Raoul : « Les hommes n'ont pas besoin de bijoux, lui avait-il dit. Tu prendras ma montre en or après mon décès. Elle te revient de droit. »

Où est-elle, à propos ? Une montre Cartier ancien modèle, au cadran rectangulaire, au bracelet en peau de porc. Thomas connaît le modèle, il en rêve depuis longtemps. Il faut qu'il l'ait !

Replaçant dans le dossier Saint-Cyr le testament qu'il vient de lire aux héritiers — il est homologué, et une copie en a été déposée à la Chambre des Notaires —, Stéphane Baulieu se retrouve perplexe. Et même sur le point d'être gagné par l'irritation. N'a-t-il pas pourtant agi de son mieux ? D'où vient alors que les enfants Saint-Cyr aient fait une telle tête en découvrant les dispositions testamentaires de leur père ? Lequel n'a déshérité aucun d'eux ! Ce qui arrive dans certaines familles où le testateur, devenu vieux, lègue la part de ses biens dont il a le droit de disposer librement — la part réservataire — à un enfant soudain choisi et préféré. Parfois parce qu'il est à ses côtés dans les dernières et difficiles semaines de sa vie, disponible pour s'occuper de lui en permanence, lui tenir la main tout en influençant son esprit...

Pis encore — il a vu le cas —, parvenues au bout de leur parcours, certaines personnes laissent une part importante de leur héritage à un tiers, quelqu'un de presque inconnu jusque-là, surgi dans ses derniers instants à l'insu de la famille : un kiné, une infirmière, une employée de maison, une aide familiale, un cousin éloigné... N'importe qui venu s'occuper de ce qui devient le plus important quand la fin approche, avec son cortège d'impuissances : le corps et la douleur!

Et le notaire n'a rien à dire : qu'à enregistrer!

Il peut protester, tenter de prendre le testateur à part, de le mettre en garde, de le rappeler au bon sens. Mais la personne qui voit s'approcher le gâteau — parfois mérité, parfois non — se montre maligne : elle convoque des témoins, au moment de la signature, pour qu'il soit bien clair que la personne mourante était en pleine possession de ses moyens à l'instant fatidique.

Ce que l'officier de justice est en l'occurrence censé inscrire dans son acte. Et un notaire qui tenterait de se récuser, après coup, sur l'état mental de son client au moment de conclure un acte aussi grave qu'une transmission de patrimoine, ça ne se voit pas — ou alors, c'est un « sauteur » : qu'il change de profession!

Non, M. Saint-Cyr n'a fait aucun mauvais coup à ses enfants, qu'il adorait!

Il n'a même pas disposé d'une partie de sa part réservataire à l'intention de ses deux petits-enfants. Baulieu l'a déjà vu faire : afin qu'ils gardent un excellent souvenir de leur aïeul, ou bien pour s'assurer qu'ils auront quelque chose à leur majorité, et par crainte que les parents n'aient tout dilapidé avant — sait-on jamais! —, un grand-père ou une grand-mère se prend à avantager la « petite classe » au jour de son décès. D'où, parfois, des catastrophes : pour verser l'argent légué — le tiers des biens — à leurs propres enfants, des héritiers directs ont dû vendre une maison qu'ils aimaient et en disperser les meubles.

Que d'amertume!

Voilà comment d'une louable intention — celle aussi du législateur — peut sortir un mal : le démembrement, voire l'écroulement d'un patrimoine familial...

M. Saint-Cyr ne voulait rien de tout cela : uniquement rendre ses enfants heureux, sans en favoriser un seul.

Mais là était le problème.

Trois fois de suite, le vieux monsieur, soutenu par ses cannes et le chauffeur de son taxi, était venu à l'étude pour faire et refaire son testament.

Une fois, il avait légué la maison — sans les meubles — à sa fille aînée, Émilienne.

Puis il avait réfléchi : cette maison vidée et réduite à ses seuls murs n'existait plus ; il l'avait alors léguée toujours à Émilienne, mais aussi, pour moitié, à son fils, lequel, sans famille et ne risquant pas d'en constituer une, disposerait ainsi d'un abri pour ses vieux jours.

Mais il n'y a pas que les vieux jours de quelqu'un à prendre en compte : son fils, ce pauvre Jean-Raoul — c'est Stéphane Baulieu qui ajoutait « le pauvre »... — avait besoin d'argent tout de suite, ne fût-ce que pour s'acheter un petit appartement au lieu d'être toujours en location et en situation précaire. Il fallait donc qu'il ait de l'argent au plus vite, du numéraire.

Alors, léguer la maison aux deux sœurs ?

Hum... Elles s'aimaient bien, mais Giselle avait un mari et deux enfants ; la cohabitation, même irrégulière, risquait d'être lourde pour Emmy...

Me Baulieu, qui voyait les choses de plus loin, avec son expérience, ne pouvait-il lui donner un conseil ?

Eh bien oui !

Stéphane Baulieu avait eu le temps d'y songer et surtout de s'agacer de voir revenir son vieux client tous les trente-six du mois. Il n'osait pas lui faire payer chaque fois sa visite, puisqu'il ne s'agissait en somme que du même acte, son testament. Il n'empêche : le temps d'un notaire est cher...

Alors, la quatrième fois, il lui avait parlé de l'indivision.

« C'est quoi, ça ?

— Vous laissez tous vos biens en bloc à vos trois enfants, à parts égales, et c'est eux — pas vous —

qui effectueront le partage! Ainsi pourront-ils s'arranger selon leurs goûts, leurs préférences, leurs nécessités du moment...

— Vous croyez? Mais que feront-ils de la maison, alors?

— Vous n'allez pas mourir tout de suite, monsieur Saint-Cyr, solide comme vous l'êtes. Les situations des uns et des autres peuvent évoluer. Qui sait si votre gendre n'aura pas envie de venir installer son cabinet à Saint-Valençay pour élever ses enfants dans un cadre plus favorable à des adolescents que ne l'est la grande ville avec ses violences? En revanche, votre fille Émilienne, votre Emmy sera peut-être nommée à un poste important, quelque chose comme le Collège de France, sait-on jamais : les travaux de Mme Saint-Cyr sont de plus en plus remarqués... »

Le notaire avait tapé juste : donner à rêver au vieux monsieur sur les transformations possibles et forcément bénéfiques de l'avenir de ses enfants!

Quant à Jean-Raoul, c'est Aubin lui-même qui l'avait suggéré :

« Mon fils est un tel artiste, quand il veut s'en donner la peine... Je sais qu'il a été pressenti pour entrer dans une maison de couture, il dessine des modèles, à ses heures; il paraît même que ce qu'il fait est remarquable — moi, je n'y connais rien! Mais il faudrait qu'il apporte des capitaux. Il aura besoin d'argent. C'est sûrement ce qu'il réclamera...

— Vous voyez!

— Quelle bonne idée vous avez là, maître Baulieu. Je savais que je pouvais vous faire confiance; c'est exactement ce qu'il me faut. Ce qu'il *nous* faut! Toutefois, je tiens quand même à faire un testament pour léguer quelques souvenirs à notre employée de toujours, Mme Marthe Sylvain et la recommander à mes enfants, afin qu'ils fassent en sorte qu'elle ne manque de rien dans ses vieux jours. Au besoin, ils pourront la laisser habiter la maison.

— Puisqu'il en est ainsi, je prépare l'acte et je vous l'apporte à signer chez vous. Vous n'aurez plus besoin de vous déranger, et on n'en reparlera plus ! Ah, encore un point, monsieur Saint-Cyr : n'en dites rien à vos enfants !

— Pourquoi ?

— C'est la seule façon d'avoir la paix, croyez-moi ! Dès que chacun s'imagine qu'il va hériter de ci ou de ça, il commence à tirer ouvertement des plans sur la comète... C'est très désagréable pour la personne qui n'entend pas mourir tout de suite ! En plus, en cas d'indivision, c'est à qui cherchera d'avance à s'attribuer telle ou telle part de l'héritage, fût-ce des petites cuillères, et à se préoccuper de leur état... J'ai vu faire. Cela rend la vie de famille particulièrement difficile...

— Vous croyez ?

— J'en suis sûr. Laissez-leur la surprise de découvrir le cadeau que vous leur faites et dont ils seront informés dans mon étude. Ils vous remercieront, croyez-moi, et s'arrangeront entre eux sans que vous ayez eu à vous en mêler ni à vous torturer les méninges... Ils s'entendent bien, tous les trois, me dites-vous ?

— À merveille ! Nous les avons élevés ainsi, ma femme et moi, tous pour un, un pour tous. Une famille exemplaire. J'en suis fier ! »

Et le vieux monsieur était rentré chez lui dans la confortable illusion qu'il avait fait de son mieux pour les siens, tout en assurant son propre repos. Le terrestre comme l'éternel...

À vrai dire, et pour être tout à fait franc, Me Baulieu n'en était pas aussi convaincu que son client : il connaissait l'humanité pour l'avoir pesée et soupesée cas par cas dans la balance de la Justice... Mais cela lui donnait le temps de voir venir. En somme, de reprendre son souffle.

Jusqu'à l'ouverture du testament.

Tout de même, il n'aurait pas cru que sa lecture

allait provoquer une sidération aussi totale chez ses vis-à-vis, au point qu'ils se lèveraient d'un coup, Giselle la première, suivie d'Émilienne et de Jean-Raoul, pour quitter son Étude en murmurant un « au revoir » à peine audible.

Mais que faire ?

Il n'y pouvait plus rien. À eux de décider, maintenant. La loi était claire : les héritiers peuvent rester dans l'indivision si cela leur chante, ou en sortir dès qu'ils en manifestent individuellement ou collectivement le désir.

Dans ce cas, il refera des actes de propriété : aux uns la maison, aux autres les meubles, les actions... L'appartement de Paris étant en location et le vieux monsieur ayant dénoncé son bail depuis un an, plus de problèmes de ce côté-là.

Une affaire simple. Après tout, ils ne sont que trois !

La succession des Gourioux, qui concerne cinq enfants, dix petits-enfants et déjà quatre « arrière » : ça, c'est la croix et la bannière !... D'ailleurs, ils n'en sont toujours pas sortis, et encore moins la maison — une sorte de ravissante gentilhommière du XVIIe siècle, laquelle, faute d'une volonté unanime des propriétaires, trop nombreux pour s'entendre sur la nécessité d'y faire des travaux, est en train de s'écrouler... Il l'aurait bien rachetée pour son compte, même en ruines, mais un notaire n'a pas le droit de mettre la main sur le bien de ses clients. Du moins pas trop tôt, pas avant que... Que quoi ? Il va falloir qu'il revoie sur ce point son code.

Les trésors qui vous passent sous le nez quand on est notaire ! Parfois si beaux, si tentants, si alléchants, mais défense d'y toucher sous peine de poursuites ! Cela s'est vu, pourtant ! Des hommes de loi qui ont cherché à s'enrichir en manipulant secrètement des successions, quand ils n'ont pas levé le pied avec le magot !

Mais ce n'est pas son genre : Stéphane Baulieu préfère rester dans la légalité. Tout le monde y gagne. Et, puisqu'il la respecte pour lui-même, il entend, avec la même fermeté, l'imposer aux autres. À la lettre.

L'indivision ne leur plaît pas, à ceux-là ? Tant pis pour eux ! Cela va les obliger à affronter la réalité en face. D'abord en eux-mêmes, puis entre eux.

Émilienne avait assuré à son frère et à sa sœur qu'elle était tout à fait capable de se tirer sans eux de l'opération : « Mais vous n'avez pas besoin d'être là, ne vous dérangez pas; je m'en débrouillerai toute seule, de cet inventaire!... Marthe m'aidera si je ne me souviens pas de certaines choses... »

Rien à faire : Giselle a tenu à être présente. Jean-Raoul devait l'accompagner en voiture, mais, au dernier moment, il a invoqué un rendez-vous trop important pour être décommandé : avec un nouveau couturier qui montait sa maison et cherchait des stylistes. S'il ne se présentait pas au jour dit, il risquait de se faire souffler la place. Giselle, se retrouvant seule, a préféré voyager en train : « Je prendrai un taxi à la gare de Saint-Valençay; pas la peine de venir me chercher. »

C'était dit sur un ton sec, cassant même. Emmy n'a pas pu s'empêcher de penser aux joyeuses arrivées d'autrefois où la famille, parfois au grand complet, se rendait à la gare chercher l'arrivant. C'était la fête, un rite bien établi, parfois avec fleurs, en tout cas d'immenses sourires.

Ah, ces sourires des retrouvailles! On est dans une foule anonyme, fermée, pressée, qui vous bouscule, vous dépasse dans sa hâte d'atteindre la sortie. Immobile face à soi, la haie des personnes qui en attendent d'autres et dont le regard glisse sur vous, indifférent, voire glacé d'être déçu : vous n'êtes pas la bonne personne, celle qu'on est venu chercher! Et soudain, ça y est, ce sont les siens, les voici! Le sourire réjoui, les bras déjà ouverts! Le cœur bondit, les lourds bagages deviennent légers avant même qu'on ne vous les ait retirés des mains. Non seulement on vient de se détacher du troupeau des anonymes, on prend de l'importance, mais on n'est plus isolé dans la foule : on appartient. À une communauté, à un groupe de gens qui paraissent si heureux de vous revoir! Après tout, un voyage est toujours un risque, on aurait pu ne jamais arriver...

Et c'est une joie si forte de constater qu'on tient à vous, qu'elle vous donne envie de continuer à vivre, pour ceux-là même qui sont venus vous chercher, mais aussi pour connaître à nouveau le bonheur d'être accueilli. Est-ce parce qu'il nous rappelle celui qui a eu lieu, espérons-le, lorsque nous sommes venus au monde?

« Tu sais, ma petite fille, lui disait Aubin lorsqu'ils étaient ensemble sur le quai à attendre le train que le haut-parleur venait d'annoncer : la famille, il n'y a que ça! Tu verras, en vieillissant. Les amis sont de passage; la famille, elle, te reste... *Verba volent, scripta manent...* La famille c'est l'écrit, l'imprescriptible, le définitif! »

Alors, cette fois, pourquoi Giselle n'a-t-elle pas voulu qu'Emmy aille l'accueillir, en ce jour si important de l'inventaire de leur patrimoine désormais commun? Craignait-elle qu'un rappel trop affectueux de leurs souvenirs entraîne chez elle un relâchement?

Bien qu'elle ait le cœur serré de débarquer toute seulette sur le quai de la petite gare, Giselle se raccroche aux recommandations que lui a faites son mari : « Il faut que tu sois sur tes gardes! Pas d'attendrissement! » Émilienne, a-t-il ajouté, avec ses grands airs détachés, voire même désintéressés, est une manipulatrice qui vous fait du charme pour parvenir à ses fins. Sans compter qu'elle a le savoir-faire de son métier d'historienne, lequel consiste parfois à escamoter des faits, des preuves, ou à en inventer pour soutenir une thèse établie d'avance.

« Ta sœur est tout à fait capable de feindre l'ignorance à propos de la disparition de ci ou ça, de l'existence d'un tiroir à double-fond, que sais-je, moi... Tiens-t'en à ta mémoire, et surtout appuie-toi sur l'expert et sur l'huissier... Ceux-là, s'ils connaissent leur métier, ne laisseront rien passer. »

Les deux hommes étaient déjà sur place, arrivés avant Giselle, retardée par la correspondance en gare de Niort, et occupés à boire du café avec Émilienne. Laquelle semblait les captiver en leur détaillant un point d'histoire locale sur lequel elle avait travaillé et dont les deux hommes ne semblaient pas familiers.

« Elle a déjà trouvé le moyen de se les mettre dans la poche ! Thierry a raison... », se dit Giselle, tout de suite braquée et refusant la tasse de café proposée : « Je n'ai pas beaucoup de temps, je repars ce soir ; il vaut peut-être mieux qu'on se mette tout de suite au travail. »

Une sonnerie à la porte, Marthe va répondre : c'est Me Baulieu.

« Pardonnez mon intrusion, mais je suis venu voir si je pouvais vous être utile...

— Bien sûr, cher Maître ! s'exclame Emmy d'un ton apparemment charmé. Vous savez tant de choses sur cette maison que vous avez vous-même déjà estimée ; vous pouvez nous guider en cas de doute... »

Un comble ! Baulieu a estimé la maison et son contenu au pif et au plus bas pour diminuer les droits de succession — comme le fisc le tolère en cas d'héritage familial —, et il serait maintenant censé jouer les recours alors qu'il s'agit d'évaluer le patrimoine à son niveau le plus exact en vue du partage !

Giselle s'énerve. Dans son for intérieur, elle a déjà renoncé à la propriété de la maison, du moins pour l'habiter ! Saint-Valençay ne correspond pas au genre de vie qu'elle entend mener avec Thierry. À peine sera-t-elle heureuse — les enfants peut-être aussi — de venir y passer de brefs séjours. « Pour se retremper dans le jus familial !... »

Mais si Emmy doit en hériter, au moins, que ce soit à sa vraie valeur, afin que Jean-Raoul et elle obtiennent une compensation financière équitable ! Or, si ce notaire du diable s'en mêle, cela risque d'être compromis...

Est-ce qu'il ne fait pas la cour à Emmy ? N'est-il pas divorcé, ou séparé ? Veuf, même ? Giselle ne sait plus.

Tous deux, en tout cas, semblent s'être rapprochés depuis l'ouverture du testament. Se sont-ils revus ? Ont-ils combiné quelque chose ?

« On commence par où ? s'enquiert obligeamment l'expert.

— Eh bien, par le rez-de-chaussée, déclare l'huissier ; et par le salon, puisque nous y sommes... »

Chacun tient un calepin et un stylo à la main. L'un énonce la nature de l'objet, l'autre propose un prix, qui est accordé, augmenté ou diminué par son confrère jusqu'à consentement mutuel des deux hommes. « C'est aussi rapide qu'à la criée, se dit Giselle, subjuguée, ou encore dans une salle des ventes... »

À moins d'être soi-même très habitué au processus, il est difficile d'intervenir.

Elle tente pourtant de le faire en ce qui concerne le grand tableau au-dessus du divan, la proposition faite — mille francs — lui semblant par trop dérisoire.

« Mais il n'est pas signé ! s'exclame l'huissier. Une copie de quelque toile du XIXe siècle...

— Peut-être, mais il y a le cadre en bois sculpté. »

Le deuxième compère s'approche pour gratter de l'ongle :

« Ce n'est pas du bois, c'est du stuc peint.

— Disons mille deux cents francs, pour vous faire plaisir », conclut le premier.

En plus, c'est pour lui faire plaisir qu'on la vole !

Giselle en a les jambes coupées et se laisse tomber sur le canapé qu'on vient d'estimer à seulement huit cents francs ! Une vraie misère...

Cela passe l'entendement.

Celui d'Émilienne, en tout cas. Jamais elle n'aurait imaginé que, sitôt son père disparu, des étrangers auraient le droit d'ouvrir ses tiroirs, de manipuler verrous et clés, exigeant celles qui ne sont pas restées sur les serrures, qui sont demeurées accrochées à un trousseau ou que Marthe va quérir sur le présentoir de la cuisine.

Son père, leur père, si scrupuleux du bien d'autrui !

Que le sien ne soit pas respecté, de surcroît en présence de ses filles, est un vrai scandale pour l'esprit, qui la laisse sans voix. Sans défense... De son vivant, s'il était nécessaire d'aller prendre un papier, un vêtement, fût-ce un gant de toilette dans son armoire, Emmy lui en demandait la permission... Jusqu'aux tout derniers moments. Il n'y a que pour le costume de son ensevelissement, celui dont le médecin l'a aidée à revêtir le cadavre, qu'elle n'a rien demandé... Ouvrir pour la première fois la penderie de son père sans son accord lui a d'ailleurs serré le cœur. Alors que Giselle, c'est manifeste, se fiche complètement de cette fouille organisée...

La pensée lui en vient comme une méchanceté,

en réponse à ce qui est en train de se produire. De par la loi.

Car ce viol est légal : le meuble aux pipes, celui aux lunettes, tout est ouvert et inspecté par des officiers de justice agissant dans le cadre de leurs fonctions.

Giselle ne réagit pas, l'hypocrite. Pire, la curieuse... Il est évident qu'elle prend plaisir, même si son expression n'en trahit rien, à explorer de plein droit l'intérieur jusque-là interdit des armoires de leur père.

Elles auraient pu le faire ensemble avec Jean-Raoul, tous trois sans témoins ! Pieusement. Le notaire le lui a dit : « Vous pouvez très bien procéder à cet inventaire entre vous, choisir ce qui plaira à chacun, et, quand le partage sera fait à votre convenance, nous pourrons clôturer la sortie de l'indivision... Nul n'est censé y rester, vous connaissez la formule comme moi ! Cela dépend de vous, les héritiers... »

« Il n'y avait pas un petit tabouret chinois, dans ce coin ? s'inquiète soudain Giselle.

— Il est dans la chambre rose, au second », laisse tomber Émilienne d'une voix volontairement neutre.

Elle qui croyait Giselle insoucieuse de la vieille maison et de son contenu !

Elle l'est pour ce qui est de l'avenir de la maison ; mais c'est aux biens qu'elle ne l'est pas : indignée à l'idée que « son » tabouret n'était plus là, disparu ! Plus justement, « son » tiers de tabouret...

« Qu'est-ce que j'ai à faire la méprisante ? s'attriste soudain Émilienne. Après tout, tant que les choses n'auront pas été attribuées une à une, ce sont ses affaires autant que les miennes... »

Un coup de coude de Marthe dans ses côtes lui fait tourner la tête. La vieille employée l'entraîne vers la cuisine :

« J'ai rangé une partie des cuivres dans le placard

du haut qui a l'air qu'y en a pas... C'est peut-être pas la peine de leur dire !

— Je crois que si, Marthe. D'abord, Giselle va s'en apercevoir, et puis ce serait du vol...

— Du vol, les affaires d'ici ?

— Eh bien oui : tout ce qui est ici lui appartient autant qu'à moi. Et à Jean-Raoul... »

Marthe grommelle. Pour elle, les meubles et le contenu des armoires appartiennent d'abord à M. Saint-Cyr, ensuite à la maison. Cette maison qu'elle-même sert et entretient depuis plus de trente ans comme si c'était une personne ! L'idée qu'on puisse la démanteler, lui ôter ses ornements — ainsi, les cuivres — la rend d'avance malade et la pousserait à commettre quelque forfait. Emmy le perçoit, s'en émeut :

« Ne t'inquiète pas, Marthe, rien ne sera retiré d'ici... Je m'en occupe !... Mais il faut bien que ce soit évalué pour que Giselle et Jean-Raoul aient leur part...

— Les autres, ils l'aiment pas, la maison... Savent pas ce que c'est ! »

Depuis qu'il est question de partage — mot abominable à ses oreilles, comme il devait l'être au cœur de la mère de l'enfant que s'apprêtait à « partager » le roi Salomon —, Marthe, pour parler de Giselle et de Jean-Raoul, dit « les autres ».

Elle les aimait bien, pourtant, lorsqu'ils étaient petits, qu'ils jouaient dans ses jupes, chapardant dans sa cuisine les meilleurs morceaux, la pâte à biscuits prête à cuire... C'est qu'elle régnait en maîtresse et — selon son bon vouloir — prenait plaisir à gronder ou au contraire à fermer les yeux.

Mais là, avec ces messieurs en costume, à la voix sévère, Marthe prend peur. Comme si, en touchant à la maison, en la visitant, en l'inventoriant, on s'attaquait à un être vivant. Elle est de la race de ceux — il y a dû en avoir dans sa lignée — qui, à bout de nerfs et de courage, pointent le fusil contre les huissiers qui viennent saisir leur ferme... Quitte à se faire ensuite eux-mêmes sauter le caisson !

Émilienne peut, elle aussi, éprouver ce genre de sentiments. Toutefois, elle a derrière elle des générations de gens qui ont fait des études, dont certains ont même été juristes... Alors elle se retient, réfléchit, recherche le compromis. La meilleure manière, elle le sait, de se défendre contre la loi, c'est de lui opposer... la loi. Et non la violence.

Toutefois, ce qui la confond, c'est de se trouver en opposition d'intérêt avec sa propre sœur, sa petite Giselle qu'elle a tant aimée quand elles étaient enfants. Une partie d'elle-même — peut-être la plus chérie, parce qu'alors la plus faible.

Dès que sa sœur téléphonait : « Papa, c'est Giselle !... Je te passe l'appareil, elle veut te parler... », tous deux rayonnaient, échangeant des regards radieux, tandis que le vieux monsieur causait dans l'appareil à sa fille cadette : « Allô, allô, c'est toi ?... » Puis, lorsqu'il avait raccroché :

« Ta sœur va pouvoir venir cette fin de semaine...

— Seule, ou avec les enfants ?

— Les enfants préfèrent aller skier avec leur père. »

Avoir ses deux filles autour de lui, à table, en promenade, comme lorsqu'elles étaient petites, était le comble du bonheur pour le vieux monsieur.

Pour Émilienne aussi, cela représentait la fête.

« Je vais commander des langoustines, Giselle adore ça, et il faut les retenir d'avance, en ce moment ; ce n'est pas la saison... »

Gâter sa sœur, c'était mieux que se faire plaisir à elle-même.

Alors, pourquoi n'a-t-elle aujourd'hui aucune envie de lui concéder un atome de ce mobilier dont une bonne partie est usée, bancale, plus bonne à rien ?

Heureusement, Giselle n'a pas l'air d'en vouloir vraiment, elle ne s'intéresse qu'à sa valeur marchande. Quant à Jean-Raoul, il s'en fiche complètement; il lui faut Paris et de l'argent pour y vivre comme il l'entend.

« Ah, les petits chevaux de bronze, dit soudain Giselle en entrant dans le bureau. Jean-Raoul les veut... Il m'a demandé de les lui réserver... »

Les quatre petits chevaux de bronze qui n'ont jamais quitté le dessus de la cheminée de marbre depuis que leur grand-père les avait reçus d'un vieil ami fortuné, collectionneur d'antiquités, auquel il avait rendu service. « Époque napoléonienne », disait Aubin en les désignant à ses visiteurs, aussi fier que s'il les avait tenus, après quelque bataille, de l'Empereur lui-même!

Et voilà que Jean-Raoul envisage de les soutirer à la maison — *soutirer* est le mot juste, car c'est comme un sacrilège!

Émilienne cherche Marthe du regard pour se trouver une alliée, mais la vieille bonne est repartie dans la cuisine où, dangereusement perchée sur un escabeau, elle a entrepris de redescendre, élément par élément, la batterie de cuivres du fameux placard invisible.

Comme on se rend à l'ennemi, toutes munitions épuisées.

Le sont-elles?

[illegible] Gérard [illegible] et [illegible] complètement il lui faut dans le sac de farine pour [illegible]
comment il entend.

quant Archiduc [illegible] [illegible] affirmait

le [illegible] lui-même [illegible]

la [illegible] — [illegible] la Montaiste, [illegible]
comme un sacrilège.

Elisabeth, chargée plutôt de [illegible] dans un
coin [illegible] une pièce [illegible] la vieille [illegible] est séparée

par élément, le contenu [illegible] du [illegible]
[illegible] de [illegible]

[illegible] les petites [illegible]
[illegible] [illegible] elles
[illegible] sont [illegible]

Jamais Jean-Raoul n'avait éprouvé une telle souffrance.

Même pas au moment, pourtant si crucial, de la mort de sa mère. En fait, au terme de sa longue maladie, le décès de celle-ci était annoncé, attendu, alors que là, rien : le choc subit, sans préparation !

Lorsqu'il est entré dans le petit deux pièces loué qu'il partage avec Thomas depuis bientôt six mois, il était au contraire d'une humeur légère, exquise même : dans le bonheur de rejoindre son jeune amant, son « petit prince », comme il aimait l'appeler, et de lui rapporter de si bonnes nouvelles. Ne venait-il pas — un cadeau du sort, une chance du destin ! — de mettre la main sur ce qui pouvait faire le plus plaisir à Thomas : des statuettes équestres comme ils en avaient vu ensemble à la vitrine des antiquaires du Louvre, et aussi dans cette petite boutique près de l'avenue Kléber ? Thomas était longtemps resté le nez collé à la vitre, en admiration. Vainement ! Trop cher pour leur bourse à l'un comme à l'autre. Et là, brusquement, c'était comme si les chevaux avaient jailli de la vitrine pour bondir jusque dans les bras du « petit prince » ! Et pas un seul : un quadrille !

Avec le polaroïd de Giselle, Jean-Raoul en avait d'ailleurs pris une photo qu'il avait glissée dans son portefeuille dont il la retire juste avant de tourner la clé dans la serrure. Il veut la montrer aussitôt à Thomas, tel un chasseur ou un pêcheur qui ramène sa prise à la maison pour la jeter, à la fois glorieux et détaché, sur la table de la cuisine. Prévoyant déjà les « oh » et les « ah » des femmes restées à l'attendre et qui vont s'en saisir pour l'accommoder !

Thomas n'était pas une femme, mais tous deux avaient ce genre de rapports : Jean-Raoul incarnait la méthode, la réflexion ; Thomas était le tourbillon, la frivolité, le caprice... La beauté, aussi, avec ses mèches blondes qui lui retombaient sans cesse sur les yeux ! Une joie dansante. À laquelle Jean-Raoul était si heureux de contribuer, chaque fois qu'il le pouvait ! Satisfaire Thomas, le surprendre, le gâter était devenu le but de sa vie.

Cette fois, il était en mesure de faire fort !

S'il avait préféré ne pas le prévenir, c'était pour jouir en direct de son émerveillement. Dans le message qu'il lui avait laissé sur le répondeur, il avait seulement dit : « Mon train arrive à Montparnasse à 21 h 35, je prendrai un taxi et serai à la maison à dix heures au plus tard... »

Peut-être Thomas aurait-il fait un peu de cuisine — il lui arrivait de s'activer aux fourneaux. Sinon, il l'emmènerait en bas de chez eux, chez l'Italien, boire du chianti pour fêter son retour.

« Il y aura une surprise », avait-il ajouté.

Thomas ne résistait pas aux surprises. Il en quémandait sans cesse : « Qu'est-ce que tu me ramènes ? » Parfois, c'était presque rien : un magazine, une fleur, deux tickets pour le cinéma, mais toujours quelque chose...

Aujourd'hui, la surprise était de taille, bien au-delà de leurs moyens. Et même de leur imagination !

Thomas lui avait lancé lorsqu'il était parti : « Dis donc, tu vas hériter de ton père, si j'ai bien compris... Ça peut être juteux ! »

Jean-Raoul avait préféré minimiser ses espérances, ne fût-ce que par décence : il aimait son père, même si ce n'était pas autant qu'il avait adoré sa mère, et il n'entendait pas se réjouir de bénéficier de ses dépouilles.

« Oh, tu sais, mon père n'était pas fortuné; il vivait de sa retraite.

— Tu ne m'as pas dit qu'il avait une maison ?

— Une vieille baraque dans une petite ville de l'Ouest. Ma sœur aînée y habite, je pense qu'elle va continuer... »

Il n'avait pas parlé du mobilier.

« Et l'argent, les économies de ton vieux ?

— Ce sera sans doute pour mon autre sœur, la seule de nous trois à avoir des enfants. Mon père a dû faire un testament en ce sens. Le notaire nous convoque pour son ouverture... Je ne m'attends à rien, ou presque. Une petite somme, peut-être, de quoi faire un voyage en Grèce ou aux Caraïbes, toi et moi... »

Thomas avait alors parlé d'autre chose. D'une fête à laquelle il était invité chez Bruno Kaulchick, le photographe à la mode, mais, puisque Jean-Raoul ne serait pas là, il se demandait s'il irait.

« Si, si, avait insisté Jean-Raoul, vas-y, distrais-toi. Le temps de mon absence te paraîtra plus court... »

C'était avant-hier et, depuis lors, il n'avait pas eu le « petit prince » au téléphone, seulement le répondeur. Il est vrai qu'il n'avait pas voulu se servir du seul appareil de la maison, celui du bureau, avec ses sœurs aux écoutes. Elles n'ignoraient pas qu'il vivait depuis peu avec un garçon, et aucune n'appréciait vraiment.

C'était si loin de leur éducation, de leur façon d'envisager la vie !

Avec Emmy, peut-être, qui avait fait des recherches sur les mœurs à Rome au Siècle d'Or, il aurait pu — sous prétexte de parler Histoire — évoquer librement l'homosexualité, les relations amoureuses entre hommes. D'autant qu'on discutait de plus en plus du « Pacs », maintenant, dans les journaux et les médias; mais il savait que ses sœurs étaient plutôt contre. Giselle en ricanait ouvertement — ce qui n'était pas très délicat ni considéré pour lui.

Mais il n'avait pas cherché à relever : il ne voulait pas entamer de discussion avec qui que ce soit en ce moment, il était trop heureux. Grâce à Thomas.

Un bonheur fragile, léger comme l'épi blond qui se dressait hors des couvertures, le matin, et qui, pour Jean-Raoul, était comme un signal, un message d'amour : « Je suis là, tu n'es plus seul... »

« Thomas, où es-tu ? C'est moi ! »

C'est vite fait, le tour d'un deux pièces.

De toute évidence, il n'y a personne.

Le garçon a dû descendre s'acheter des cigarettes : une manie, un vice même, dont le « petit prince » n'arrive pas à se défaire. Un cendrier plein de mégots gît d'ailleurs sur la table basse. En dessous, une feuille de papier pliée en quatre, sans enveloppe.

Pour Jean-Raoul, peut-on lire, écrit au marqueur d'une écriture un peu désordonnée, enfantine, quoique alambiquée, avec des boucles en panache aux majuscules.

Jean-Raoul s'assied sur le divan pour déplier et lire.

Bien lui en a pris : sinon, il serait tombé sur le parquet, comme cela lui est arrivé en apprenant par téléphone la mort soudaine de sa mère.

Salut, mec ! Ne m'attends pas ! Je ne rentrerai pas... Une rencontre, tu sais ce que c'est... Je te raconterai... Ne t'en fais pas pour moi !... Il y a un reste de poulet dans le fridge...

La fin du monde aura-t-elle lieu aussi simplement, sans cris, sans bruits, sans violence apparente ?

Jean-Raoul ne pleure pas ; des sanglots secs soulèvent seulement sa poitrine. Il se lève mécaniquement pour se diriger vers le placard aux bouteilles, y saisir le flacon de cognac que lui avait offert son père, et boire au goulot.

Où est la boîte de somnifères ? Pourvu que Thomas ne l'ait pas emportée !

Quelque chose en lui ne peut s'empêcher de penser que c'est à peu près les mêmes phrases, les mêmes mots que Thomas a utilisés pour faire savoir à son « ex » — un dénommé Claude — qu'il ne rentrerait pas, ce soir-là. En fait, qu'il le quittait pour Jean-Raoul.

Thomas n'avait pas dit explicitement à Claude qu'il partait pour toujours, mais Jean-Raoul, fou de joie, avait bien compris que c'était ce que ce bref message signifiait : un adieu définitif !

Comme celui-ci ?

Non.

Il ne veut pas. Il ne peut pas l'admettre.

Il va se battre.

Qui a dit, au moment d'une arrestation depuis longtemps redoutée : « Nous vivions dans la crainte ; maintenant, nous allons vivre dans l'espérance... » ?

Quelque part en lui, Jean-Raoul appréhendait secrètement ce qui vient de se produire : l'envol du bel oiseau ! Trop instable... Trop attiré par tout ce qui brille.

Il va voir, le sale petit. Les autres aussi vont voir. Tous les autres !

C'en est fini, pour lui, de subir. D'encaisser n'importe quoi : les humiliations, les reproches, les injustices...

D'un seul coup, ce soir, au cœur de la souffrance sans égale de l'abandon, Jean-Raoul devient un homme.

[illegible] [illegible] [illegible] [illegible]
[illegible] dans [illegible] [illegible] [illegible]

[illegible] [illegible] pas, [illegible] [illegible] [illegible] [illegible] [illegible] [illegible] [illegible] [illegible] [illegible] [illegible] [illegible] [illegible] [illegible] [illegible].

[illegible] [illegible] de [illegible] [illegible] [illegible] [illegible] [illegible] [illegible]!

[illegible] [illegible] [illegible] [illegible] [illegible] [illegible] [illegible] [illegible] Thierry [illegible] [illegible]

— Tu es [illegible], ton [illegible]! [illegible]

Depuis le retour de [illegible] la veille au soir Thierry ne décolère pas. Bien sûr, ils n'ont pas [illegible] de [illegible], à [illegible] le compte [illegible] du [illegible] est [illegible] mis au propre par les officiers [illegible] mais contresigné par [illegible] de [illegible] commissaire. Toutefois les quelques détails [illegible] Francis Gaelle ont suffi à convaincre Thierry qu'au cours de la passée, quantité de choses ont été omises, et alors grandement sous-estimées.

N'ont-ils pas négligé de prendre en compte ce qui pourrait sembler un détail, mais qui prenait toutefois [illegible] aux yeux de Thierry : le poste de télévision?

Ton père s'en servait encore, de sa télé, tous les jours!

— Il ne faut oublier qu'au bout de dix ans, l'appareil ne marchait plus [illegible].

— En attendant, Emmy la regarde, et pourra l'utiliser encore longtemps. C'était de la bonne qualité, les télés [illegible], avec leur cadre de bois. Tout [illegible] pour le coin! Elle aurait pu te proposer un déménagement de sa main à la [illegible]...

— Écoute, Thierry, je me suis résignée!

« Tu t'es fait avoir, j'en étais sûr ! »

Depuis le retour de Giselle, la veille au soir, Thierry ne décolère pas. Bien sûr, ils n'ont pas encore le document en main, à savoir le compte rendu de l'inventaire qui doit être mis au propre par les officiers de justice, puis contresigné par eux avant de leur être communiqué. Toutefois, les quelques détails que lui a déjà fournis Giselle ont suffi à convaincre Thierry qu'au cours de la prisée, quantité de choses ont été omises, ou alors grandement sous-estimées.

N'ont-ils pas négligé de prendre en compte ce qui peut sembler un détail, mais qui paraît toutefois exemplaire aux yeux de Thierry : le poste de télévision ?

« Ton père s'en servait encore, de sa télé, tous les jours !

— Ils ont estimé qu'au bout de dix ans, l'appareil ne valait plus rien.

— En attendant, Emmy la regarde et pourra l'utiliser encore longtemps. C'était de la bonne qualité, les téléviseurs d'autrefois, avec leur cadre de bois... Tout bénef pour ta sœur ! Elle aurait pu te proposer un dédommagement de la main à la main...

— Écoute, Thierry, je me suis renseignée ! Il

paraît que pour déterminer les prix au cours d'un inventaire, on se fixe sur ce qu'on pourrait en tirer dans une vente aux enchères... Et cette télé-là, il semble qu'aucun commissaire-priseur n'accepterait de la présenter à des acheteurs, qu'elle est tout juste bonne pour la casse !

— La gazinière à butane aussi ?

— Évidemment !

— Je m'en servirais bien dans ma cabane de chasse... Mais admettons ! Cela dit, tu ne vas pas me faire croire que la belle lampe, la grosse, celle dont le pied est un vase chinois — un authentique, d'après ton père —, ne vaut que six cent cinquante francs, comme tu me l'as dit ?

— Tu sais, l'abat-jour est défraîchi, le fil électrique serait à changer...

Giselle est assise en robe de chambre devant la table de la cuisine, face à une tasse de café à laquelle elle ne touche pas. Quelque chose en elle — est-ce le cœur ? — lui fait mal. Depuis qu'elle est mariée avec Thierry, en fait depuis qu'elle le connaît, jamais ils n'ont eu la moindre conversation sur la valeur des objets, des meubles, de tout ce qui est d'ordre matériel... Au contraire, et c'est ce qui lui a plu si fort en lui, qui l'a rendue amoureuse : Thierry lui répétait que le monde des apparences ne compte pas. « Ce n'est pas le paraître qui est important, c'est l'être... » Et il lui disait en la serrant contre lui, le soir, dans leur lit à une place, que plus ils vivaient à l'étroit, plus leur amour les réchauffait, les embrasant jusqu'à l'incandescence...

Aujourd'hui, dans leur cinq pièces plein soleil qu'ils ont acheté en prenant des crédits, Giselle a soudain froid.

Chez leurs parents aussi, à Paris, il n'y avait pas tellement d'espace, quand ils étaient petits — la preuve, elle a longtemps couché dans la même chambre qu'Emmy —, mais ils ne s'en plaignaient pas et ne cherchaient pas à s'agrandir. En tout cas, les parents n'en parlaient pas : on prenait son tour pour la salle de bains, et tout se passait bien, sauf quand Jean-Raoul s'y enfermait trop longtemps.

« Sors de là ! finissait par crier Aubin. Mais qu'est-ce qu'il fout là-dedans, ce garçon, à se bichonner pire qu'une fille ?

— Ce sont ses cheveux, plaidait Marceline, tu sais bien qu'il n'arrive pas à les aplatir convenablement, tu es le premier à lui en faire reproche.

— Il n'a qu'à se les ratiboiser, comme au régiment : il n'aura plus de problèmes, moi non plus... »

La place, ils l'avaient pendant les vacances. Sur les chemins, bien sûr, à bicyclette, mais aussi dans la vieille maison. Chacun des enfants avait alors sa chambre, et ils disposaient même de tout un étage, avec les parents installés au premier. Que d'heureuses dégringolades dans l'escalier !

À propos, il y a une jolie boule pour terminer la rampe de noyer. « Elle est en cristal taillé, disait Aubin qui prétendait l'avoir achetée lui-même à un collectionneur, lequel se débarrassait de son lot. J'ai pris la plus chère », disait-il, ravi de sa magnificence. Pour rectifier aussitôt — car il n'aimait guère avoir l'air de se laisser guider par le coût des choses : « C'était la plus belle... »

Cette boule n'a pas été estimée, c'est comme si elle faisait partie des murs, et Emmy va l'avoir pour rien... Giselle est sur le point d'en parler à Thierry, quand elle se dit que cela ne fera que soulever une nouvelle tempête, en sus de celle en cours !

« Et ces cochons-là n'ont pas inventorié le grenier, me dis-tu ?

— J'étais pressée de reprendre mon train, tu m'avais recommandé de rentrer le soir même... On a juste eu le temps de jeter un coup d'œil : il n'y a guère que des objets cassés...

— Un fauteuil Louis XVI cassé, je m'en contenterais... Ça se répare. Ou ça se vend tel quel...

— Écoute, Thierry, si cela te paraît important, je peux y retourner...

— Bien sûr que c'est important ! Et, cette fois, je t'accompagnerai. Les greniers sont des nids à trésors. N'importe quel commissaire-priseur qui connaît son métier en a l'expérience. Qui sait si Emmy n'y a pas entreposé, je ne sais pas, moi, des tableaux, de l'argenterie... Et toutes ces cantines que j'y ai aperçues, une fois ?

— Des vieux papiers, des lettres... Papa gardait tout.

— Même les cartes postales prennent de la valcur, de nos jours. Sans compter leurs timbres...

— Mais ce serait un travail de fourmi. Interminable !

— On peut envisager d'accepter un forfait, mais, au moins, que ce soit pris en compte dans l'héritage... Ta sœur doit bien rigoler, aujourd'hui !

— Ce n'est pas le genre d'Emmy. Elle n'est pas intéressée, tu le sais bien.

— Je ne le serais pas, moi non plus, si je n'avais qu'à ouvrir les bras pour recevoir le pactole...

— Le pactole, tu exagères ! »

Même si elle cherche à modérer son mari, quelque part en elle, Giselle est satisfaite d'entendre Thierry s'exprimer avec autant de vigueur. Est-ce parce qu'il formule ce qu'elle ressent depuis déjà très longtemps à propos de sa sœur, mais qu'elle n'allait pas jusqu'à se dire ? Que, d'une certaine façon, Émilienne a tout reçu sans avoir aucun effort à fournir ?

Son droit d'aînesse, déjà : même s'il ne compte plus de nos jours en matière d'héritage, cela reste un privilège. Quand leur père disait : « mon aînée », c'était comme s'il avait dit « la perle de mes yeux » ! Et c'était elle qui inaugurait tout la première, du fait de son avance en âge : les cours de danse, les vacances en colonie, aller au théâtre, sortir seule avec un copain l'après-midi... (Sans compter les premiers baisers, mais ça, c'est une autre histoire !)

Sa sœur a à peine eu besoin de travailler pour passer son agrégation d'histoire : elle l'a eue du premier coup, alors même qu'elle ne s'y attendait pas. En fait, Émilienne, la chanceuse, est tombée sur les seuls deux sujets qu'elle connaissait par cœur, mais *par cœur* !

C'est comme pour cet homme, si malade, qu'elle a épousé, à sa demande réitérée, en phase presque terminale, soi-disant pour lui procurer un dernier bonheur, et qui est mort dans l'année, sans enfants, sans famille, en lui léguant tout son bien. Pas considérable, certes, mais suffisant pour qu'Emmy puisse poursuivre tranquillement ses recherches en histoire tout en vivant de ses revenus et de la rente de feu son mari.

Depuis qu'elle s'était installée avec leur père, ses frais avaient dû diminuer de moitié, puisque tous deux partageaient les notes, l'eau, le gaz, l'électricité, l'essence pour la voiture, peut-être aussi le téléphone, et sûrement les gages de Marthe ! En somme, leur père entretenait en partie Emmy à son détriment à elle, Giselle, comme à celui de Jean-Raoul. Et jamais il n'avait été question de compensation. On n'en parlait pas, comme si cette situation d'exception était équitable. Leur père se contentant de dire : « J'ai bien de la chance — toujours ce mot "chance" qui revient — d'avoir une fille célibataire pour s'occuper de mes vieux jours ! Je ne te remercierai jamais assez, ma chérie ! »

Chaque fois qu'Aubin disait cela devant ses autres enfants, Giselle éprouvait comme un léger pincement, un malaise... À croire, même si ce n'était pas explicite, que leur père leur reprochait leur éloignement. Mais il fallait bien que Thierry et elle travaillent à Paris dans de dures conditions, avec cette circulation, cette pollution, ces problèmes grandissants pour les enfants : la violence, la drogue à l'école... Son père, lui, s'en fichait. Il le disait lui-même : dans sa retraite de Saint-Valençay, en compagnie d'Émilienne, il était comme « un coq en pâte » !

Le coq est mort et Emmy se régale maintenant de la pâte !

Mais qu'est-ce qu'elle a à penser n'importe quoi ? Il faut qu'elle reprenne ses esprits. Elle ne peut pas le faire en présence de Thierry : sa mère, née fortunée, a perdu ses parents dans un accident de voiture. Elle avait dix ans et a été flouée dans les grandes largeurs par son oncle qui était son tuteur.

Thierry a beau affirmer que « rien ne vaut mieux que de se faire soi-même », de citer Villiers de l'Islc-Adam (il a beaucoup lu) sur « l'honneur d'avoir été pauvre ! » — Thierry n'oubliera jamais comment sa mère a été dépossédée, sans recours possible, et ce dont on l'a privé, escroqué, lui. D'où sa hargne contre la situation actuelle et cette malheureuse Émilienne, laquelle, à tout prendre, n'a rien fait de mal !

Pour en être mieux assurée, il faut qu'elle en discute avec quelqu'un d'autre que Thierry.

Avec Jean-Raoul.

En cas de conflit chez les uns ou les autres, son frère ne prend jamais parti d'emblée, comme font la plupart des gens. Il commence par écouter, même s'il n'en a pas toujours l'air, et c'est seulement sur la fin de l'histoire, quand on s'y attend le moins, qu'il laisse tomber un mot, on pourrait dire un verdict. Lequel se révèle toujours pétri de bon sens. Et même juste.

« Mon fils aurait pu être magistrat ! s'exclamait leur mère avec admiration. Jean-Raoul sait d'instinct faire la part des choses et rendre son dû à chacun... »

Giselle va l'appeler dès que Thierry sera parti à son bureau et qu'elle aura repris son souffle.

« Et ce pauvre Jean-Raoul, lâche précisément Thierry en enfilant son pardessus, personne ne s'en préoccupe... La cinquième roue du carrosse, je vois ça d'ici ! Il n'aura rien... Il est quand même le fils de son père ! »

Quand même ! En d'autres circonstances, Giselle aurait relevé l'expression qui exprime tous les préjugés de Thierry envers l'homosexualité de son beau-frère.

Là, elle se tait. Que son mari s'en aille et qu'elle retrouve le silence dont elle a besoin pour rétablir la paix en elle.

C'est après avoir avalé un verre d'eau et pris sa douche qu'elle décroche le téléphone :

« Jean-Raoul, c'est moi, je suis rentrée. On a fait l'inventaire.

— Et alors ?

— Thierry prétend que le mobilier a été sous-estimé et que...

— Il a sûrement raison », coupe Jean-Raoul.

Giselle n'en revient pas de la rapidité de son frère à trancher, si inhabituelle chez lui, ni du fait qu'il donne raison à son beau-frère dont il n'apprécie pourtant pas les sentiments hostiles à son endroit. Sans compter qu'il les lui rend bien.

« Tu restes chez toi ?

— Oui, j'ai du travail à la maison.

— Alors, j'arrive. Il faut qu'on parle. »

Jean-Raoul, sortir de chez lui si tôt matin ? Il y a du nouveau dans l'air... Le petit s'est d'ailleurs exprimé d'une drôle de voix, plus basse, plus déterminée. Comme s'il avait quelque chose en tête.

Il y a d'abord eu le départ de Giselle, en fin d'après-midi, suivi de peu par la sortie cérémonieuse des officiers de justice. Ensuite, après avoir lavé et rangé les verres et les tasses à café, Marthe est rentrée chez elle, comme tous les soirs, et, d'un coup, après l'inventaire, Émilienne s'est retrouvée seule dans la maison.

Cela lui est déjà arrivé : lorsqu'elle venait sans son père, du temps où il passait encore l'hiver à Paris, afin de « préparer » les lieux. Ou pour y séjourner une petite semaine sans personne, exprès, pour terminer un travail en cours.

Mais c'était alors « la maison de son père », et le regard qu'elle jetait sur ce qui l'entourait, le décor, le petit jardin, était à la fois serein et respectueux. Son unique souci était de ne rien déranger. Tout devait rester en l'état, comme Aubin avait l'habitude de trouver ses affaires, depuis ses instruments à écrire disposés sur son bureau jusqu'à sa canne glissée dans le porte-parapluies, sans compter, bien sûr, chaque meuble à sa place habituelle. Dans un ordre qui paraissait sempiternel. Avait-il d'ailleurs changé quelque chose depuis la mort de son propre père, le premier propriétaire ?

Ce qu'Emmy aurait pu prendre pour un manque de liberté en était une, au contraire : son absence totale de responsabilité. Les choses étaient ce qu'elles étaient et n'avaient qu'à le rester !

Bien sûr, s'il lui arrivait de tomber sur quelque objet qui demandait à être réparé, elle s'en occupait. Aussi bien, Marthe l'aurait fait à sa place, la vieille femme venant une fois par semaine, en leur absence, inspecter si « tout allait bien ». Car les maisons sont comme les personnes : elles ont une santé et on utilise les mêmes mots pour s'en enquérir :

« Comment va la maison ? lui demandait son père par téléphone.

— Elle va bien, mais je crois qu'on risque d'être un peu court en bois pour la cheminée. Et j'ai envie de faire ajouter une prise de force dans la cuisine : avec tous ces nouveaux appareils, la cafetière, le presse-agrumes, la friteuse, on finit par faire sauter les plombs... Qu'en penses-tu ?

— Fais comme tu l'entends, tu es chez toi (quand on vous dit ça, c'est généralement qu'on n'y est pas !), je vais te donner l'adresse du marchand de bois. »

Se contenter de réparer, d'aménager, d'embellir, en somme de faire plaisir comme si on mettait des fleurs dans un vase : c'était le bon temps ! Emmy ne songeait même pas à informer sa sœur ou son frère de ce qu'elle avait fait ou transformé, puisqu'elle avait l'approbation du vrai et seul propriétaire, leur père ! Ni que c'était elle, souvent, qui réglait la facture, ce qui lui paraissait juste, puisque c'était elle qui avait eu l'idée : ainsi pour le rosier grimpant, si prolifique...

« Tu as un rosier magnifique, Papa, celui au-dessus de la porte du jardin, avait remarqué Giselle. Il m'avait jusque-là échappé... »

Son père avait souri discrètement :

« C'est qu'il n'est pas là depuis bien longtemps, et il en met un coup, ce printemps, c'est vrai ! »

Il n'avait pas précisé qu'il s'agissait d'un cadeau

d'Emmy. En fait, elle le lui avait offert pour sa fête, la Saint-Aubin, qui tombe le premier mars ; comme ses autres enfants avaient négligé de la lui souhaiter, il n'avait pas jugé bon d'y faire allusion...

Ainsi était leur père, craignant toujours de blesser l'un des siens ou de semer la division !

À peine la pensée l'a-t-elle effleurée qu'Emmy, qui a décidé d'arroser le rosier — tout est si sec, ce mois-ci —, est prise d'un fou rire : sans doute est-ce pour cela, pour éviter d'instituer la division entre eux trois, qu'il les a *collés* — il n'y a pas d'autre mot — dans son contraire : l'indivision !

Ainsi, aujourd'hui, elle ne se sent plus chez elle, puisqu'elle n'est plus chez personne : ni chez son père, ni chez son frère et sa sœur ! Si elle est dans quelque chose, c'est dans une disposition de la loi !

Napoléon, dit-on, serait l'auteur du fameux article : *Possession vaut titre.* Mais ce qu'il régit, ce sont les meubles. Pour ce qui est de l'immobilier, se trouver « dans les murs » ne suffit pas, sinon Marthe serait propriétaire autant qu'elle, puisqu'elle a les clés. De même que tous les éventuels squatters installés dans un lieu ou un autre. (Ce qu'ils revendiquent souvent, d'ailleurs !) Même le chat, le vieux chat jaune qui est venu se frotter contre ses jambes pour réclamer ses croquettes matinales, serait chez lui ! Ce qu'au demeurant, il doit estimer puisqu'il interdit l'entrée de la maison — et faut voir comment ! — à tous les matous du voisinage.

« Oui, se dit Emmy, je suis comme le chat : la gardienne du seuil. Pas plus ! Pauvre maison qui n'appartient plus à personne ! »

Abandonnée, alors ?

Pas tout à fait. Pas encore.

Mais son sort n'est pas décidé : c'est comme celui des orphelins dont les parents viennent subitement de mourir. À qui vont-ils « être » jusqu'à leur majorité : à un oncle, une tante, la Dass ?

Peut-être va-t-on vendre la maison... ?
Ah, si elle avait de quoi la racheter ! Comme elle saurait s'en occuper, la bichonner, la chérir, en somme l'adopter...
Comment se fait-il que son père n'y ait pas pensé ?
Emmy lui en veut brusquement : c'est bien beau de s'occuper des gens — mais s'est-il véritablement occupé d'eux en les laissant dans cette foutue indivision ? —, encore s'agit-il d'assurer le sort des choses, des pauvres choses qui dépendent de nous !
Comme des animaux qu'on va laisser derrière soi. À vrai dire, Aubin y a songé pour le chat jaune : « Tu t'occuperas de Mistigri, n'est-ce pas, Emmy, quand je n'y serai plus... Ou alors, tu le laisseras à Marthe, il l'adore.
— Mistigri aime surtout la maison, avait répliqué Emmy. De toute façon, il a plus de quinze ans, il partira avant toi, ne t'en fais pas ! »
Or Mistigri était là, assis sur ses poils, à la fixer de ses yeux d'or : « Qu'est-ce que tu attends pour me nourrir ? » Elle avait envie de lui répondre : « Je ne suis pas la maîtresse de la maison, mon vieux, ni la tienne ! »
Elle était quand même rentrée du jardin pour lui servir ses croquettes et il lui avait semblé que jamais la maison n'avait été aussi grise, dépourvue d'attrait, presque anonyme.
Ce sentiment émanait d'elle, Emmy le savait : tout ce qu'elle touchait, ces placards qu'elle ouvrait, lesquels avaient été « violés » au cours de l'inventaire, ne la concernaient plus comme avant.
C'est qu'au fond d'elle-même, par dépit, prudence aussi, elle faisait en sorte de s'en détacher.
D'avance.
Pour ne pas trop souffrir au cas où elle devrait y renoncer. Tout quitter.
La cruelle pensée qu'elle pourrait avoir à sortir de cette maison pour toujours la poigne si fort, sou-

dain, qu'elle tombe à genoux sur le carrelage de la cuisine, près de l'écuelle dans laquelle mange le chat :

« Papa, tu ne vas pas laisser faire ça ! »

Pourtant, c'est lui qui l'a fait, organisé, voulu, même. L'inconscient !

Émilienne va devoir rentrer à Paris et voir les choses de plus près — ou plutôt de plus loin ! — avec son frère et sa sœur.

Les deux sœurs se sont donné rendez-vous dans ce café de la place Victor-Hugo, *Le Scorza,* longtemps le repaire des adolescents du quartier qui l'ont finalement délaissé au profit d'adultes à la recherche d'un endroit calme pour y discuter sans témoins.

Mal à l'aise, Giselle se tortille sur sa chaise face à une Émilienne rouge d'indignation qui roule entre ses doigts une petite serviette en papier.

« Mais c'est du vol! Comment Jean-Raoul a-t-il pu commettre un acte aussi déplaisant? Lui, d'habitude si honnête, si "juste", comme disait Maman...

— Écoute, Emmy. À dire vrai, je lui en ai donné la permission!

— Toi? Mais pourquoi? Et sans m'en avertir...

— J'ai essayé de te téléphoner, ça n'a pas répondu. Puis je suis tombée sur Marthe qui m'a dit que tu étais dans le train pour Paris... Remarque, je l'ai prévenue, je lui ai dit: "Jean-Raoul arrive, tâchez d'être là, je crois qu'il n'a pas les clés..."

— Et elle lui a ouvert sans méfiance! Il est allé droit vers les statuettes, sans un mot d'explication et il les a emportées! Elle m'a appelée ce matin pour me raconter! Elle n'en revient pas, elle en tremblait encore comme après un braquage...

— Je te fais remarquer que Jean-Raoul est chez lui, dans cette maison, tout autant que toi et moi ! C'est Marthe qui n'y est pas...

— Mais Marthe ne toucherait pas à un verre de la cuisine... Tandis que Jean-Raoul, enlever comme ça les petits chevaux de bronze et partir avec en voiture... La tienne, à ce qu'il paraît ?

— Je la lui ai prêtée, c'était lourd.

— Je pense bien ! Un vrai butin... Et que comptez-vous en faire ? Les vendre ? Je te signale qu'ils figurent sur l'inventaire.

— Pas pour très cher. J'ai reçu mon exemplaire ce matin, j'ai vérifié. Ne t'inquiète pas, leur montant sera ajouté à ta part...

— Mais ce n'est pas pour ça !

Emmy a envie de pleurer.

— ... c'est pour la manière. Et aussi pour la destruction du cadre où a vécu ce pauvre Papa.

— Et alors, tu ne comptes tout de même pas transformer cette maison en musée !

— Je n'y avais pas pensé, mais, maintenant que tu m'en parles... Oui, j'aimerais la préserver telle quelle pour... tiens, pour tes enfants !

— Et Jean-Raoul ? Tu oublies Jean-Raoul.

— Il serait chez lui, il viendrait quand il voudrait. Avec qui il voudrait.

— Justement !

— Quoi ?

— Il a des problèmes de cœur. Il est très malheureux, il est venu m'en parler... C'est pour ça qu'il a besoin des petits chevaux.

— Ne me fais pas rigoler ! Ça ne se met pas dans le cul, des statuettes en bronze !

— Emmy, jamais je ne t'ai entendue être aussi vulgaire !

— Tout le monde a le droit de changer ! Mon frère devient bien un voleur, avec toi pour complice !

— Je te prie de retirer le mot "voleur" : Jean-

Raoul et moi ne le sommes ni l'un ni l'autre. Nous sommes propriétaires de la maison et de tout son contenu, à égalité avec toi !

— Tant qu'on reste dans l'indivision, on ne doit toucher à rien du patrimoine, a dit le notaire. Sauf d'un commun accord.

— Ah oui ? Et qu'est-ce qui me garantit que tu n'y touches pas ?

— Tu n'as qu'à venir vérifier...

— Je n'ai pas le temps : j'ai une famille, moi, un emploi. »

Émilienne s'attendait à celle-là ! Sous-entendu : je ne suis pas comme toi qui n'as personne à charge, ni rien à faire qu'à t'occuper de toi.

« Eh bien tu n'as qu'à demander à Marthe ce qu'il en est !

— Marthe, tu l'as dans ta poche, elle dira ce que tu voudras. Pour sûr, vous vous entendez bien sur notre dos, toutes les deux. Je n'ai aucune confiance en Marthe !

— Giselle, ce que tu dis là est honteux ! Marthe nous a servis, c'est le mot, depuis plus de quarante ans... Elle avait vingt ans quand elle est entrée au service de Papa et de Maman.

— C'est toi qu'elle préfère. »

Emmy hausse les épaules :

« Parce que j'étais là plus souvent, ces derniers temps, on a fini par avoir davantage d'intimité, mais ce n'est pas vrai qu'elle me favorise !

— Tu me dis toi-même qu'elle a reçu Jean-Raoul comme un étranger !

— Elle a adoré Jean-Raoul... Or, c'est à peine s'il lui dit maintenant bonjour... Et là, c'était le comble : il paraît qu'il est passé devant elle comme une flèche pour aller s'emparer des petits chevaux. Marthe en pleurait au téléphone en me racontant la scène. "Il était pâle, on voyait bien qu'il savait qu'il faisait mal..."

— Il a un chagrin atroce. Son copain l'a quitté !

— La petite tapette ?

— Et voilà : c'est la raison pour laquelle Jean-Raoul ne parle presque plus à Marthe pour ses préjugés à son égard. Il l'a entendue une fois parler de lui en disant "l'omelette"...

— Ça m'étonne de Marthe !

— Ce n'est pas ce qu'elle pense tout au fond ? Elle ne le croyait pas si proche, elle discutait avec une voisine... Jean-Raoul en a été affecté, tu penses ! Alors qu'il a toujours fait de son mieux pour ne choquer personne à Saint-Valençay !

— Tu peux me dire en quoi ces statues vont arranger ses affaires de cul ? Ou de cœur, si tu trouves que ça fait mieux ?

— Son actuel compagnon, Thomas, adore ce genre d'objets. Il en fait collection et Jean-Raoul a envie de lui faire plaisir ! J'ai cru comprendre qu'il était sur le point de le quitter et que Jean-Raoul luttait pour le rattraper...

— Et si ce Thomas se mettait à aimer les meubles rustiques, les lampes de Chine, l'argenterie ancienne, bref tout ce qui se trouve dans la maison, Jean-Raoul viendrait s'en saisir pour lui en faire l'hommage ? Avec ton accord et ton approbation ?

— Emmy, j'y ai pensé, et il m'a promis de s'arrêter là. Mais il souffrait tellement, il m'a émue. Tu n'as pas eu d'enfants, toi, tu ne peux pas comprendre... »

La remarque blesse Émilienne jusqu'au fond du cœur. Elle n'a pas eu d'enfants, c'est une réalité déjà assez triste comme ça. Pourquoi faut-il que les autres s'en servent comme d'un argument qu'ils estiment sans réplique lorsqu'ils veulent la rejeter ?

Quand ceux qui l'attaquent ainsi sont des indifférents, il lui arrive d'en rire. Mais, venant de sa propre sœur, comme si Giselle s'était laissée emporter et lui livrait enfin ses véritables sentiments à son égard, quel choc !

C'est donc ainsi que la voit Giselle : une femme

stérile, une inutile, en quelque sorte ? À rayer de la carte ? En tout cas, de la famille.

Émilienne est si atteinte qu'elle ne trouve plus rien à dire.

D'autant qu'elle est soudain envahie par un flot de réminiscences : toutes sortes de réflexions, de petites phrases que les uns et les autres ont laissé tomber au fil des années, lui reviennent en mémoire. Comme si elle n'avait pas voulu prendre conscience de l'inimitié générale qu'on lui vouait, jusque-là, laquelle fait cette fois surface. S'impose à elle comme une évidence. Du fait de l'épreuve.

« Tout ça pour des questions d'héritage ? Non, ce n'est pas possible ! Nous ne sommes pas comme ça, Giselle et moi ! »

Son indignation est profonde, comme celle de tout être qui se sent rejeté pour une raison qui ne dépend pas de lui, dont il ne se sent pas coupable : sa race, par exemple, son physique ou un handicap quelconque...

On ne veut pas l'intégrer telle qu'elle est dans la famille ? Très bien, c'est elle qui va les rejeter... Elle en a le pouvoir de par la loi : avec ou sans enfants, elle a les mêmes droits sur l'héritage que sa sœur.

Et que Jean-Raoul.

Lui aussi, on le rejette en sourdine, et depuis longtemps. Elle va l'appeler. Il faut qu'ils fassent cause commune.

Derrière, elle sent la patte insidieuse et hostile de son avocat de beau-frère, Thierry. Giselle n'est pas foncièrement intéressée, mais son mari l'est sûrement. Il a des ambitions, des goûts de luxe que son cabinet ne suffit pas à satisfaire. Aubin le disait souvent : « Mon gendre, je l'aime bien, il m'a fait de beaux petits-enfants, mais ce n'est pas un as du barreau. Je l'ai entendu plaider, ça ne casse pas trois pattes à un canard... »

Les jours où il était d'humeur à plaisanter, il lui arrivait même de l'appeler « l'avocaillon »...

Marthe, qui ne perdait pas une miette de ce qui pouvait diminuer Thierry — pour elle, un intrus dans la famille —, en riait sous cape. Emmy avait un peu protesté au début, puis, ne sentant point trop d'affection de la part de son beau-frère, avait renoncé à le défendre.

Maintenant, c'est elle-même qu'elle va devoir défendre contre Thierry !

Elle et Jean-Raoul.

« Il va falloir que je rentre, dit Giselle, étonnée du silence dans lequel vient de s'enfermer sa sœur. Alors, qu'est-ce qu'on fait pour Jean-Raoul ?

— Ne t'en occupe pas, je m'en charge.

— Ne sois pas trop sévère avec ce pauvre petit ! »

Emmy secoue la tête. Giselle feint de s'attendrir sur la prétendue faiblesse de leur frère, mais c'est pour mieux le mépriser : en réalité, pour elle, Jean-Raoul et Émilienne sont sans enfants et, à ce titre, des déclassés !

Quand elle pense qu'elle était prête à tout laisser à ses neveux et nièces ! D'avance, par donation. Ce qu'elle a pu être bête...

En fait, elle n'avait songé jusque-là qu'à préserver le repos de son père, et ce combat-là, elle l'a gagné : Aubin est mort sans se douter qu'après lui il y aurait de la bisbille entre ses enfants.

Et qu'il n'y serait pas pour rien, à ne pas avoir su ou voulu trancher.

Debout devant l'évier, Marthe s'active tandis qu'Émilienne, assise la tête entre les mains, les coudes appuyés sur la petite table ronde de la cuisine face à une fenêtre, demeure sans rien faire.

« Alors, qu'est-ce qui va se passer maintenant ?

— Ma pauvre Marthe, je n'en sais rien...

— Tout de même, une situation pareille, ça n'existe pas ! Qu'est-ce qu'on va devenir ? Et la maison ?

— Ce qu'ils voudront !

— Mais vous avez votre mot à dire !

— S'ils sont tous les deux contre moi, je suis en minorité et c'est leur avis qui l'emportera !

— Mais c'est quoi, leur avis ?

— Je n'en sais rien... »

Marthe saisit un torchon et frictionne la casserole qu'elle vient de laver comme si elle l'étrillait.

« Jamais vu ça ! Des gens adultes qui ne savent pas ce qu'ils veulent... Ta sœur a bientôt quarante-trois ans, et le petit... eh bien, le petit marche maintenant sur ses quarante ! Je ne sais pas pourquoi on l'appelle toujours « le petit »... Moi, à son âge, j'avais eu mes deux maris qui m'avaient quittée, mon fils était mort, ne me restait que ma fille, mariée loin, et je me considérais déjà comme vieille ! Quant à mes parents, j'avais plus que ma mère dans une maison de retraite... C'est à ce moment-là que j'ai commencé à travailler tous les jours ici, cela va faire vingt ans...

— Mais tu nous connaissais déjà ?

— J'étais venue faire des heures, depuis ma jeunesse...

— Comment était Maman ?

— Une dame douce, discrète, mais qui savait ce qu'elle voulait : que tout soit propre, briqué, à l'heure. Tu sais, vous n'étiez là que pour les vacances... M. Aubin, quel bel homme !

— Dis-moi encore : lequel de nous Maman préférait, d'après toi ?

— Je crois bien qu'elle avait un faible pour Jean-Raoul : c'était normal, son dernier, en plus un fils... M. Aubin en était si fier de son garçon, jusqu'à ce que... Vous aussi, vous étiez tout le temps à le cajoler... Je me rappelle le jour où vous l'aviez déguisé en fille, avec des branches de jasmin dans les cheveux... Votre mère avait ri, mais Monsieur était furieux... Il disait que son fils n'était pas un jouet.

— Et Jean-Raoul, il disait quoi ?

— Il se laissait faire. C'est drôle qu'il soit comme il est maintenant, il ne pensait qu'à faire plaisir à l'époque...

— Tu sais, Marthe, maintenant aussi, il ne pense qu'à faire plaisir !

— Tu te moques, ou quoi ? Il te fait de la peine, à la maison aussi, et à moi donc !

— C'est pour faire plaisir à son copain.

— Quel copain ?

— Quelqu'un qui s'appelle Thomas...

— Et c'est plus important que sa famille ?

— L'amour, c'est plus important que tout. »

Marthe va ranger la casserole parmi les autres en faisant plus de bruit que si l'entière batterie dégringolait.

« Comprends pas.

— On ne comprend jamais l'amour des autres. »

Émilienne est allée voir son frère pour tenter de comprendre, justement. Quand il lui a ouvert la porte, c'est avec une raideur qu'elle ne lui connaissait pas : un rapide baiser sur la joue, le corps reculé, bien à distance.

Alors qu'il y a eu des époques où il la serrait dans ses bras à l'étouffer : « Ma grande sœur, comme tu es belle, je t'aime !... »

Il était même trop caressant, parfois. Pour un garçon.

Là, il ne l'a même pas priée de s'asseoir, ce qu'elle a fini par faire d'elle-même.

« Jean-Raoul... »

Elle a failli dire : « Je ne sais pas ce qui t'a pris... » Ce qui n'était pas vrai : elle savait, et même trop bien ! Et elle a terminé sa phrase autrement : « Tu aurais pu m'en parler... »

Ce qui n'était guère plus opportun : Giselle le lui avait fait remarquer, Jean-Raoul était désormais chez lui, dans la maison, tout autant qu'elle. Alors, Emmy a cherché à se rattraper par une volte surprise : « Je t'aurais donné mes clés, puisque tu ne les as pas ! »

Jean-Raoul, qui allait et venait, s'est arrêté, déconcerté. A changé de ton :

« Tu sais, je te les rembourserai, les petits chevaux... Mais j'en avais besoin tout de suite.

— Ils sont très beaux, lâche Emmy avec une pointe de regret dans la voix.

— Je sais », dit Thomas.

C'est évidemment pour cela qu'il les a pris ; le garçon a du goût, il n'est pas styliste pour rien.

Soudain, Emmy pense aux quelques objets de valeur qui sont dans la maison : des vases, dont des Gallé, une coupe de Lalique, les très beaux chenets en cuivre représentant des lions assis, les gravures du temps de Louis XIV, des hommes de cour costumés et harnachés pour une parade équestre. « Des pièces rares », leur avait dit l'antiquaire. Est-ce que

Jean-Raoul les a remarquées ? Alors, il les convoite et risque de s'en emparer ! Qu'est-ce qui l'en empêche ? Il exigera les clés de Marthe si Emmy ne lui remet pas les siennes, et il les fera refaire. Il en a le droit.

Une douleur la poigne :

« C'est que j'étais habituée à les voir, ces petits chevaux, toujours à leur place sur le buffet... Cela va faire un vide ! »

Qu'elle manifeste du chagrin, c'est ce qui horripile Jean-Raoul : sa mère lui a trop fait ce genre de chantage pendant toute son adolescence. Et lui-même lui a trop cédé.

« Et alors ? dit-il avec irritation. Il n'y a qu'un vide, c'est celui que laisse Papa. Le reste ne devrait pas compter ! »

En plus — quel toupet ! —, il lui fait la leçon pour ce qui est de leur deuil !

« Mais la maison, c'est Papa !

— Je ne te savais pas si fétichiste.

— Tu ne peux pas comprendre ! J'ai vécu des années dans cette maison...

— Tu ne vas pas me faire le coup de *La Cerisaie,* tout de même ! Un jour ou l'autre, on perd tout, à commencer par les maisons. Et celle-là n'est pas à toi, elle est à nous, à nous trois... »

Ce « nous », si doux d'habitude, brusquement devenu une menace !

Émilienne sent les larmes lui monter aux yeux, elle tente de les retenir pour ne pas laisser voir sa peine. Elle est l'aînée, la sœur aînée, celle qui d'habitude est la plus forte, qui console.

Mais elle en veut à son frère de ne pas comprendre — ce mot « comprendre » qui revient sans cesse entre eux ! — à quel point cela compte pour elle, ces lieux dans lesquels elle a vécu toutes ces dernières années avec son père. Soignant son cadre en même temps qu'elle le soignait, lui, communiant dans l'amour des choses avec le vieil homme, lequel marchait de plus en plus mal, entendait moins bien, avait besoin de lunettes plus fortes pour voir. Emmy multipliait les attentions de proximité, puisqu'il sortait à peine. Ainsi, elle lui installait tous les jours un bouquet de fleurs fraîches sur son bureau, et pas dans n'importe quel vase : le petit bleu veiné de vert qui venait de sa mère à lui.

Et le jour où elle avait changé les rideaux si défraîchis pour en faire poser des blancs qui laissaient mieux passer la lumière ! Elle avait convoqué le tapissier, tôt matin, avant qu'Aubin n'ait fini sa toilette. Lorsqu'il était descendu, il n'avait pas perçu tout de suite le changement.

« Il fait bien beau, aujourd'hui ! avait-il dit du fait de la luminosité accrue.

— C'est à cause des rideaux !

— Ah, je vois, tu les as fait nettoyer ?

— Mais non, Papa, c'en sont d'autres, des tout neufs ! »

La surprise s'était peinte sur le vieux visage, et Emmy avait craint, un instant, que son père lui en voulût de cette atteinte à son environnement. Mais, tout de suite après, il avait souri :

« Tu as bien fait, tu as fait entrer le soleil... Déjà qu'il était là, avec toi... »

Tous ces petits gestes, ces détails, ces aménagements parfois minuscules qu'elle avait voulus pour son confort, son plaisir, étaient autant de manifestations d'amour qui renforçaient secrètement leur lien.

Emmy le savait qu'elle n'était pas fille unique, qu'il existait d'autres enfants, son frère, sa sœur, mais, dans la mesure où elle était la seule à s'occuper quotidiennement de lui, quelque chose se nouait entre eux deux, comme si... Eh bien, puisqu'elle était sa fille aînée, comme s'il n'y avait eu personne d'autre après elle ! La porte du temps s'était refermée sur ce père et sa fille réunis par la menace d'une mort prochaine dont ils ne parlaient jamais, mais qui approchait à pas comptés.

C'est aussi cette angoisse de l'échéance qui l'avait attachée si fort à la maison.

On dit que les anciens combattants reviennent sur les champs de bataille où leur régiment a été décimé et où eux-mêmes ont failli perdre la vie. Étrangement, ils se sont attachés à ce coin de terre qui leur a fait prendre conscience du sublime trésor que constitue le simple fait d'être vivant.

Emmy avait investi dans la maison tout son désir de vivre et d'y avoir vu vivre son père. Pour elle, la maison était devenue en quelque sorte une matrice... Mais va-t'en expliquer ça à un représentant du sexe mâle et qui, de surcroît, n'a que très peu vécu là ! Se trouvant dans des rapports affectueux, certes, mais lointains avec son père dont il craignait toujours, même si rien n'était dit, le jugement porté sur ses mœurs.

« Au fond, a brusquement pensé Emmy, Jean-Raoul est peut-être content que Papa soit mort. Il devait être jaloux de ce qui s'était noué entre lui et moi. Et il cherche à m'en punir. »

Pour que ça n'ait jamais existé.

Et la maison non plus.

Qu'elle ne représente plus qu'une bâtisse dont les murs et tout ce qu'ils contiennent sont destinés à être vendus dans le but d'améliorer leur ordinaire. À eux, les héritiers.

Le soir même, Émilienne reprend le train pour Saint-Valençay afin de retrouver vite la maison et lui assurer qu'elle, du moins, l'aime.

Et qu'elle va se battre pour elle.

Au petit matin, le chat Mistigri saute sur le lit d'Émilienne, vient s'asseoir le long de son corps, sans la toucher, et la fixe de ses yeux d'or. Ce qu'il n'avait jamais fait jusque-là, réservant ses familiarités à son vieux maître.

« On dirait qu'il devine qu'il y a du grabuge dans l'air, dont il risque de pâtir, songe Emmy en sortant une main des draps pour le grattouiller derrière l'oreille. À moins qu'il ne vienne de la part de mon père, avec qui il a dû rester en relation, afin de m'assurer qu'il est là à me soutenir, et qu'il veillera au grain ? »

La femme sort du lit, ôte sa chemise de nuit pour enfiler un ensemble en éponge, chausse des charentaises, les meilleures des pantoufles.

« À la condition que je commence par m'en occuper. Car rien ne se fait jamais tout seul... »

Première mesure à prendre face à un problème, Emmy l'a appris en travaillant à ses recherches d'historienne : fixer son esprit sur la difficulté. La remuer, l'agiter en tous sens, envisager des solutions imaginaires, formuler des hypothèses de tous ordres, en somme « chauffer la sauce », comme disait l'un de ses collègues. Et soudain, à l'improviste, alors qu'on croyait ne plus y songer, la solution s'impose. À tout le moins, une marche à suivre.

Pour commencer, elle va rendre visite au notaire et lui demander de lui communiquer les textes de lois. On ne les connaît jamais assez : dès qu'on a un litige, on abandonne aux avocats, aux experts, aux huissiers, aux juges, le soin de vous dire ce qui est possible ou ce qui ne l'est pas du point de vue légal. Eux-mêmes ne se réfèrent pas toujours aux textes ni à la dernière jurisprudence, chargeant du travail tels de leurs collaborateurs qui se contentent parfois d'interroger leur mémoire, c'est-à-dire ce qui leur reste de leurs études ou d'une précédente affaire.

Or, tout change sans cesse, même et surtout la loi.

Celle des successions étant particulièrement évolutive, variée, épineuse.

L'Étude appelée, Émilienne obtient un rendez-vous dans la journée. Serait-ce que Me Baulieu est inquiet, lui aussi, désireux de faire avancer un dossier qui doit lui peser ? Non qu'il se sente coupable ou responsable — aucun notaire n'éprouve des sentiments de ce genre, sinon ils périraient tous précocement ! — mais soucieux de voir se régler une affaire dont il n'aimerait pas devenir le bouc émissaire. Fût-ce, de son point de vue, à tort.

Tout se sait, dans une petite ville de province, et si les héritiers Saint-Cyr commencent à répandre l'idée que le notaire Baulieu a très mal conseillé leur père, au point de les obliger à liquider leurs biens pour parvenir à un partage équitable, ce ne sera pas bon pour la réputation de son Étude.

« Alors, ma chère Émilienne — Emmy ne se savait pas si *chère* au notaire ! —, où en êtes-vous ?

— Nulle part, Maître, et c'est pour cela que je viens vous voir. Pour que vous me donniez des informations précises sur mes droits, ceux de mon frère et de ma sœur, et ce que nous pouvons envisager pour sortir de l'indivision dans les plus brefs délais.

— Vous entendre entre vous ! C'est toujours la meilleure des solutions. Partagez-vous les biens à l'amiable !

— Pour les comptes en banque, ce ne sera pas difficile, j'imagine...

— En effet, le banquier peut le faire à votre place. Pour le compte-épargne et l'assurance-vie aussi : une calculette lui suffira. Toutefois, s'il y a des effets non divisibles par trois, des actions, par exemple, il pourra vous proposer d'en vendre... L'argent, lui, se divise au centime près, et...

— Oui, oui, mais je ne pense pas à l'argent, bien qu'il risque de m'être personnellement nécessaire pour dédommager mon frère et ma sœur : je voudrais garder la maison.

— Ah ! Eh bien, pourquoi pas... Bien sûr, elle ne vaut pas grand-chose, dans l'état assez délabré où elle se trouve, mais le quartier est agréable, ce petit jardinet charmant, et je conçois très bien que vous désiriez y vivre, chère Émilienne. Ce sera une joie de vous garder parmi nous.

— Il y a un problème.

— Lequel ?

— Mon frère, ma sœur et aussi mon beau-frère, qui semble avoir son mot à dire, considèrent que nous l'avons sous-évaluée.

— Comment ça ? Je peux vous assurer que l'expert, Me Delcombe, est parfaitement au courant du prix des immeubles comme de celui des biens meubles. Moi-même, je fais sans cesse des successions et...

— Êtes-vous certain que ces quatre cent cinquante mille francs représentent le prix du marché ?

— C'est toujours pareil : si vous avez un acheteur qui tombe amoureux de votre maison, il vous en donnera aussitôt un meilleur prix. Aussi bien vous pouvez attendre un an, deux ans sans avoir une offre supérieure à celle que nous avons déclarée. Il s'agit d'être raisonnable. Si vous êtes pressés, il vous faut régler les choses tout de suite entre vous — ou alors tentez votre chance sans envisager de délai... Si vous choisissez de mettre en vente, le meilleur agent immobilier est l'un de mes amis, c'est celui du Grand Cours, je peux le prévenir... Il viendra visiter.

— Mais je ne veux pas mettre la maison en vente ! Je veux la garder ! Avec ce qu'il y a dedans.

— Alors il faut vous mettre d'accord sur une somme et, comme vous le disiez au début, dédommager votre frère et votre sœur. Le portefeuille, divisé par trois, suffirait-il ? Vous-même pouvez emprunter sur la maison, faire une hypothèque...

— On me l'accorderait ?

— Vous avez un salaire, me semble-t-il ?

— Plus ou moins ; je publie des livres. Tantôt ils me rapportent, tantôt moins... Mais j'ai quelques bijoux hérités de ma mère, je peux les vendre. Ce que je voudrais, c'est toucher le moins possible à l'ameublement...

— D'autant qu'il n'y aurait pas grand-chose à en tirer, croyez-moi. L'ensemble, mis en salle des ventes, en gros j'en donnerais dans les trois cent mille francs. Donc, cent mille francs pour vous. Reste encore deux cent mille à trouver...

— Mon frère et ma sœur considèrent que certaines pièces valent beaucoup plus.

— Elles le vaudraient à l'achat, c'est certain... Mais vous savez comme c'est : dès qu'on vend, on est perdant ! Pourquoi ne pas les leur céder ? En gardant l'essentiel : les lits, les armoires, quelques tables et chaises... Vous savez, dans le monde moderne, les objets nous encombrent plus qu'autre chose ; des nids à poussière, comme je dis toujours. Et j'en vois ! Des caves, des greniers dans lesquels on ne peut même plus pénétrer... Même les brocanteurs hésitent à s'y aventurer ! À propos, j'ai une amie antiquaire qui peut venir vous faire une offre d'achat pour le tout. Vous vous en tirerez mieux qu'en salle des ventes, d'autant plus que vous pourrez vous arranger avec elle pour ce qui est du numéraire... »

« Et toi, tu l'auras aussi sous la table, ta commission ? » peste intérieurement Émilienne.

Elle accuse sans savoir, mais elle s'exaspère de découvrir que cet homme ne lui est d'aucune aide réelle ! Pour la bonne raison qu'il s'en fiche complètement, de la vieille maison ! Il cherche seulement à jouer à l'« ami des familles » — qu'il n'est pas !

Pour une raison évidente qui vient de sauter aux yeux d'Emmy : la famille n'est pas un individu unique, ni une entité. Une famille, c'est un nid de frelons en pétard ! Ce qui fait qu'être l'ami de l'un, c'est forcément devenir l'ennemi de l'autre (ou des autres). Par qui le notaire craint de se faire piquer ! Il a d'ailleurs dû l'être, car cela devient venimeux, des héritiers en colère... Il y en a même, en campagne, qui prennent le fusil : cela s'est vu !

« Est-ce que je pourrais lire les textes ?

— Quels textes ?

— Ceux qui régissent l'indivision.

— Euh, écoutez, il faut que je les réunisse...

— Vous m'en ferez faire des photocopies, je paierai !

— Ce n'est pas ça, c'est que c'est compliqué : il y a beaucoup de jurisprudence, l'avis des juges n'est pas identique d'un tribunal à l'autre... Chez nous — et vous relevez du tribunal de la région où est mort le défunt, donc d'ici —, les tribunaux aiment préserver les patrimoines. Ils apprécient que les héritiers en fassent autant, donc s'entendent entre eux. Aussi ont-ils tendance à en vouloir à celui qui porte plainte, et à favoriser ceux qui sont pour la négociation. Il vaudrait mieux — conseil d'ami ! — que ce ne soit pas vous, l'attaquante !

— Pardon de vous donner ce travail supplémentaire, maître, mais pouvez-vous faire en sorte que j'aie rapidement ces textes ? N'oubliez pas, je suis historienne, j'ai besoin de me plonger dans des documents, de les comparer afin de juger par moi-même... Après tout, je ferai peut-être un petit ouvrage sur les successions ! Vous savez comme c'est : je ne suis certes pas romancière, mais j'aime tout de même parler de ce qui m'arrive et me touche de près...

— À ce propos, j'ai beaucoup apprécié votre opuscule sur les vestiges gallo-romains de notre si belle région ! J'ai pris soin de l'acheter, je vous demanderai de me le dédicacer, mais une autre fois : là, je ne l'ai pas sous la main... C'est entendu, je vais donner suite à votre demande, chère Émilienne. Et appelez-moi Stéphane, s'il vous plaît, vous me ferez plaisir ! »

Il est debout, Émilienne aussi.

Elle se force à lui dédier son plus aimable sourire, alors qu'elle éprouve peu d'estime pour cet homme. Ce qui est probablement injuste : il a une fonction qu'il s'évertue à remplir au mieux et qui n'est pas facile. L'avidité, la bestialité humaines, tel est son lot quotidien !

À quoi vient se mêler — et c'est paradoxal ! —, s'entrelacer l'amour. Parfois violent.

Car c'est par amour qu'elle est actuellement si hargneuse.

Par passion pour la maison.

Pour tous les souvenirs visibles et invisibles qu'elle recèle. Dont les siens.

« Écoute, Jean-Raoul, je n'ai vraiment pas le temps de te voir pour l'instant. Si tu as un paquet pour moi, dépose-le chez la concierge de ma mère. J'y passe de temps en temps, elle me le remettra... »

Le ton est sans appel, la voix du garçon aimablement indifférente. « Celle d'une standardiste bien apprise... », se dit Jean-Raoul en reposant l'écouteur après avoir appelé Thomas et l'avoir finalement trouvé sur son portable.

Était-il dans l'un des bars où il fréquente le soir ? Musique en fond, charivari de voix plus ou moins éméchées. Le garçon ne semblait pas l'être pour son compte, ou pas encore, mais, manifestement, l'appel de Jean-Raoul le dérangeait. Il n'y a pas si longtemps, c'était lui qui appelait sur son portable, ou d'une cabine, plusieurs fois par jour. Pour lui raconter n'importe quoi : un incident de la vie courante, une idée qu'il avait eue, une envie de ci ou de ça — mais, n'est-ce pas, ils n'en avaient pas les moyens ? Cela ne faisait rien, ils allaient se retrouver le soir même, et c'était le plus mirifique cadeau dont il pouvait rêver !

Parfois, Jean-Raoul était pris d'une angoisse : c'était trop beau. Personne, depuis sa mère, ne l'avait entouré d'autant de tendresse, surtout pas ses fugaces amants — en fait, des partenaires pour le sexe, plus qu'autre chose. Et il ne devait pas être une « affaire », car il était rare que cela dure ou même se reproduise plus d'une fois.

Thomas, en revanche, paraissait accroché, amoureux, avec des câlineries de jeune chiot. Peu à peu, le cœur de Jean-Raoul s'était ouvert au jeune homme : en plus de le trouver beau et émouvant, il lui découvrait toutes sortes de qualités morales, spirituelles... Lesquelles avaient échappé aux autres. Ceux qui l'avaient connu avant lui et qui s'obstinaient à mettre en garde Jean-Raoul : attention, Thomas prend tout, ne donne rien, il te lâchera comme il a quitté tout le monde dès qu'il aura trouvé quelqu'un qui lui apporte davantage !

Discours d'envieux ou de jaloux, pensait Jean-Raoul : Thomas avait besoin de lui, de son admiration qui allait jusqu'à une totale acceptation de ses défauts. Ainsi sa frivolité, son goût dément du luxe, sa capacité de changer de centre d'intérêt rien qu'en tournant la tête, comme font les enfants.

Au lieu que s'installe la lassitude, plus le temps passait et plus Thomas lui plaisait. N'est-ce pas cela, l'amour ? L'accroissement du besoin de l'autre, de sa présence, de sa façon d'être ? Cette manière qu'avait le jeune homme d'entrer en relation avec des étrangers, dans la rue, un lieu public, pour pirouetter soudain, revenir vers son amant en murmurant : « Quel con, celui-là, il m'agace ! Viens, on s'en va, je n'aime que toi ! Mais qu'est-ce que tu attends ? »

« Je t'attends, toi. C'est toi que j'attends tout le temps ! » avait envie de répliquer Jean-Raoul.

Parfois, l'attente était longue : le petit partait chez le coiffeur pour ne revenir que trois heures plus tard... Il avait discuté avec Charlie, qui voulait lui faire tel ou tel soin en sus de la coupe, ou rencontré un vieux copain perdu de vue ! Ou encore, simplement, il était entré dans un magasin, une parfumerie, parfois une librairie ; la preuve : il avait un cadeau pour Jean-Raoul ! (Oui, il apportait des preuves de ses dires, comme s'il n'y croyait pas tout à fait lui-même.) Oh, modeste ; mais il n'y a que l'intention qui compte, et son porte-monnaie était si maigre... Tiens, il l'avait vidé sur la caisse en disant : « Qu'est-ce que je peux avoir pour ça ? » Ce pouvait être une plaquette de poèmes, puisque Jean-Raoul appréciait la poésie (lui en lisant de temps à autre au lit), un shampooing, une nouvelle cravate... Ou bien une seule fleur, une longue rose au bout de sa tige.

Jean-Raoul était touché. On ne lui faisait guère de cadeaux, ces temps-ci. Le petit était un ange. D'ailleurs, il avait quelque chose de tout à fait céleste dans le sourire, que personne ne semblait avoir remarqué, à part lui. Et plus il aimait Thomas, plus il s'enfonçait dans l'illusion que le garçon avait besoin de sa passion. Peut-on renoncer à un amour tel que le sien ? Total, inconditionnel ? Il avait même fini par penser — contrairement à ce qu'on prétend — que la seule façon de s'attacher les gens, c'est de les aimer sans cesse. Infiniment. Sans réserve.

Et voilà que l'autre s'était taillé !

De quoi en rire, si se passer de Thomas ne se révélait au-delà de ses forces. Tout bonnement impossible ! Jean-Raoul ne s'y résignait pas, ne le pouvait pas, ne le voulait pas. Il était prêt à tout pour avoir à nouveau Thomas dans sa vie. Et même, si possible, tout à lui.

Ces bronzes ! En s'en emparant, il avait conscience d'avoir heurté Émilienne, mais aussi Giselle, bien que cette dernière déclarât admettre son geste. Et alors ? Il ne vivait pas avec ses sœurs, elles ne pouvaient lui servir de rien face à sa douleur. Elles n'essayaient d'ailleurs pas : chacune avait sa vie, ses problèmes. Bien que frères et sœurs, ils étaient des étrangers les uns pour les autres.

Ne comptait que Thomas.
Seul Thomas était proche de lui.
Il lui fallait Thomas !
Mais Thomas ne veut plus de lui, n'en a plus besoin. Le repousse, lui et ses présents, sans même chercher à savoir en quoi ils consistent.
Pourquoi ?
Pas d'explication. Mais un fait, un seul : Jean-Raoul se sent rejeté dans les ténèbres extérieures. Tout ce qui n'est pas illuminé par le regard de Thomas lui paraît plongé dans l'obscurité sans qu'il arrive à comprendre ce qu'il a pu faire de mal.
Ou de pas assez.
Ou de trop.
C'est la pensée qui le torture le plus : il en a peut-être fait trop !

« Je me serais bien passée d'avoir un frère », se dit parfois Viviane. Ce n'est pas qu'elle se sente moins aimée à cause d'Alexis. Surtout de son père. Elle et lui font montre d'une complicité que la petite ne nomme pas ainsi, mais qu'elle ressent et dont elle sait jouer.

Pour exaspérer Alexis qui se raidit lorsqu'il voit sa sœur s'installer sur l'accoudoir du fauteuil de Thierry lorsque celui-ci lit son journal, puis glisser insensiblement sur ses genoux, lui arranger sa cravate ou la lui ôter, si le soir est venu, tout en disant : « Tu seras mieux comme ça, mon Papa : desserré... »

À son âge, onze ans, bientôt douze, Alexis ne se voit pas se livrer à de telles chatteries. Il serait ridicule à ses propres yeux, mais aussi à ceux de sa sœur, laquelle n'attend qu'une faiblesse de sa part pour se moquer ouvertement de lui. C'est ce qu'il y a de plus agaçant chez les filles : leur aisance à manier les mots, ceux qui flattent les adultes comme ceux qui font du mal, sans qu'elles y attachent vraiment de l'importance. Contrairement à lui.

S'il parle peu — « J'ai un fils taciturne... », dit sa mère —, c'est qu'il craint de dire quelque chose qu'il ne pense pas tout à fait ; cela lui paraît moche, proche du mensonge. Quant à ce qu'il ressent, c'est autre chose : il redoute que le fait de livrer le fond de son cœur ne se retourne contre lui. D'autant plus que Viviane est toujours à l'affût.

Comme ce jour où elle l'a piégé : « Vous savez ce que vient de dire Alexis ? Que ça le barbe d'aller chez grand-père, parce qu'y a pas la mer... Je crois qu'Alexis n'aime pas grand-père ! » Ce n'est évidemment pas ce qu'il voulait dire ! La sournoise lui avait demandé : « Pour l'été, tu préfères aller à Pontaillac, dans la maison qu'a louée tante Emmy, ou alors à Saint-Valençay, chez grand-père ? » Alexis avait dû grommeler quelque chose du genre : « À Pontaillac, c'est mieux, y a la mer, on peut se baigner, faire du bateau, de la planche... » — et voilà ce que c'était devenu, rapporté par sa garce de sœur !

Il avait huit ans à l'époque ; elle, six, et déjà toutes ses armes, côté langage ! Côté séduction aussi. Rien que sa façon d'enfoncer ses mains dans les poches de son jean, le même que le sien — déjà horripilant —, en penchant la tête de côté ! Il se sentait un ours près d'elle, dépourvu d'attrait, incapable de plaire à personne. Sauf à sa mère.

Est-ce que leur mère le préfère à sa sœur ? Alexis ne se l'est jamais nettement formulé, mais il sent, quand il s'approche de Giselle, lui prend le bras, la main, qu'elle en est heureuse. D'ailleurs, elle lui sourit. Jamais elle ne l'envoie balader en lui disant : « Tu vois bien que je suis occupée, lâche-moi », comme le fait la mère de son copain Marc. Lequel se renfrogne, et il y a de quoi !

Pour autant, dire que sa mère le préfère à sa sœur serait exagéré, mais heureusement qu'elle est là, sinon Alexis penserait qu'il n'a pas, n'aura jamais aucun succès auprès des femmes !

« Mais qu'est-ce qu'on va faire, cette année, pour les vacances ? lui souffle Viviane, laquelle, pour une fois, ne le tarabuste pas. Tu as entendu : quand je demande à Maman si on ira chez tante Emmy, elle me répond que sûrement pas, qu'Emmy n'a pas loué cet été, qu'elle va rester à Saint-Valençay !

— Ça m'étonnerait bien.

— Comment ça ?

— Il paraît que la maison ne lui appartient pas... J'ai entendu Papa le dire. Qu'il ne fallait pas qu'elle se fasse d'illusions, sous prétexte que grand-père est mort...

— Alors, à qui elle est, la maison de grand-père ? À nous ?

— J'en sais rien, ma vieille. Demande à Papa. Mais je te préviens, il n'est pas de bonne humeur... »

Les humeurs de son père, Viviane est convaincue qu'elle peut s'en arranger. Et un soir, à table, elle n'hésite pas :

« Papa, maintenant que grand-père est parti, qu'est-ce qu'il va devenir, Mistigri ?

— C'est qui, ça ?

— Tu sais bien... », insinue la maligne.

Ce toupet ! s'indigne Alexis à part soi.

« Elle veut parler du chat, explique Giselle qui ressert des pâtes au fromage à ceux qui tendent leur assiette.

— Il est bien là où il est, je pense.

— Mais si on vend la maison ?

— Qui a dit ça ? demande Thierry.

— Quand les gens sont morts, on ne vend pas leur maison ?

— Pas forcément.

— Ah, je croyais... Ce serait bien ! »

Giselle demeure les couverts de service en l'air, avec les pâtes qui s'en échappent et retombent dans le plat.

« Pourquoi dis-tu ça ?

— On n'aurait plus besoin d'aller à Saint-Valençay, avec l'argent on achèterait une autre maison : au bord de la mer, celle-là ! Comme ça, Alexis serait content. »

Le pire, c'est qu'elle a raison. C'est du moins ce que pense Alexis.

Thierry également, qui lance un regard à sa femme. Est-ce que la vérité d'une famille ne sort pas parfois de la bouche des enfants ?

« On ne sait pas encore, ma chérie ; ce n'est pas si simple. On réfléchit...

— Si c'est pour Mistigri, on le prendrait avec nous. Oncle Jean-Raoul viendrait aussi, il adore se bronzer sur la plage. »

Jusqu'à devenir pain d'épices : c'est exact.

Reste Émilienne.

Personne n'a prononcé son nom, mais tout le monde y pense à part soi. Émilienne, c'est le nœud de l'affaire.

« Même les enfants l'ont perçu », se dit Giselle.

C'est vrai qu'avoir une maison bien à eux au bord de l'Atlantique, maintenant qu'il y a un TGV direct pour La Rochelle, un autre pour la Bretagne, ce ne serait pas si mal.

Au moins, que la mort serve à quelque chose !

Choquée par la crudité de sa propre pensée, Giselle la nuance : « Au moins, qu'on puisse se trouver une consolation. Faire plaisir aux enfants en est une ! »

« Qui reveut des pâtes ?

— Elles sont bonnes, poursuit l'intarissable Viviane. Mais je les préfère quand il y a des coquillages dedans, n'est-ce pas, Alexis ? Comment on dit déjà, des... ?

— Des fruits de mer », précise Alexis comme malgré lui. S'il parle moins que sa sœur, au moins a-t-il plus de sûreté dans le vocabulaire.

C'est vrai que ce serait chouette de se retrouver quand on veut au bord de la mer... Aux petites vacances, certains week-ends ! Il a des copains qui vont ainsi à l'île de Ré... Il s'y est rendu une fois, invité par les parents de Marc. Ces longues plages où l'on roule à bicyclette quand la marée est basse ; il a adoré...

Les filles ont parfois du bon : elles osent aller au bout de ce qu'elles veulent ! L'exprimer, en tout cas.

Le jeune homme sonne à la porte d'Émilienne, un dossier sous le bras :

« Je m'appelle Franck Gallaud, je travaille comme clerc à l'Étude de Me Baulieu. Il m'a chargé de vous remettre ces documents.

— Entrez », dit Emmy, favorablement impressionnée par le regard lumineux du jeune homme, sa voix douce et claire à la fois.

Franck Gallaud fait quelques pas dans l'entrée, referme la porte derrière lui, puis s'arrête. Émilienne l'entraîne en lui prenant le dossier des mains :

« Allons par là, je voudrais examiner avec vous ce qu'il y a là-dedans : vous pourrez m'aider à mieux comprendre. Et il y a peut-être quelque chose à signer...

— Ce ne sont que des textes de lois, ceux que vous avez demandés, d'après ce que Me Baulieu m'a dit. C'est moi qui ai fait les recherches. »

Émilienne est entrée dans ce qui fut le bureau de son père, elle s'installe sur le petit divan de cuir sombre et fait signe au jeune clerc de prendre place sur un fauteuil proche.

« Voyons. »

Des extraits du code civil, quelques rappels de cas et de décisions des tribunaux. C'est diffus, émaillé de ces phrases d'un vocabulaire suranné, mais toujours en usage, qu'il faut relire au moins deux fois pour en pénétrer le sens. Ou le non-sens... Émilienne repose l'ensemble des textes sur ses genoux, soupire :

« Je me demande si cela va pouvoir m'aider...

— À quoi, madame, si je puis me permettre ?

— À négocier avec mon frère et ma sœur en prenant appui sur la loi. »

Le jeune homme sourit.

« Négocier, c'est inventer sa propre loi. Sinon, faire appliquer la loi telle qu'elle est relève du tribunal. »

Émilienne le regarde plus attentivement. Il se tient droit, les mains l'une sur l'autre.

« Aller en justice, c'est ce que je ne voudrais pas. Les tribunaux, d'après ce que je sais des divorces, ignorent les sentiments et la loi du cœur...

— Ce n'est pas leur rôle.

— Alors ? Comment faire ? C'est vrai, vous n'êtes sans doute pas au courant... Je voudrais pouvoir conserver cette maison qui a été celle de mes parents. Or, nous nous trouvons en indivision, mon frère, ma sœur et moi. Mon père n'avait rien prévu et n'a laissé aucune disposition particulière pour aucun d'entre nous...

— Je suppose que vous désirez leur racheter leur part ?

— Tout le problème est là : Me Baulieu a fait faire un inventaire, et mon frère et ma sœur le contestent. Ils trouvent que le mobilier, en particulier, a été sous-estimé.

— Demandez un deuxième inventaire.

— Qui paiera ? Plus on dépense en frais de justice, moins j'aurai les moyens de dédommager mon frère et ma sœur...

— Si je comprends bien, ils veulent vendre ?

— Ils s'imaginent qu'en allant en salle des ventes, ils obtiendront pour les meubles un meilleur prix que ce qui a été évalué.

— C'est possible, mais vendre est une tâche. Il ne faut surtout pas faire un lot de l'ensemble, pratique qui profite généralement aux antiquaires. Il convient de présenter chaque pièce séparément : les toiles dans une vente de tableaux, les meubles rustiques dans une vente de meubles, les vases d'un côté, les bronzes d'un autre... Et savoir que tout peut arriver, le meilleur comme le pire !

— Comment ça ?

— Vous pouvez tomber sur un amateur qui fera monter les enchères : ainsi pour ces deux bustes qui se font pendant, ce Racine et ce Molière en bronze que, pour ma part, je trouve fort beaux. Ou alors personne n'en veut — en apparence, car les gens qui tiennent le marché de l'art sont souvent de mèche : "N'enchéris pas sur ce buffet, je te laisserai l'armoire..." Et cela partira d'un côté puis de l'autre pour une bouchée de pain ! J'ai souvent été à Drouot pendant que je faisais mes études de droit à Paris. Une fois, j'ai vu partir un mobilier 1930 pour presque rien. Une honte : les acheteurs s'étaient mis d'accord et on avait demandé à la propriétaire de ne pas être là, pour lui épargner prétendument la tristesse de se séparer des meubles de sa mère. Tu parles ! En particulier un piano, un Evrard entièrement gainé de parchemin, fut adjugé moins cher qu'un piano neuf ! La semaine suivante, il était en vente chez un antiquaire de la rue Jacob pour quatre fois le prix, je dis bien quatre fois...

— Non ?

— Si. Et un bronze de Rodin vendu lui aussi à Drouot. Vraiment pas cher, pour une fonte de Rodin de cette qualité... Deux mois après, il était proposé trois fois plus à New York, je l'ai su par une indiscrétion. Et maintenant, après avoir reculbuté, il est à Tokyo !

— C'est désespérant...

— Si on ne s'entend pas, on est la proie des vautours du marché. C'est de cela qu'ils vivent : de la mésentente des héritiers...

— Il faut que je le dise à mon frère et à ma sœur.
— Vont-ils vous croire? Je n'ai pas beaucoup d'expérience, toutefois j'en entends... Mais je m'égare : que puis-je au juste pour vous? »

Le jeune homme est touché par la flamme et la confiance avec lesquelles Émilienne se confie à lui. Les clients des notaires se montrent d'habitude à la fois méfiants et chafouins. Et le plus souvent agissent en hypocrites : ils tentent de dissimuler des biens, du numéraire, dans l'espoir d'arrondir leur magot et d'échapper au fisc. N'hésitant pas à mentir jusqu'à ce qu'on les prenne sur le fait. Alors là, ils passent vite à autre chose, l'air de dire : « Vous êtes mon notaire, vous n'avez pas à me juger, juste à m'aider... » À quoi? À embobiner leurs proches!

Cette femme-là n'a pas l'air de vouloir tromper son frère et sa sœur; ce qu'elle veut, c'est garder sa maison. Sa protection, en quelque sorte, l'identité qu'elle a dû y investir... Peut-être parce que son père vient d'y mourir. Ou pour d'autres raisons qu'elle ne connaît pas bien elle-même, mais qui relèvent en tout cas de l'amour.

« Le drame, voyez-vous, c'est la passion.
— Que voulez-vous dire?
— Les gens qui se partagent un héritage sont rarement raisonnables, ils sont poussés par quelque chose d'un peu fou, qui peut devenir furieux : la passion...
— La passion, mais que vient-elle faire ici? Je n'ai pas de passion pour mon frère ni pour ma sœur...
— Vous en avez une pour la maison : vous voulez la conserver à tout prix, même à perte, n'est-ce pas?
— Ça, c'est vrai.
— C'est une passion honorable. D'autres le sont moins.
— Lesquelles, je ne vois pas?
— Le désir de revanche.
— Quelle revanche?

— Dans une famille où il y a plusieurs enfants, certains ont le sentiment d'avoir été moins aimés que d'autres. À tort, à raison ? Je ne suis pas psychanalyste. Mais je puis vous dire qu'à l'Étude, c'est plus qu'évident. Les parents sont morts, la loi met les héritiers sur le même plan, et ceux qui souffrent d'un complexe ou d'un autre entendent faire payer les privilèges dont, à les en croire, ils ont bénéficié. Et s'il n'y en a pas de patent, ils cherchent à en déterrer un, ou bien en inventent... Nous avons eu récemment affaire à une femme qui a demandé les comptes bancaires de son père décédé en remontant sur deux ans. Cela coûte un paquet, entre nous !... Elle était persuadée qu'il avait fait de gros chèques à son autre fille dans les derniers temps de sa vie. Ce n'était pas vrai ! Au contraire, c'était cette fille-là qui payait parfois pour son père... Quand la première sœur s'en est aperçue, elle n'a rien dit, ne s'est pas excusée pour sa méfiance, et est passée à autre chose.

— Cela n'arrivera pas chez nous, proteste Émilienne. Nous sommes convaincus à juste titre que notre père nous a tous aimés de la même façon...

— Sait-on jamais, madame ! »

Un silence s'installe.

Face à ce jeune homme qui semble parler du fond d'une sagesse qu'on pourrait croire peu compatible avec son âge, Emmy s'est mise à réfléchir. Ont-ils vraiment été aimés pareil, elle, Giselle, Jean-Raoul (par ordre d'entrée en scène dans la vie de leurs parents) ? Tout le monde sait bien que Jean-Raoul a été le préféré de leur mère, le pauvre petit ; il en a tiré plus d'inconvénients que d'avantages : qui sait même si son homosexualité — laquelle peut se transformer en martyre — ne vient pas de là ?

Dans les tout derniers temps, il est évident qu'Aubin la préférait elle. « Mais c'est parce que j'ai été là, présente, toutes les heures auprès de lui, jusqu'à la fin ! se dit Emmy. Ç'aurait été une garde-malade, une infirmière, sa petite-nièce, il l'aurait adorée à ma place... C'était moi, voilà tout, parce que j'étais disponible ! Et il ne m'a fait aucun cadeau supplémentaire, pas le moindre legs particulier, puisqu'on est tous trois placés sur le même plan, en indivision. »

« L'amour familial aussi est une indivision, poursuit Franck Gallaud comme s'il se parlait à lui-même. Mais est à parts inégales : une injustice qu'il s'agit de faire payer à ceux qui en ont été les bénéficiaires...

— Je ne veux faire payer personne !

— Comment allez-vous vous y prendre ? »

C'est drôle comme les rôles peuvent s'inverser. Aux jeunes, parfois, de protéger les plus vieux :

« Franck, aidez-moi. Conseillez-moi !

— Je ferai de mon mieux, madame, mais cela dépend de votre frère et de votre sœur. Je ne les connais pas, je ne sais comment il faut agir avec eux... Peut-être devriez-vous... »

Il a envie de dire : les jouer l'un contre l'autre. Mais cela risquerait de paraître cynique à cette femme qu'il s'est mis à apprécier comme ça, brusquement, lui, le garçon sans famille. (Et si c'était un avantage d'être seul au monde ? Cela donne des antennes, en tout cas !)

« Prenez-les séparément, tâchez de comprendre de quoi chacun souffre. Tout le monde a besoin d'être consolé de quelque chose... »

Lui, le premier. Mais il ne s'agit pas de lui !

« Vous avez raison, je vais rentrer à Paris et aller les voir. Jean-Raoul d'abord, Giselle ensuite, en évitant qu'il y ait Thierry.

— Qui est Thierry ?

— Son mari, mon beau-frère...

— Ah là là ! Dans une succession, les "pièces rapportées" sont toujours les pires...

— Pourquoi ça ?

— Ils n'ont aucun sentiment vis-à-vis du défunt, ce qui leur laisse les mains libres. Ce qui les guide alors, c'est...

— L'appât du gain?

— Pas seulement : le désir de jouer un rôle d'importance dans une famille qui les a toujours considérés comme n'en faisant pas tout à fait partie...

— Mais c'est vrai! Vous le dites vous-même : des pièces rapportées! Thierry n'est pas de notre sang, il n'a pas les mêmes réactions. Remarquez, on ne le lui dit pas...

— Et vous croyez qu'il ne perçoit pas ce que vous pensez?

— Et sa famille, vous croyez qu'elle a accepté la nôtre?

— Pour l'instant, ce n'est pas lui qui a des problèmes d'héritage. C'est vous! C'est votre père qui est mort. Rien que le chagrin que peut en éprouver votre sœur doit irriter son mari.

— Il est vrai que Thierry s'est plaint du fait que Giselle revienne ici pour l'inventaire... Et, le jour de l'enterrement, il voulait repartir tout de suite après!

— Vous voyez. »

Ce que voit Émilienne, c'est qu'un rideau se déchire : sa famille serait-elle la proie de courants contraires, de combats souterrains qu'elle, l'analyste de l'Histoire, n'avait pas décelés?

Elle se croyait sur un long fleuve tranquille, et voici soudain que...

Mistigri, sorti d'on ne sait où, saute sur ses genoux et s'y blottit.

Cherchant abri et protection? Ou disposé à les lui fournir de la part de son père mort...?

Jean-Raoul est finalement assez content qu'Émilienne soit venue le voir chez lui : cela va l'occuper une heure et, en même temps, il n'est pas loin du téléphone si celui-ci vient à sonner...

Il avait commencé par refuser : son appart' est dans un tel désordre depuis le départ de Thomas... C'est exprès : pour garder la trace de son jeune amant, il n'a rien rangé de ce que l'autre a laissé derrière lui — un cendrier plein de mégots, un peignoir traînant sur le sol, le T-shirt qu'il portait la nuit, roulé en boule sur le lit défait...

C'est à peine s'il a aéré, car il y avait encore l'odeur du garçon, au moins dans la salle de bains, ce mélange de sueur blonde, de tabac et d'iris, qu'il adore. Qui lui fait perdre la tête au point qu'il tombe parfois à genoux sur le carrelage, en larmes, à la respirer comme l'air du seul pays où il puisse vivre : l'amour auprès de Thomas, sa patrie.

Du temps où ils habitaient ensemble, il ne s'était pas rendu compte à quel point il était amoureux. « Il m'agaçait, avec ses caprices... » Et Jean-Raoul croyait avoir gardé son indépendance du fait qu'il s'en apercevait.

Les volutes, les labyrinthes, les illusions de l'amour !

Il s'est mis à relire Proust, *Albertine disparue.* Il y

retrouve à chaque page ses propres sentiments et sa souffrance. Sans oublier la férocité, celle de Thomas, mais aussi la sienne propre. La passion ne cherche qu'à détruire pour mieux posséder. Et la possession n'existe pas !

Du moins en amour.

Peut-être, pour en satisfaire l'avidité, peut-on se rabattre sur l'argent, les objets, le mobilier, les maisons ?

« Tu l'aimes donc tant que ça, cette maison ? » demande-t-il à Émilienne en lui resservant du thé de Chine.

Thomas avait exigé qu'il achète cette théière en fonte : « Le goût que prend le thé là-dedans, une merveille ! C'est Séverin qui me l'a fait découvrir... »

Il avait le chic pour ramener tout le temps le nom, le souvenir d'un autre garçon. Attiser mine de rien sa jalousie. Au moins Albertine, d'après son Narrateur, mentait-elle sur ses anciennes amours. Une forme de délicatesse, après tout... Reste que son amant lisait à travers ses mensonges ! N'en était que plus douloureusement amoureux.

Émilienne vient de lui répondre, mais Jean-Raoul, tout à ses évocations et à sa blessure, n'a pas entendu. Sauf les derniers mots :

« Cette maison, ce n'est pas seulement moi, c'est *nous* !

— Nous, c'est quoi, ça ? reprend mélancoliquement Jean-Raoul comme s'il se parlait à lui-même.

— Mais toi, moi, Giselle ! Les enfants !

— Émilienne, je vais te décevoir : maintenant, je me sens grand, et tellement seul !

— Viens avec moi à Saint-Valençay, je m'occuperai de toi.

— Mais je ne peux pas, je... »

Il a failli dire : je mourrais ! Il s'est vu se promenant le long des quais quasi déserts, fou d'impatience de rentrer pour s'asseoir devant un téléphone — qui ne sonnerait pas !

D'ailleurs, n'est-ce pas pendant qu'il était là-bas, à l'enterrement de leur père, que Thomas en a profité pour s'éclipser? Avec ce Maurice aux cheveux teints en noir, gominés, qui a la réputation dans le milieu d'être un « coup », un type sacrément monté, un insatiable, une bête, une horreur...

« Non, Émilienne, ma vie est ici. »

Sa vie? Quelle ironie! Sa mort, oui, sa déchéance...

« On est bien, là-bas, on est tranquille, on jouit mieux du temps, de l'espace. Tu pourrais dessiner, préparer une collection de modèles, faire ton *book*, comme tu dis, pour le présenter à des couturiers. Tout en te faisant du bien : tu es si maigre, tu dois mal manger; Marthe te ferait la cuisine...

— Oh, la nourriture!

— Je sais, tu es malheureux parce que ton ami t'a quitté. Laisse-moi te dire que c'est la preuve qu'il ne t'aimait pas vraiment; il faut savoir renoncer à ceux qui ne nous aiment pas assez, c'est du gâchis, du temps perdu... »

Décidément, Émilienne ne le comprend pas. Beaucoup moins que Giselle, en tout cas. On dit que la préoccupation essentielle des femmes, c'est l'amour; cela doit dépendre des femmes, celle-ci est vraiment matérialiste, la voilà qui recommence à parler meubles :

« Je peux t'en donner certains, comme ça, sans qu'on se lance dans des calculs... Ceux qui te plairont... Il y en a tant, après tout! Papa avait entassé ceux de son appartement parisien quand il a résilié son bail et qu'il a déménagé... Dis-moi ce qui te ferait plaisir! Les petits chevaux font bien chez toi, sur tes rayonnages... Mais il te faudrait un appartement plus grand. Tant que tu ne l'as pas trouvé, je peux garder des choses pour toi. Je te ferai un papier comme quoi ce que tu auras choisi t'appartient...

— Et Giselle, elle dira quoi?

— Giselle n'a pas besoin de meubles : Thierry et elle en ont acheté plein, quand ils se sont installés, et sa belle-famille lui en a donné d'autres... Giselle veut de l'argent. Je crois qu'elle et son mari ont envie d'acheter une maison pour leurs vacances. »

Un silence; chacun boit son thé, le regard au loin, ne se détaillant pas l'un l'autre : ils se connaissent tant! En fait, si peu...

« Tu crois que Giselle aimait Papa? »

Jean-Raoul ne saisit pas tout de suite :

« Bien sûr, pourquoi dis-tu ça?

— Parce qu'on dirait que ça lui est bien égal de vendre tout ce qui lui a appartenu... Tu sais, quand j'ai dû vider ses armoires, que j'ai réuni ses vêtements et fait venir le Secours populaire pour qu'on les emporte, ça a été pour moi un arrachement. Marthe aussi, qui n'est pas de la famille, avait les larmes aux yeux... Ses pauvres costumes, aussi vieux que lui, sa pelisse... Tout ce qu'il touchait, soignait... Papa était très soigneux...

— Oui », dit Jean-Raoul.

Ça, il peut partager. Lui aussi a souffert lorsque Thomas lui a envoyé une copine — au moins, il avait eu la délicatesse que ce ne soit pas un copain! — pour reprendre le reste de ses vêtements. Il avait dû partir très vite, n'emportant que quelques affaires dans son fourre-tout violet, celui qu'ils avaient acheté ensemble à Deauville, en solde, en hésitant un peu à cause de la couleur voyante. Et en s'embrassant dans le dos du vendeur! Jusqu'à ce que Thomas l'exaspère en lui soufflant :

« Tu as vu comme il a de jolies fesses, ce petit-là, je le mettrais bien... »

Il ne pouvait pas s'en abstenir! Une vraie pute homosexuelle! N'empêche que, même ainsi, il l'adore...

« Émilienne, tu sais bien que Giselle chérissait Papa. Mais elle ne vivait plus avec lui; elle a son mari, ses enfants, et c'est normal qu'ils passent en priorité...

— Et moi, alors, je ne compte pas ? Je ne compte pour personne... »

Est-ce l'évocation d'un bonheur familial qu'elle ne peut pas connaître ? Émilienne éclate en sanglots et Jean-Raoul se sent tout bête. Les femmes, il n'y comprend rien. Déjà, lorsque sa mère se mettait à pleurer en lui disant : « Heureusement que je t'ai, je n'ai que toi ! », tout en lui s'empaniquait. Pourvu qu'elle ne vienne pas se pendre à son cou ! Ce qu'évidemment elle faisait et qui lui répugnait.

Les femmes ont une drôle d'odeur lorsqu'elles ont du chagrin. Acide. Intolérable. Dès le départ d'Émilienne, il ouvrira grand la fenêtre.

[illegible]

[illegible] qui en lui [illegible]

[illegible] la question [illegible] qui lui [illegible]

[illegible] promesse [illegible]

[illegible] Thierry [illegible] n'a pas [illegible]

[illegible]

Mais la vue [illegible] finis toujours par arri[illegible]

— On est le dernier [illegible] vous

perdre votre liberté [illegible] compter que je n'en [illegible]

pas beaucoup avec mon métier. [illegible]

[illegible] pour cinq minutes, ils s'asseient [illegible]

[illegible] deux [illegible]

— [illegible] dehors.

— Parfois [illegible] dans [illegible]

[illegible] Si [illegible] ces moments

[illegible] la nuit...

[illegible] le grand

[illegible]

— Par exemple... »

[illegible] répliquer ? [illegible] peut-être

[illegible]

Giselle commence à s'énerver. Thierry lui a pourtant promis qu'il serait de retour au plus tard à sept heures. Il va être sept heures et demie et il n'est pas là. Il n'a même pas téléphoné... Ce n'est pas la première fois que Thierry la fait attendre : il n'a pas le sens de l'heure, en tout cas pas avec elle, et ces retards constants n'ont cessé de l'agacer et de jeter une ombre sur leurs rapports.

Lui-même trouve le fait sans importance :

« Mais tu sais bien que je finis toujours par arriver... Où est le drame ? Être l'esclave du temps vous fait perdre votre liberté, sans compter que je n'en ai pas beaucoup, avec mon métier... Tu ne sais pas ce que c'est qu'avoir sans cesse affaire à des clients, des gens forcément en difficulté ! À les entendre, ils passent te voir pour cinq minutes, ils s'assoient et restent deux heures...

— Tu n'as qu'à les mettre dehors !

— Parfois, ils sont dans un tel état, ils pleurent, ils se révèlent suicidaires... Et c'est en ces moments de crise qu'ils vous disent enfin la vérité...

— Que c'est vraiment eux qui ont tué la grand-mère pour lui dérober ses économies ?

— Par exemple... »

Que répliquer ? Épouser un avocat, c'est peut-être une ascèse ! C'est son père qui le lui avait dit, et pas n'importe quel jour : celui de son mariage... Thierry n'arrivait pas et ils avaient l'air fin, tous sur leur trente-et-un, dans le salon d'attente du maire dont l'adjoint passait de temps à autre la tête par la porte pour voir s'ils étaient « au complet ». Comme s'il s'agissait d'un compartiment de train !

Ils l'étaient presque, sauf que manquait un rien : le marié !

Giselle était si en colère que lorsque Thierry a surgi, sans même produire une excuse — si au moins il avait eu un accident de la route ! —, elle a failli dire « non » au lieu de « oui »...

Mais le sourire qu'il arborait en lui passant l'alliance au doigt ! Ce n'était pas celle qu'ils avaient choisie ensemble, mais une autre, beaucoup plus belle, cloutée de petits brillants. Était-ce de retourner chez le bijoutier qui l'avait mis si en retard ? Giselle ne l'a pas su ni demandé ; elle s'est contentée de fondre. De plaisir. D'amour.

« Tu vois ! » lui a seulement dit son père en contemplant son annulaire après la cérémonie.

Sans doute pressentait-il l'avenir ?

Effectivement, Thierry lui en a fait « voir », depuis, avec ses éternels retards !... Et le jour où ils ont raté l'avion pour le Québec ? « Mais pourquoi tu t'en fais comme ça ? Des avions pour Montréal, il y en a plein d'autres... »

Ce soir, ils ne prennent pas l'avion, ils vont seulement dîner chez les beaux-parents. Après tout, c'est son père et sa mère à lui, et si le rôti est brûlé, si Belle-Maman est d'une humeur épouvantable, il se débrouillera avec eux.

On est vendredi soir et les enfants sont partis en Normandie chez leurs amis Laure et Pascal Thivert. Laure est la marraine d'Alexis, et Pascal un copain de sport de Thierry. Eux-mêmes doivent les rejoindre demain pour déjeuner. « Ne comptez pas nous voir avant midi ; nous profiterons de l'absence des enfants pour faire la grasse matinée... », a prévenu Thierry, le soir, au restaurant, tandis qu'ils organisaient cette fin de semaine en commun. Il est entendu que Thierry jouera au golf avec Pascal, tandis qu'elle-même rendra visite aux brocanteurs de la région en compagnie de Laure. Ce qu'elles adorent faire l'une comme l'autre, même si, avec tous les meubles de l'héritage à caser, Giselle ferait mieux de s'abstenir du moindre achat !

Elle va en parler à Laure qui la conseillera sur ce qu'il faut garder ou qu'il vaut mieux vendre. Laure s'y connaît mieux qu'elle en antiquités : son père était dans la branche.

Dix-neuf heures trente-cinq ! Le temps que Thierry, une fois arrivé, ait pris sa douche, se soit changé, ait passé éventuellement un coup de fil, on sera à plus d'heure ! Elle ferait mieux d'aviser les beaux-parents ! Et puis zut, ce n'est pas son affaire : que leur fils se débrouille avec eux !

Qu'a-t-elle à toujours tenter de tout arranger pour les uns et les autres ? Elle ferait mieux de s'occuper d'elle, elle a bien assez de problèmes comme ça ! Ainsi, entre Émilienne qui lui a envoyé un mot comminatoire (« Il va falloir prendre une décision pour la maison, j'ai besoin d'organiser mon avenir ») et Jean-Raoul qui lui a rendu visite, hier, pour lui raconter qu'il avait vu leur sœur aînée, qu'elle était malheureuse. Et d'ailleurs lui aussi... Et il avait éclaté en sanglots si paroxystiques que Giselle avait craint qu'il ne parvienne pas à retrouver sa respiration.

On n'a pas idée ! Il était déjà sujet à ces extrémités, lorsqu'il était petit et qu'il était privé d'un plaisir escompté. Fût-ce par les circonstances, le mauvais temps, par exemple, qui l'empêchait d'aller au guignol. Mais leur mère était là qui le prenait dans ses bras et trouvait toujours un argument pour le calmer : il ne pouvait pas avoir ceci ou cela, qu'il désirait si fort ? Eh bien, il aurait mieux ! On allait remplacer le guignol par le cirque ! Ou le cinéma ! Ou des courses dans quelque Palais du Jouet...

Mais Giselle n'est pas sa mère et, face au désespoir de Jean-Raoul, elle n'a pas vu par quoi elle aurait pu remplacer son cher Thomas perdu ! Elle a tout de même tenté de le faire, davantage pour stopper la crise qui tournait à l'épilepsie que par compassion, et elle a sorti la première chose qui lui venait à l'esprit. Pour se « planter » : sa proposition s'est révélée une gaffe !

« T'en fais pas, tu en trouveras un autre. Celui-là, c'est vraiment un petit voyou ! Rien que la façon dont il t'a plaqué... Il n'est vraiment pas ton genre ! »

Dans un sens, elle a réussi. Jean-Raoul a stoppé net ses sanglots et l'a considérée d'un œil glacial :

« C'est justement parce qu'il n'est pas mon genre que j'ai besoin de lui pour m'ouvrir un peu l'esprit. Et le cœur. Il y a d'autres gens que moi qui en auraient besoin ! »

Il s'est levé, il est parti, et, en franchissant la porte, il lui a jeté :

« Tu ferais bien de relire Proust... »

Qu'est-ce que Proust a à faire là-dedans ?

Giselle va et vient dans le bureau de Thierry, parcourt son agenda pour vérifier s'il n'y a pas un rendez-vous d'inscrit pour ce vendredi soir, qui lui fournirait une explication pour ce retard grandissant, presque inquiétant... Mais rien, page blanche ! En fait, ces rendez-vous de toute dernière minute — celui-ci doit en être un —, Thierry les enregistre sur son agenda électronique.

Allant et venant dans la jolie pièce tout en boiseries, elle jette un regard sur son reflet dans le miroir encastré au-dessus de la cheminée. Il n'y a pas à dire, le noir va bien à ses cheveux blonds, sa peau en paraît plus blanche encore. Non qu'elle se croie obligée de se mettre en deuil, cela ne se fait plus, de nos jours, mais, pour aller dîner chez Paul et Betsy, plutôt conformistes, elle a pensé qu'il était mieux de ne pas s'afficher en clair... Elle va leur sembler la bru parfaite, avec ce petit rang de perles bon chic, bon genre, qui lui vient de sa mère.

Émilienne a eu droit à la bague en diamants. Pour ce qu'elle en fait... Enfin, elle la donnera à Viviane quand celle-ci aura dix-huit ans. À ce qu'elle a dit. Reste qu'il faut se méfier des promesses verbales... Elle ferait mieux de la lui remettre tout de suite, à l'intention de la petite, et on la déposerait au coffre en attendant que Viviane soit en âge de la porter...

Puis son regard balaie le dos des livres de la bibliothèque : rien que des ouvrages de droit, des codes de ci ou de ça... Tiens, un volume de La Pléiade, plus petit que les autres : il paraît perdu, là-dedans. Ce n'est d'ailleurs pas sa place : La Pléiade se range dans la bibliothèque du salon, elle va l'y remettre. Giselle le prend en main : c'est Proust, *À la recherche du temps perdu*... Ça alors, après que Jean-Raoul lui a conseillé, à elle, de le relire ! Giselle feuillette le petit livre souple dans l'idée d'en parcourir quelques lignes, mais un papier bleu plié en quatre en tombe. Elle le ramasse, l'ouvre machinalement.

Une écriture familière, qui est-ce ?

Thierry, mon chéri, mon amour, ce que tu me manques ! Quand vas-tu pouvoir à nouveau te libérer...

Une lettre d'amour.

Et elle est signée.

Laure !

Quand le téléphone se met à sonner en pleine nuit, Jean-Raoul commence par croire à une erreur. Ou c'est qu'il est arrivé malheur à quelqu'un de la famille... Mieux vaut décrocher.

« T'en mets du temps à répondre. Qu'est-ce que tu fais, tu dors ? »

La voix est légèrement éméchée, mais merveilleusement reconnaissable.

Aussitôt, quelque chose au fond de lui s'apaise, redevient fort et sûr : le petit l'appelle, le petit a besoin de lui...

Attention : ne laisser échapper aucune plainte, aucun reproche, aucun gémissement !

« Oui, je dormais, et même à poings fermés, mon vieux... »

Jamais il ne l'a appelé « mon vieux », jusqu'ici. C'était plutôt « chéri », « mon ange », « Tom-Tom »...

« Tu ne devrais pas tant pioncer, c'est mauvais pour la santé ! »

D'emblée, le sarcasme. Il suffit de se taire, la suite va arriver...

En effet :

« Tu n'as pas envie de te lever ?

— À cette heure-ci ? Pour quoi faire ?

— Pour venir me chercher ! »

Gagné : le gosse a effectivement besoin de lui.
« Tu as des problèmes ?
— Pas vraiment, c'est seulement que je suis au commissariat, et ils ne veulent pas me laisser partir sans quelqu'un ; je n'ai pas mes papiers, et en plus ils disent que je suis soûl.
— Qu'est-ce que tu fais au commissariat ?
— Une bagarre idiote, tu sais, à *La Barcasse* !
— Sale endroit, je te l'ai toujours dit.
— Les autres ont pris le large, moi j'étais aux toilettes ! Quand j'en suis sorti, c'est moi qu'on a ramassé.
— Et les autres ne s'occupent pas de toi ?
— Penses-tu !
— Et ton ami ?
— Quel ami ? »
Un silence. Voix pleurnicheuse, exigeante aussi :
« Mon ami, c'est toi... je n'ai que toi. »
Orgues et délices !
« Bon, j'arrive. Donne-moi l'adresse. »
Une demi-heure plus tard, Thomas, libéré, est chez Jean-Raoul, tout de suite nu et au lit. Sans un merci : pas son genre. Il s'est contenté de murmurer avant de s'endormir pour cuver son alcool (bière, whisky, vodka, ou le tout mélangé ?) : « Viens me rejoindre, j'ai froid... »
Jean-Raoul s'est déshabillé lentement. Pour se rendre au poste de police, il avait eu le réflexe de se vêtir correct : costume deux-pièces et cravate — dénouée mais cravate quand même. Heureusement, car le petit était plutôt travesti, avec ses anneaux d'or aux oreilles, une mèche décolorée, un nouveau tatouage sur la main, et ce pantalon bayadère sous un haut à lacets... Drôle, si l'on veut, mais signé « homo » ! Et même tapette... Dans les commissariats, on a beau avoir l'habitude, on n'apprécie pas...
« T'as vu comme ils me regardaient partir ? a murmuré Thomas, une fois en sécurité dans la voi-

ture. Tous des refoulés, côté homosexualité, dans la police. C'est ça qui les rend méchants ! »

Ça y est ! À l'entendre, les hétéros seraient tous des homos qui se retiennent. Ou qui s'ignorent. Une obsession dont Jean-Raoul croyait l'avoir délivré et il y repique ! Ces derniers temps, il a dû mal fréquenter, à *La Barcasse* ou ailleurs. Jean-Raoul va le reprendre en main et, cette fois, il sera ferme. Ou le petit marche droit, ou...

Son odeur, retrouver son odeur sous les draps : pain chaud, fleur des champs...

Tous les soirs, il la lui faut tous les soirs !

Pour ça, il suffit d'être habile. Déterminé.

Désormais, Jean-Raoul a un but dans la vie : s'occuper de ce pauvre ange. Et le tenir.

Rien qu'à sa façon de franchir la porte d'un pas vif, et à son exclamation joyeuse : « Giselle, tu es là ! » — comme si elle pouvait être ailleurs ! —, elle comprend que Thierry se sent coupable et va lui jouer le grand jeu.

Son pressentiment se confirme quand elle l'aperçoit des paquets plein les bras, dont deux immenses bouquets de fleurs.

« Pardon pour le retard, mais j'ai fait des courses. Cadeau pour toi, fleurs pour apporter à Papa et Maman, fleurs pour toi ici. Et ça, c'est un cadeau pour les Thivert, pour les remercier de garder les enfants ce soir... »

Giselle n'imaginait pas que son cœur puisse se serrer davantage. Et pourtant si ! L'allégresse de Thierry lui remet en mémoire d'autres de ses arrivées tardives à l'appartement, les bras tout aussi pleins. Cela voulait-il dire qu'il revenait déjà de la tromper ? Avec Laure ?

Sûrement.

Attaquer tout de suite, comme elle en a envie — ou ménager ses effets ? Plus exactement tâcher d'en savoir plus long : Thierry est devenu capable de tels mensonges ! Il le doit peut-être à son métier : il peut tout nier en détail et en bloc !

« C'est gentil, mais tes parents auraient préféré

qu'on arrive à l'heure plutôt que de recevoir des fleurs! D'autant qu'il faut encore que tu te douches...

— Pas la peine, c'est déjà... Je me sens propre! »

Il a failli dire « c'est déjà fait »! Ce qui signifie qu'il a rencontré Laure cet après-midi, avant qu'elle ne parte pour la Normandie avec son mari et les enfants, et qu'il s'est douché dans la chambre qu'ils ont dû louer à l'hôtel. À moins qu'ils n'aient un studio, depuis le temps!

Depuis combien de temps, en fait?

« Cela fait longtemps?

— Quoi, ma chérie?

— Que tu couches avec Laure. »

Bouche ouverte, corps raidi, battement rapide des paupières.

Voix forte :

« Je ne comprends pas. De quoi parles-tu, tu es folle?

— C'est elle qui me l'a dit. »

Autant frapper dur. D'autant que c'est presque vrai : la lettre est un aveu. Et qui l'a placée dans ce livre, à propos?

« Mais elle est malade! Pourquoi t'a-t-elle dit ça? Quand?

— J'ai téléphoné en Normandie pour savoir s'ils étaient bien arrivés. La première fois, je n'ai eu personne; la deuxième fois c'est elle qui m'a répondu. Elle m'a dit : "On arrive seulement maintenant, c'est que j'ai passé l'après-midi avec Thierry. On est amants, je voulais te le dire depuis longtemps. Maintenant, c'est fait! Je préfère." Je lui ai dit que moi aussi, je préférais. J'ai horreur des mensonges. »

En réalité, elle vient d'en commettre un. Et un gros, puisqu'elle n'a pas parlé à Laure. Mais en amour — s'agit-il encore d'amour? —, c'est la guerre et tous les coups sont permis.

Thierry va et vient dans la pièce avant de s'affaler

sur le canapé, parmi les bouquets de fleurs et les paquets.

Voix changée :

« Eh bien, moi aussi je préfère ! »

Il avoue... C'est donc la fin. Contre toute réalité, Giselle avait encore espéré s'être trompée, qu'il allait nier, lui prouver par A plus B qu'elle s'égarait, que cette lettre n'était pas de Laure, ne s'adressait pas à lui, faisait partie de ces faux documents qu'il faut parfois fabriquer, lorsqu'on est avocat, en vue d'un divorce, pour le tribunal...

Mais elle a réussi : elle voulait savoir ? Elle sait.

Et elle est bien avancée. Elle est trop bête, aussi. Et c'est ce qui fait qu'elle s'écroule, d'un coup, sur le tapis : l'idée que, décidément, elle est nulle, incapable de soutenir une position, d'élaborer une stratégie, de faire face comme il convient aux autres, à un autre, un homme, son mari... Elle s'est livrée pieds et poings liés. Et, en plus, elle pleure. Il n'a plus qu'à jouer la partie comme il l'entend, elle vient de lui donner l'avantage. Alors qu'elle l'avait !

« Tu sais, le sexe, ce n'est pas si grave... Il n'y a que l'amour qui compte, et je t'aime.

— Mais Laure est ma meilleure amie !

— Elle a justement profité de ce qu'on se voyait souvent à quatre pour me faire des avances... Moi, tu me connais, je ne regarde pas autour de moi, mais quand on me provoque, je suis un mâle, je réponds... »

En plus, c'est la faute de Laure ! Lui est innocent comme l'enfant qui vient de naître.

« Ça se passait où ? »

Tout savoir, pendant qu'elle y est !

« Pas ici, en tout cas, sois tranquille, ni chez elle.

— Alors, en Normandie ?

— Écoute, Giselle, cela ne me paraît pas convenable... »

Car la tromper est convenable ! Et s'il ne veut pas répondre, c'est qu'ils y allaient, évidemment, en

Normandie, pendant que la maison de week-end était vide ! Sachant qu'ils s'y retrouveraient tous quelque temps plus tard, eux se lançant des coups d'œil en douce dans la cuisine, se touchant, mine de rien, dans la piscine... Giselle imagine tout, voit tout.

Souffre atrocement.

A envie de tuer. De se tuer.

Cherche ce qui pourrait lui faire le plus mal, à lui.

« Tu sais, Laure m'a avoué ce qui se passe parce qu'elle veut rompre... Elle m'a dit qu'elle ne t'aimait plus, qu'elle en a trouvé un autre et qu'elle ne sait pas comment te le dire... »

Sursaut vite réprimé dudit mâle :

« Ça tombe bien, moi aussi je voulais rompre ! Et je ne savais pas comment m'y prendre. Comme ça, c'est fait. Tu vois, en somme, tout s'arrange... »

Il se fout d'elle, c'est sûr !

Le téléphone se met à sonner.

Marthe attend Émilienne sur le pas de la porte : les deux femmes en ont convenu par téléphone. Mais, quand le taxi s'arrête, Marthe, serrant son sac sous le bras, ne bouge pas, comme si elle n'avait pas vu venir la voiture... Tout en réglant sa course depuis la gare, Emmy jette un regard à la vieille femme pour vérifier de quelle humeur elle est. Ce qu'elle découvre la stupéfie : Marthe a honte !

Une fois Emmy à ses côtés devant la porte de la maison, c'est sans la saluer ni proférer un mot que la vieille femme, d'un coup de menton, lui indique ce qui la bouleverse à ce point : les scellés !

Apposés sur la serrure, de gros cachets de cire, d'où sortent quelques bouts de ficelle, empêchent d'entrer.

« Quand ont-ils fait ça ?

— J'en sais rien, j'y étais pas, finit par laisser tomber Marthe en tripotant le trousseau de clés inutile qu'elle tient quand même en main. C'est quand je suis arrivée hier à mon heure que j'ai vu ça ; je n'ai pas compris tout de suite : j'ai pas l'habitude... J'ai cru que c'était des enfants qui s'étaient amusés à faire une blague. J'ai failli tout faire sauter avec le couteau de mon sac. C'est le voisin qui passait qui m'a dit : “Madame Marthe, n'y touchez pas, vous allez commettre une infraction grave, c'est des scellés ! — Mais ça m'empêche d'entrer !" que j'ai dit. "C'est fait pour ça !" qu'il m'a répondu !

— J'ai appelé le notaire après ton coup de téléphone, il m'a précisé que ça s'était produit sans son accord. En fait, cela relève du greffier et du commissariat...

— Heureusement que j'avais pris Mistigri avec moi, la pauvre bête... Et que le chauffage est éteint... Et pourquoi qu'ils font ça, qu'ils vous empêchent d'entrer chez vous ? On se croirait au Moyen Âge...

— Giselle et Jean-Raoul veulent un nouvel inventaire. Ils l'ont demandé, ils l'ont obtenu.

— Mais on en a déjà fait un !

— Ils le contestent... Allez, viens, Marthe, on ne va pas rester là.

— Et ousque vous allez coucher ?

— À l'hôtel.

— Vous feriez mieux de venir chez moi, y a une chambre. Et ce sera moins le scandale... Déjà que le voisin faisait une drôle de tête, les passants aussi... Y en a un qui a dit, pendant que je vous attendais : "En voilà encore qu'ont pas dû payer leurs impôts !" Un autre croyait que c'était le bail qu'on n'avait pas réglé, comme si on n'était pas chez nous, ici, seulement en location ! Une honte...

— Oui, Marthe, c'est une honte, je suis bien d'accord avec toi. Mais la loi le permet, alors on ne peut rien dire... Seulement en passer par là. Comme lorsqu'on va se faire opérer...

— Et c'est pour quand, l'opération ?

— Je vais tâcher que ce soit le plus vite possible. Seulement, cette fois, il faut que Giselle et Jean-Raoul soient tous les deux présents pour qu'ils se rangent aux décisions de l'huissier et de l'expert ; car c'en seront d'autres que la dernière fois.

— Et votre notaire ?

— Il sera là aussi, et pas de bonne humeur, je peux te l'assurer ! Me Baulieu n'aime pas qu'on récuse ses décisions, même s'il doit être payé pour sa vacation...

— Sa quoi ?

— Ses heures de travail.

— Un travail dégoûtant... J'ai vu quelque chose comme ça quand j'étais petite, chez les agriculteurs voisins de la ferme de mes parents. On avait mis tous leurs meubles dehors. Le père était mort en tombant du toit qu'il voulait réparer, et sa femme et ses enfants n'avaient plus de quoi payer les dettes... On a tout vendu dans la cour ; ils pleuraient.

— Cela s'appelle une vente à l'encan.

— Et il y avait une bougie, comme pour un mort.

— Détruire un foyer, c'est apporter la mort, Marthe. Partons, j'ai froid ici. »

Comme s'il ne suffisait pas que leur père soit mort, maintenant son frère et sa sœur veulent aussi faire mourir la maison. D'hémorragie, d'étranglement, de manque d'amour, surtout...

Émilienne, soudain, et pour la première fois, a peur.

À l'aube, Giselle n'en peut plus : passer une nuit blanche n'est plus de son âge. C'est du moins ce que lui déclare la partie d'elle-même qui est restée raisonnable — il y en a toujours une, même en pleine *furia.* Elle pense aussi aux enfants : que vont-ils imaginer quand ils vont apprendre, au réveil, que leurs parents ne viendront pas en Normandie passer le week-end avec eux ?

C'est à Thierry de les prévenir, ainsi que les Thivert, lorsqu'il aura compris qu'il n'y a aucune chance que Giselle s'apaise. Il a bien essayé, pourtant, avec tous les arguments — les arguties — qu'il est capable d'imaginer : elle n'allait pas faire un drame de ce qui n'était qu'une bricole, une pichenette, un petit coup de canif dans leur contrat ! Ils sont mariés depuis quinze ans ; quel est l'homme qui ne s'accorde pas un petit écart, si même on peut appeler ainsi le fait d'aller de temps à autre tirer un coup ailleurs ? Tiens, elle lui dirait qu'elle en a fait autant — avec Pascal, par exemple, ou n'importe qui d'autre —, il lui répondrait : « Très bien, ma chérie, je te comprends... N'en parlons pas, n'en parlons plus ! »

Ne suffit-il pas, d'ailleurs, de ne plus parler des choses pour qu'elles cessent d'exister ? Pourquoi diable est-ce que Laure, cette idiote, a éprouvé le besoin d'informer Giselle de ce qui s'est passé entre eux deux ? Pour la faire souffrir... Ce n'est pas d'une amie !

« Thierry, en réalité, je t'ai menti : Laure ne m'a rien dit, c'est moi qui ai trouvé une lettre d'elle dans un des livres de ta bibliothèque... Tiens, la voici. »

Thierry a pris la lettre bleue en main, a tiré ses lunettes de sa poche — décidément, sa vue baisse —, a parcouru le document à toute vitesse et s'apprêtait à le jeter à la corbeille, quand Giselle, allez savoir pourquoi, le lui a repris et a entrepris de le défroisser, comme s'il s'agissait d'une preuve... De quoi ? N'a-t-il pas tout avoué ?

Après un instant de réflexion, face à l'entêtement des faits, Thierry repart à l'attaque dans une autre direction :

« Alors, si ça n'est pas Laure qui t'a prévenue, elle n'est pas au courant !

— De quoi ?

— Que tu sais, pour elle et moi... »

Elle et lui ! Ça existe donc ? Coup bas !

« Non, pas encore...

— Dans ce cas, il n'y a qu'à ne rien lui dire ! Je romps avec elle sans explication — elle n'en demandera pas, elle savait bien que ça n'était pas fait pour durer, c'était juste pour... »

Thierry s'interrompt : qu'allait-il dire, le monstre ? *Juste pour le plaisir ?* Il ne l'emportera pas au paradis !

Et l'inconscient de conclure :

« ... comme ça, c'est fini, terminé. On n'en parle plus. On continue comme avant.

— Tu te fous de moi, ou quoi ?

— Pourquoi ?

— Thierry, je veux divorcer.

— Quelle idée ! Tu ne vas pas foutre notre vie en l'air pour une histoire sans aucune importance ? C'est grave, tu sais, un divorce ; j'en vois tous les jours, avec des conséquences dramatiques. Déjà, sur le plan économique, tous les gens qui divorcent y perdent financièrement. Mais c'est surtout pour les enfants ! Tu as pensé aux enfants, au mal que tu vas leur faire ?

— Et toi, tu as pensé aux enfants en t'envoyant en l'air avec Laure, la marraine d'Alexis ?

— C'est quoi, ça, comme argument minable ? Si c'est tout ce que tu as à me reprocher, cette histoire de marraine...

— Autrement dit, je suis une minable...

— Non, pas toi, ma chérie ; mais tes raisons de vouloir te séparer de moi...

— Tu l'es !

— Quoi ?

— Séparé de moi...

— Tu veux rire ! »

Alors il s'est approché d'elle, a tenté de la prendre dans ses bras, tout disposé, ma foi, à l'entraîner au lit et à lui faire l'amour !

Et c'est elle qui s'est mise à rire :

« Vous, les hommes, rien ne vous arrête...

— Tu es belle, tu sais, quand tu ris !

— Plus belle que Laure ?

— Ça ne se compare même pas. Ne me parle plus de cette bonne femme... »

Vraiment prêts à tout, les mâles ! Et que disait-il à Laure lorsqu'ils se retrouvaient en plein adultère et qu'elle s'inquiétait peut-être de Giselle, pour le cas où la légitime apprendrait leurs turpitudes ? Thierry lui rétorquait-il également : « Ne me parle pas de cette bonne femme » ?

Probable.

Et c'est cela qui la fait souffrir, au-delà du reste : l'idée d'avoir été dévalorisée devant une autre femme, considérée comme rien par les deux complices en plein ébat !

C'est son orgueil qui est blessé.

Plus encore que son amour.

D'autant que cela tombe on ne peut plus mal : au

moment où elle a le sentiment que ça n'est pas elle que leur père a préférée, mais sa sœur, Émilienne.

Voilà que son mari, de son côté, lui préfère sa meilleure amie ! Seulement pour le lit, à l'entendre, pour rien de plus. C'est ce que les hommes n'arrivent pas à saisir : quand une femme fait l'amour, elle se donne. Et elle n'aime pas qu'on vienne lui dire ensuite, fût-ce à propos d'une autre, que le corps ne compte pas !

Elle non plus, alors, n'a pas compté ?

Ni pour son mari, ni pour son père ?

C'est féroce, inadmissible. Giselle ne peut pas l'admettre.

Puisqu'elle n'est nulle part la mieux-aimée, c'est donc qu'elle est haïssable, et elle va se comporter en conséquence.

Elle a déjà commencé hier soir, quand Emmy — c'était elle, au téléphone, et non les beaux-parents, comme elle le pensait — lui a reproché : « Je suis chez Marthe. Qu'est-ce que c'est que cette histoire de scellés ? Je ne comprends pas, tu aurais pu me prévenir... » Au lieu de minimiser les choses, Giselle les a empirées, au contraire :

« À la guerre comme à la guerre, ma vieille ! Jean-Raoul et moi on a décidé de se défendre...

— Contre qui ?

— Mais contre toi ! »

Puis elle a raccroché.

Maintenant, avec ce salaud de Thierry qui la trompe tout en cherchant à la garder à sa botte, elle va en faire autant : riposter !

Soudain, elle se précipite dans leur chambre, ferme la porte à clé, ne répond pas à ses appels accompagnés de coups de poing contre le battant heureusement solide.

Elle commence à percevoir ce qui le motive et fait qu'il voudrait tant qu'elle « oublie », renonce au divorce comme à toute forme de séparation : elle vient d'hériter !

Et Thierry, dont le cabinet ne marche pas aussi bien qu'il le voudrait, a besoin d'argent.

Sans compter qu'un divorce risque de lui coûter cher en pension alimentaire. Surtout qu'il sera prononcé à ses torts : elle a la lettre de Laure qu'elle va soigneusement dissimuler pour la brandir devant le juge ! Et Giselle sait, c'est Thierry qui le lui a dit, quel est le meilleur avocat de Paris en ce domaine !

Oui, la guerre est déclarée.

S'il veut de l'argent, ce salaud, il n'a qu'à en demander à Laure !

Pour une fois, Jean-Raoul est content de lui : il s'est montré habile. Il n'a pas annoncé d'emblée à Thomas, bien qu'il en mourût d'envie : « Regarde les beaux petits chevaux qui proviennent de l'héritage de mon père ! Ils te plaisent, chéri ? Prends-les, je les ai ramenés pour toi ! » Il a eu la patience d'attendre que son ami les repère, s'en approche — sans un mot, selon son habitude lorsqu'il désire très fort quelque chose (un autre garçon, par exemple), en prenne deux dans ses bras et se mette à les bercer comme s'il s'agissait de bébés. Puis le petit ange — ce qu'il est beau, le matin, tout décoiffé... — lui a souri, l'air de dire : « Vois comme ils me vont bien ! »

Avant leur séparation, Jean-Raoul lui aurait déclaré d'emblée : « Tu en as envie ? Je te les donne, ils sont à toi ! »

Là, il s'est borné à lui lancer, tandis que lui-même s'affairait à remettre de l'ordre dans le bazar que Thomas a le chic de laisser après lui :

« Cela te plaît ? Il paraît qu'ils sont rares et valent très cher. Il y a plein d'autres objets de cet ordre dans la succession de Papa.

— Où ça ?

— Mais à Saint-Valençay, dans notre maison.

— Ah, la vieille baraque de ton père. Elle est à qui, maintenant qu'il est mort, à ta sœur?

— Nous sommes en pourparlers. Émilienne a envie d'y habiter, mais, pour cela, il faut qu'elle nous dédommage, mon autre sœur et moi. Avec de l'argent. Ou alors des meubles. Ou bien des objets comme ceux-là. Tiens, il y a une plaque de cheminée qui représente un forgeron en train de ferrer un cheval... Cela t'amuserait!

— Si on allait voir?

— Je croyais que tu n'aimais pas cette région? Que tu préférais la côte...

— Avec toi, elle me plairait peut-être. »

Le petit a reposé les bronzes, il s'est approché de Jean-Raoul, a blotti sa tête dans son cou comme lorsqu'il veut séduire, montrer qu'il est disponible, qu'on peut le toucher, le caresser, et, si on le désire, l'aimer. Bon signe.

N'est-ce pas la sagesse des nations qui dit : « On n'attrape pas les mouches avec du vinaigre » ? Thomas n'est pas une mouche, mais un magnifique papillon, une libellule bleue comme ses yeux! Et Jean-Raoul vient de s'apercevoir qu'il a en sa possession le nectar qui peut attirer à lui cette créature aérienne : des meubles, des objets anciens, éventuellement de l'argent!

Est-ce à dire que le petit est intéressé?

Qui ne l'est? Et il est préférable de le voir séduit par de jolies choses, en quelque sorte « culturelles », plutôt qu'aller dans l'une de ces boîtes à putes — il ne faut pas hésiter devant les mots — dans lesquelles il aime à s'encanailler, quand ça n'est pire...

S'il veut arracher Thomas à un milieu contaminant, il faut qu'il ait mieux à lui proposer. Où est le mal? Lorsqu'il était petit et que sa mère désirait le faire renoncer à ce qu'elle considérait comme un danger — une excursion en montagne avec sa classe, ou, plus tard, une moto —, elle trouvait vite quelque chose de remarquable, d'exceptionnel pour détourner et fixer ailleurs son désir.

Pour autant, jamais elle n'aurait fait quelque chose de déshonorant. « Au fond, se dit Jean-Raoul, ce que j'entreprends est tout à fait honorable. Maman aurait approuvé. Je cherche à sauver quelqu'un de la dégringolade... Et pas n'importe qui : Thomas, un pauvre enfant qu'on n'a pas su aimer jusque-là... »

« On y va quand, à Saint-Valençay ? demande le petit, la tête toujours nichée au creux de son épaule. On ne peut pas y aller tout de suite ?

— Attends. Pour l'instant, il y a les scellés. On doit procéder à un nouvel inventaire... »

Moue déçue du jeune homme qui esquisse un geste d'éloignement... Avec Thomas, mieux vaudrait s'exécuter aussitôt ; sinon, il risque de changer d'avis.

« Ce sera vite fait. Tu peux d'ailleurs m'accompagner, si tu veux... Tu comprends : il faut faire attention, autrement mes sœurs risquent de tout prendre.

— Ce sont des sorcières, tes sœurs ?

— En quelque sorte... »

Là, Jean-Raoul s'en veut : Thomas a trop facilement tendance à prendre toutes les femmes pour des sorcières... Or, sans les femmes, rien ne va plus ! Il faut savoir traiter avec elles, les ménager, éventuellement s'en faire aimer.

Même si l'amour, le vrai, le seul, c'est à Thomas que Jean-Raoul le réserve. Et c'est pour Thomas qu'il va se battre en preux chevalier qu'il se sent devenu.

Sa mère l'aurait approuvé.

« Aucun d'eux n'était là au moment de la mort de Papa, se dit Émilienne, mais, pour inventorier ses restes, ils débarquent en courant ! »

Elle ne l'oubliera jamais : aux derniers instants d'Aubin, Emmy était seule pour lui tenir la main, et c'est Marthe qui lui a fermé les yeux. Quant à Giselle et à Jean-Raoul, ils ne sont arrivés que pour l'enterrement. Aujourd'hui, en revanche, ils sont présents, et à l'heure dite, pour la levée des scellés qui n'aurait d'ailleurs pu se faire sans eux.

Ils sont venus, ils sont tous là... La rengaine d'Aznavour lui trotte dans la tête en voyant leur trio debout dans la petite rue pavée, en compagnie du greffier, de l'expert, de l'huissier, du notaire ! Marthe aussi est là, sollicitée par Émilienne qui a souhaité son appui.

C'est le greffier — en fait, une greffière — qui fait sauter les cachets de cire avec un instrument prévu à cet effet, tandis que l'huissier consigne l'heure et les faits sur un registre.

« Maintenant, vous pouvez ouvrir la porte, dit la greffière en se tournant vers les héritiers.

— Je n'ai pas pris mes clés, constate Giselle.

— Moi, je n'en ai jamais eu, renchérit Jean-Raoul.

— J'ai apporté les miennes », dit Marthe en s'avançant.

Émilienne aussi a les clés sur elle, mais elle préfère laisser faire Marthe : cela lui paraît plus opportun vis-à-vis de tout ce joli monde où l'on guette les pas et faux pas de chacun.

Ce que pensent les officiers de justice, elle ne le sait pas vraiment : pour eux, il doit s'agir d'une routine, et sans doute attendent-ils l'heure de la pause qui leur permettra d'aller déjeuner.

Pour ce qui est de Giselle et de Jean-Raoul, Emmy ne cherche même pas à imaginer ce qu'ils ressentent, tant elle-même se trouve blessée par cette apposition de scellés, un acte d'hostilité qui traduit toute leur méfiance à son égard. Comme si elle risquait de voler ce qui appartient à la maison ! Son frère, sa sœur la connaissent bien mal s'ils en sont à supposer une chose pareille... Quoi qu'il advienne par la suite, la blessure d'aujourd'hui ne se cicatrisera pas.

« Entrez, mesdames », dit poliment l'huissier en s'effaçant pour laisser entrer les femmes, lesquelles hésitent à passer l'une avant l'autre. Jusqu'à ce qu'une certaine préséance s'installe d'elle-même : Émilienne, l'aînée, en premier, puis Giselle, Marthe, enfin la greffière. Jean-Raoul entre à son tour, puis, un à un — la porte est étroite —, les officiers de justice. Me Baulieu ferme la marche après avoir salué une connaissance qui jetait un regard curieux sur le cortège.

S'agit-il de préparer une vente ? Est-ce une visite immobilière ? Si longtemps, on a vécu paisiblement, « bourgeoisement », comme disent les rapports de police, dans cette maison où l'on apercevait, par la fenêtre du rez-de-chaussée, un vieux monsieur en train d'écrire, peut-être ses mémoires, à son bureau.

Lequel bureau est à nouveau soumis à estimation, comme le reste. Le notaire tient en main le premier inventaire et cite chaque meuble, chaque objet au fur et à mesure qu'il l'aperçoit et en lit le descriptif sur sa liste. L'expert et l'huissier donnent alors leur chiffre. Très vite, Émilienne s'aperçoit que les nouvelles propositions recoupent à peu de chose près les anciennes.

Elle s'approche de Me Baulieu pour en avoir la confirmation :

« Il n'y a guère de changement, me semble-t-il ?

— C'est ce que je vous avais dit ! » triomphe le notaire.

À l'énoncé des prix, les autres font grise mine. Surtout Giselle. D'une voix pointue qu'Émilienne ne lui connaissait pas, elle en profite pour signaler un bibelot ou un autre qui n'avait pas été consigné par les premiers investigateurs...

« Et le petit paravent, dans le coin ?

— Si vous y tenez, madame. Il est en bois blanc, sans doute mis là pour écarter le courant d'air venu de la cheminée... Cher maître, vous m'en donnez combien ?

— Oh, cent francs !

— Cent francs ! s'indigne Giselle.

— Et encore, pour vous faire plaisir : ce n'est que du bois à brûler... »

Aubin l'avait fait fabriquer par son menuisier, ce paravent, afin de le protéger des rhumes, et c'est avec contentement qu'il l'avait vu arriver !

Rien n'est plus pénible que d'assister à la dévalorisation, sous vos yeux, à vos oreilles, des pauvres choses qui ont appartenu à un défunt, lequel les avait rassemblées avec amour. Soignées. Pieusement conservées au fil des ans. Avec quoi, dans ses heures de solitude, il avait sûrement eu de longues conversations... Car les êtres humains ne parlent pas qu'entre eux : même s'ils ne s'en aperçoivent pas toujours, ils causent avec tout ce qui les entoure : les plantes, mais aussi les meubles, les bibelots qui vont jusqu'à leur répondre... Parfois, c'est un échange muet. Toujours intense. Aussi modeste soit-il, notre décor habituel nous aide à vivre — d'où le drame des maisons de retraite où des personnes âgées, privées de leurs amies les choses, meurent presque aussitôt de chagrin.

Et si les choses aussi éprouvaient du chagrin à être abandonnées par leur propriétaire ?

Il semble à Émilienne qu'aujourd'hui toute la maison fait triste figure. Bien sûr, il y a de la poussière, le ménage n'a pas été fait depuis quinze jours, mais ce n'est pas tout. Les choses ont peur ; sans doute d'être dispersées, c'est évident... On dit que les végétaux qu'on va transplanter le pressentent et se recroquevillent de façon perceptible aux yeux d'un jardinier attentif. Lequel, s'il a du cœur, entreprend de les rassurer. Et y parvient.

Cette pendule d'albâtre flanquée de ces deux chandeliers de cuivre doit y « tenir », depuis le temps, à son voisinage !... Va-t-il falloir l'en séparer pour la vendre ? Ah, si elle pouvait avoir assez d'argent, Émilienne garderait l'ensemble tel quel, intact.

Laissant les officiants aller de pièce en pièce, elle revient dans le bureau pour s'apercevoir soudain que ce décor qu'on peut juger désuet, suranné, n'est rien moins qu'un trésor en péril. Si on le dissémine, ce que son père et sa mère avaient créé au fil des ans et de leurs goûts propres ne pourra plus jamais être reconstitué. Car l'époque a changé et ce n'est plus ainsi qu'on décore et installe une maison.

On commence à s'en rendre compte de nos jours, et certains conservateurs se donnent beaucoup de mal, dans les châteaux classés, pour retrouver et racheter une à une les pièces du mobilier qui constituait la chambre ou le salon de tel ou tel personnage historique. Ils sont obligés parfois de refaire tisser des rideaux, des couvre-lits, des tapisseries qui n'ont pas résisté au temps ou qui se sont perdus. Cela coûte des fortunes à l'État, mais c'est pour le plus grand plaisir des visiteurs, soudain confrontés à un art de vivre dont, sinon, ils ne sauraient plus rien...

Or cette œuvre due au temps passé existe aussi dans cette maison. Et ce qui est précieux, sans prix, même, ce ne sont pas les éléments qui la composent — il n'est que de voir les chiffres qu'on leur attribue ! —, c'est ce qui émane de leur arrangement : une poésie, un calme, un bonheur d'autrefois à nul autre pareil.

Déjà, les petits chevaux manquent à l'appel, eux qui galopaient de si bon cœur vers le grand vase d'origine chinoise... Qu'en sera-t-il du reste quand tout, ici, sera « troué » ? Soudain, Émilienne éclate en sanglots : n'y a-t-il que dureté au cœur de l'homme ? Fureur, jalousie, incompréhension ?

Quelqu'un entre à ce moment dans la pièce. Émilienne essuie subrepticement ses yeux avant de se retourner : c'est Giselle. Qui se laisse tomber sur le canapé :

« Je n'en puis plus. C'est épuisant.

— Ça, tu l'as dit ! »

Bien fait, sa sœur l'a cherché.

« Ce n'est pas que l'inventaire... Il y a autre chose : Thierry et moi, nous divorçons. »

C'est au tour d'Émilienne de s'asseoir, sidérée.

« Mais pourquoi ?

— Il me trompe. »

La première pensée qui vient à l'esprit d'Emmy émane de sa rancœur : c'est la maison !

Oui, ce doit être la maison qui commence à se venger, à sa façon, du mal qu'on cherche à lui faire. N'est-elle pas comme un être vivant qui voudrait vivre encore ?

Jamais Alexis n'a vu sa sœur dans un pareil état. Blanche, raide et surtout muette. La plupart du temps, la fillette reste accroupie par terre, son tigre en peluche dans les bras (on le croyait aux oubliettes, celui-là, remplacé par sa panoplie de Zorro et par sa poupée Barbie dans sa dernière et ridicule toilette). Elle fait ce qu'on lui dit de faire : aller en classe, passer à table, se coucher; mais elle ne prend plus aucune initiative.

À vrai dire, son frère l'avait déjà vue repliée sur elle-même le jour où son père lui avait fait la promesse de l'emmener au McDonald's toute seule — Viviane n'y était encore jamais allée — et qu'il s'était dérobé, au dernier moment, prétextant un rendez-vous subit et incontournable avec un juge du tribunal.

Viviane n'avait rien voulu savoir et elle était demeurée assise par terre dans sa chambre, adossée contre son lit, avec dans les bras son plus vieux nounours.

Jusqu'à ce que leur mère s'en aperçoive et vienne lui expliquer que son Papa l'adorait, mais que les « grands » sont parfois, comme les « petits », obligés de faire des choses qui les ennuient. Cela ne veut pas dire qu'ils négligent ou trahissent leur fille chérie :

« Ton père se faisait une fête d'aller manger un macdo seul avec toi, il m'en a encore parlé hier soir, et puis, ce matin, il y a eu ce coup de fil... Tu sais, ma chérie, la vie est longue, ton Papa tient toujours ses promesses ; je suis sûre qu'il va trouver un autre moment d'ici quelques jours... Tu verras, ce sera encore mieux du fait que tu l'as tellement désiré ! »

Comme si elle n'avait rien entendu, Viviane s'était relevée et était allée à son petit bureau faire un dessin avec des crayons-feutres. En fait, c'était les siens à lui, Alexis, ce qui fait qu'il était intervenu pour les lui reprendre ; elle les abîme, chaque fois, en ne refermant pas les bouchons. Ils s'étaient disputés, un peu battus, et il avait alors retrouvé Viviane telle qu'en elle-même : batailleuse, exigeante, maligne aussi, parce qu'elle avait fini par lui dire que c'était pour lui, Alexis, qu'elle voulait dessiner une maison... Tiens, au bord de la mer, avec des crabes sur la plage et un bateau à voile au loin !

Allez lui résister...

Mais, cette fois, rien n'y fait.

Depuis deux jours, la petite ne dit plus rien, bouge à peine. Il faut reconnaître que, dans le cas présent, leur mère ne s'en est pas mêlée. À vrai dire, Giselle est à peu près dans le même état que Viviane : bouche cousue. Allant et venant d'une façon mécanique. Un zombie !

Quant à leur père, aucune nouvelle depuis qu'il est parti. En fait, Alexis ne sait pas au juste quand il a quitté la maison : était-ce le dimanche soir, après leur retour de week-end — ah, ce week-end si bien commencé, il a fini par tourner à l'enfer ! — ou le lundi matin, tôt, avant qu'ils ne soient levés, Viviane et lui ? Sur une question de Viviane, leur mère s'est contentée de laisser tomber d'un air glacial :

« Votre père est en voyage.

— Il revient quand ? »

Giselle a mis un moment pour répondre :

« Je ne sais pas. On verra. »

Elle avait son air des très mauvais jours, celui qui signifie : « Je ne tolérerai pas une question de plus ! » Ce qui fait que Viviane et lui l'avaient bouclée.

D'habitude, cela ne dure pas très longtemps, la mauvaise humeur de Maman. Une fois que ce qui la tracasse est effacé ou remis en place, elle revient vers les enfants et, sans vraiment s'excuser de les avoir en quelque sorte boudés, bousculés, elle se fait pardonner ! Par des baisers, des attentions, un petit cadeau.

Mais là, rien. L'iceberg ne veut pas dégeler.

Qu'ont-ils fait de mal ?

C'est la question qu'Alexis a fini par se poser : pour que leur père parte en voyage sans leur dire au revoir et sans leur avoir téléphoné depuis lors, et pour que Maman se soit ainsi transformée en statue de sel, il a dû se passer quelque chose de grave. Qui lui a échappé.

Et Alexis de tourner et retourner dans sa tête les événements des jours précédents.

Ce n'est tout de même pas parce que, au cours du week-end, Viviane a tapé du pied quand elle a appris que les parents ne viendraient pas et qu'elle ne pourrait pas montrer à son père comment elle grimpe bien, désormais, aux branches du cèdre...

Lui, Alexis, n'avait rien exprimé, mais il était parti seul sur la route à bicyclette, ce qui est interdit.

À son retour, Pascal l'a attrapé, un peu, pas trop, avec quelque chose comme de l'indifférence. Manifestement, il était préoccupé, et sa marraine, Laure, aussi.

Aucune scène, cependant, pas d'éclats de voix, comme il arrive parfois aux parents lorsqu'ils s'enferment dans leur chambre et se croient hors de portée des oreilles des enfants. Tu parles !

Alexis se rend dans la chambre de Viviane.
« Qu'est-ce que tu fais ? »
Silence.
Il vient s'asseoir à côté d'elle. Un adulte dirait : « Qu'est-ce qui se passe ? » Eux n'ont pas besoin de le formuler. Ils savent bien qu'aucun n'a la réponse. Ils ne songent pas non plus à dire qu'ils sont malheureux. Ce n'est pas dans leurs possibilités. Même s'ils le sont, d'une certaine façon ils ne le savent pas ; il faudrait que quelqu'un d'autre le leur fasse remarquer pour qu'ils le reconnaissent, et peut-être qu'ils éclateraient alors en sanglots, ce qui leur ferait du bien.

Là, ils sont hors de ce qui pourrait leur faire du bien dans la mesure où personne ne s'intéresse à ce qu'ils ressentent ni à ce qu'ils deviennent. Au fait qu'ils ont si mal, l'un et l'autre.

Deux enfants perdus dans le noir de leurs parents. Deux enfants seuls dans ce qui, pour eux, est aussi cruel que la guerre.

Au reste, c'en est une.

À peine les enfants sont-ils couchés, sinon endormis, que Giselle, tout en rangeant la vaisselle et les restes du dîner, laisse couler des larmes qu'elle avait contenues jusque-là.

Pleurer machinalement, sans images ni mots précis en tête, n'est-ce pas cela qu'on appelle la dépression ? En fait, elle se sent abandonnée en compagnie des deux enfants dont elle perçoit le désarroi sans pouvoir leur porter secours. Que leur dire ? Comment leur rendre acceptable l'idée que leur père les a trompés, puis désertés tous les trois ?

Et qu'elle ne voit pas, pour l'instant, comment reconstruire leur vie, ni même s'il leur en reste une.

Les premiers jours, elle a attendu un miracle. Thierry allait revenir et lui assurer que tout cela n'était pas vrai, n'était qu'un mauvais rêve : il n'avait pas entretenu de liaison secrète avec Laure.

Giselle n'attendait que ça, dans son accablement, et elle l'aurait cru. Oui, elle souffrait tellement qu'elle était prête à prendre pour vraie — même si quelque chose en elle criait : « mensonge ! mensonge ! » — n'importe quelle faribole. Ne serait-ce qu'afin de pouvoir redormir.

Car elle ne dort plus depuis la découverte de la trahison de son mari avec sa meilleure amie. Voilà, c'est dit, mis en mots, et cela ne va pas mieux pour autant...

Une fois récupéré son retard de sommeil dans les bras de Thierry — elle lui aurait rouvert son lit —, elle aurait pu aviser, l'esprit plus clair. Mais il n'est pas revenu. Il ne l'a même pas appelée au téléphone.

Hantée par des images qui se superposent, Giselle sent qu'elle se morcelle. Par contraste, elle se revoit avec Thierry aux tout premiers temps de leur amour, quand ils ne formaient qu'un corps à eux deux. Tout concourait alors à les rapprocher, y compris sa grossesse ; son jeune mari caressait tendrement son ventre arrondi : « T'occupe pas, je parle à ma fille... » Lorsqu'ils avaient su que c'était un fils, le délire avait encore empiré. Entrait-elle, le ventre en avant, dans une pièce où se trouvait Thierry ? « Tiens, voilà mes deux chéris ! » s'exclamait-il.

Plus que possessif : dévorateur.

Et Giselle s'était laissée envahir. Est-ce que les défenses cèdent d'elles-mêmes du fait qu'on est *enceinte* ? Pourtant, le mot pourrait laisser entendre qu'on devient tout entière une sorte de rempart pour protéger le germe de vie qui vient d'éclore en soi... C'est le contraire qui s'était produit : Giselle s'était ouverte à la fois à l'enfant, qui prenait place tous les jours plus volumineusement dans son corps, et à cet homme qui... En fait, qui agissait comme si c'était lui qui les renfermait dans son propre corps d'homme, elle et le bébé !

Une telle folie, Giselle ne savait même pas qu'elle était possible ! Ne prétend-on pas que le père devient un semi-étranger lorsqu'une femme attend un enfant ? Pour eux, c'est l'inverse qui s'était produit : la fusion.

Laquelle ne s'était pas plus dissoute à la naissance de Viviane qu'à celle d'Alexis. Aussi Giselle avait-elle pris l'habitude de ne faire qu'un avec

Thierry, sans en prendre conscience, sans vraiment y penser : elle trouvait normal que son mari ait les mêmes réactions qu'elle face aux uns, aux autres, aux spectacles, aux événements familiaux ou politiques. Et face aux enfants dont ils appréciaient dans un commun accord les qualités et défauts.

Bien sûr, Thierry entretenait un faible pour sa fille, et elle pour Alexis, mais c'était une sorte de jeu, l'un comme l'autre aimant leurs deux enfants à égalité. Un état de fait, pour ne pas dire de grâce, dont ils n'éprouvaient pas le besoin de s'entretenir en paroles.

À repenser ainsi à sa vie fondue dans celle de Thierry, tout en se tournant et se retournant dans un lit devenu trop grand pour elle, au point qu'elle finit par aller se coucher sur le divan, Giselle est contractée par la souffrance. De son corps, de son cœur, de son esprit.

Elle se sent détruite — « déchirée », comme on dit maintenant. Tout, en elle, va à hue et à dia.

Alors, pour tenter d'opérer une réunion de tous ses éléments, de retrouver, si possible, son unité, elle s'interroge : « Est-ce que c'est si grave ? »

Elle le sait pour l'avoir lu, éventuellement proclamé elle-même à propos d'une autre à qui ce malheur était arrivé : tous les hommes, un jour ou l'autre, trompent leur femme ! En voyage, à l'improviste, ils cèdent à une brève aventure qui leur sert à se prouver qu'ils sont toujours séduisants, virils, dignes d'être désirés. Donc, ce n'est pas seulement par habitude que leur conjointe continue de vivre amoureusement avec eux ! En vérité, ils sont une « affaire », ils viennent d'en recevoir encore la preuve par une autre femme, laquelle...

Soudain, Giselle se met à souffrir davantage encore (comme si c'était possible !), jusqu'à pousser des cris qu'elle tente d'étouffer, afin de ne pas affoler les enfants, en abritant sa bouche ouverte derrière ses deux mains : Laure !

C'est qu'elle vient d'imaginer Laure dans les bras de Thierry, son corps qu'elle a si souvent aperçu nu, qu'elle connaît d'une façon intime, dans ses poses, ses gestes et même ses odeurs. Laure qui lui est tout aussi familière que sa propre sœur, Émilienne, avec laquelle, au cours de leur enfance et de leur adolescence, elle a partagé des lits, des salles de bains !

Si Thierry couchait avec Émilienne — ce qui n'est guère à craindre, sa belle-sœur ne l'excite nullement ! —, ce serait de l'inceste. Et c'est bien là, le terrible : le fait que Thierry couche avec Laure, qui est comme une sœur pour elle, c'est aussi de l'inceste !

Épuisée par sa nuit blanche, alors que l'aube pointe déjà derrière les persiennes, Giselle se lève et va se faire couler un bain. La tiédeur de l'eau commence par lui apporter un certain bien-être : le retour au liquide amniotique, c'est bien connu, là aussi. Soudain, elle aperçoit son corps nu allongé devant elle, son ventre demeuré rond depuis ses deux grossesses (« Comme celui des femmes de la Renaissance : j'adore ! » lui disait Thierry), ses jambes aux cuisses longues, aux mollets de sportive, la touffe de poils blonds de son pubis. Et elle ressent une affreuse douleur, car son corps, brusquement, n'est plus à elle, n'est plus intègre : il est mélangé à celui de Laure du fait que Thierry les a désirées, caressées, pénétrées l'une après l'autre... Pourquoi pas les deux ensemble ? Sans doute, pendant l'acte, l'a-t-il souhaitée, cette fusion, et accomplie en pensée !

> *« Dans un affreux mélange d'os et de chair mêlés et traînés dans la fange... »*

Les poètes sont les seuls à avoir des mots assez forts pour exprimer ce qu'on ressent, que ce soit dans le bonheur ou, comme maintenant, au plus violent de la douleur.

Et du désespoir.

Non, Giselle ne peut plus vivre, car elle ne possède plus de corps, un corps qui soit tout à elle.

Elle a envie de mourir là, tout de suite, de se laisser couler jusqu'à la noyade dans cette baignoire — cette cuve atroce dont certains bourreaux font un lieu de supplice.

Ce soir, elle aussi s'y sent torturée — par celui-là même avec lequel elle croyait ne faire qu'un.

Son amour.

« Je ne vois que deux solutions à votre problème : ou vous vous arrangez à l'amiable, votre frère, votre sœur et vous, pour vous partager les biens dont se compose la succession ; ou vous allez devant le tribunal qui procédera lui-même à la sortie de l'indivision.

— Et il n'y a aucune chance que le jugement m'attribue la maison ? »

Franck Gallaud hoche la tête :

« On ne peut pas savoir à l'avance. Le juge peut estimer que c'est votre sœur, du fait de ses enfants, qui a le plus besoin d'une maison, ne serait-ce que pour les emmener en vacances...

— Mais ce n'est pas un lieu de vacances qui plaise aux enfants ! Si ma sœur reçoit la maison en partage, elle la revendra immédiatement pour en acheter une autre au bord de la mer...

— Ou bien le juge décide que vendre est la meilleure solution, chacun ayant droit à un tiers du produit...

— Et si c'est un étranger qui achète ?

— Vous avez un droit de préemption.

— Quelqu'un peut faire monter les enchères...

— C'est exact.

— Et s'il est mandaté en sous-main par mon

frère et ma sœur pour que le prix soit tel que je ne puisse pas suivre ?

— Vous toucherez votre part, et qu'est-ce qui vous empêche ensuite de racheter la maison au mandataire qui, sûrement, n'en veut pas ?

— Mais je n'aurai pas assez d'argent !

— Alors, pourquoi vouloir garder quelque chose que vous n'avez même pas les moyens d'acquérir ?

— Écoutez, Franck, j'ai réfléchi... En effet, il y a là des meubles de valeur, deux ou trois tableaux ; si on les vend et que je touche ma part, j'aurai à peu près de quoi dédommager mon frère et ma sœur... Je pourrai, en plus, contracter un emprunt, prendre une hypothèque sur la maison, réunir peu à peu la somme.

— Vous devenez réaliste.

— Je peux aussi donner d'avance la maison à mes neveux tout en en gardant l'usufruit ; ma sœur pourrait alors accepter que je ne la rembourse pas effectivement, puisque en fin de compte elle aura ainsi et sa part et la mienne... Une bonne affaire pour elle et ses gosses !

— Proposez-le-lui. »

Émilienne se tait, médite. C'est elle qui a invité le jeune clerc à déjeuner afin de discuter avec lui des nombreux plans qu'elle échafaude pour tenter de demeurer dans les lieux. Ils lui sont encore plus chers depuis qu'elle se sent sous la menace d'une expulsion définitive.

Après la levée des scellés, une fois l'inventaire terminé et cosigné par les parties présentes, il lui a certes été accordé de revenir habiter là. Mais c'est un statut d'attente, une sorte de gardiennage par consentement muet de son frère et de sa sœur... Si l'un d'eux n'était pas ou plus d'accord, elle n'aurait plus qu'à déguerpir.

« Vous savez, je ne peux pas parler à ma sœur. Du moins en ce moment... Elle est hors d'elle.

— À cause de la succession ?

— Non, de son prochain divorce.

— C'est peut-être une situation favorable : elle va avoir besoin de vous.

— En fait, on dirait qu'elle me hait.

— À cause de la maison ?

— J'ai l'impression que ça remonte à bien plus loin. Je crois que Giselle ne s'est jamais sentie aimée... À ses yeux, ç'aurait été moi, la préférée de nos parents, surtout de mon père ! Mais ce n'est pas vrai du tout... Elle se fait du cinéma !

— Se sentir aimé..., dit rêveusement le jeune homme. Je me demande en effet si ce n'est pas de l'ordre de l'imaginaire...

— Giselle me rejette, me repousse. Quand je l'appelle au téléphone, elle me répond par monosyllabes... Je ne peux pas envisager de négocier quoi que ce soit avec elle.

— Et votre frère ?

— Lui, il est sous influence... Je ne le reconnais plus. Jean-Raoul, si attentif d'habitude aux uns et autres ! Là, il ne voit rien, n'entend plus rien. Ou, s'il entend, il n'en tient aucun compte... Il n'y a que son jeune compagnon qui ait du poids. Savez-vous quoi ? Il veut l'amener ici...

— C'est bien, vous pourrez discuter !

— Vous croyez ça ? Ce petit jeune homme va se considérer en pays conquis. Je le sais d'avance ! Non, dès qu'il arrive, je fous le camp !

— Vous avez tort, Émilienne. Il vaut mieux rester sur place. Et veiller au grain...

— Comment ça ?

— Légalement, aucun des trois héritiers ne doit toucher à quoi que ce soit de ce qui se trouve dans la maison et qui a été inventorié. Mais imaginez que l'un d'eux s'empare d'un meuble, d'un tableau, de l'argenterie. Croyez-vous vraiment qu'en allant porter plainte — si vous le faites, si vous avez des preuves —, vous aurez une chance d'arriver à quelque chose ?

— Mais ce serait un délit !

— Et alors ? Les délits, les tribunaux ne savent plus où les mettre, ils n'ont même plus le temps d'ouvrir les dossiers, ils sont obligés de classer, même quand il y a coups et violences... Alors, une histoire de sœurs et de frères qui s'entrevolent. Je peux vous en raconter mille ! Cela ne mène jamais nulle part, n'est pris en compte par personne...

— Mais c'est monstrueux !

— C'est comme ça depuis toujours. Plus fort que la loi, il y a la loi de la tribu : dans une famille, chacun s'attribue librement, sauvagement, ce qui lui plaît... Le plus fort l'emporte. Comme dans la mafia ! D'ailleurs, certains en viennent aux mains, et qui va les en empêcher ? Qui peut intervenir dans le huis clos des familles ? Non, croyez-moi, Émilienne, arrangez-vous entre vous, négociez...

— Et comment on fait ?

— On se rencontre et on parle.

— Si je vois Jean-Raoul entrer chez moi avec ce jeune homme et celui-ci se mal conduire sous mon toit, je vais exploser !

— Vous êtes plus maligne et plus forte que ça ! »

C'est dit avec un sourire d'affection qui fait qu'Émilienne se sent ragaillardie. Elle ne va quand même pas laisser la petite bête (les deux jeunes gens) manger la grosse, elle !

S'il n'y a personne pour la défendre, pas même la loi, alors elle va se défendre toute seule. Quitte à employer tous les moyens — légaux ou illégaux...

Franck aurait-il pénétré sa pensée ?

« Vous savez, reprend-il, la loi...

— Oui, la loi ?

— Elle ne pénètre pas dans tous les domaines, loin de là ! Elle reste extérieure à la vie privée...

— Je croyais qu'il y avait une loi pour régir et condamner ce qu'on appelle l'« atteinte à la vie privée » ?

— Une disposition qui peut servir à réprimer —

s'il y a plainte — certains excès de mots ou d'images dans les médias. Mais, dans la vie courante, que voulez-vous que la Justice y fasse ? Chaque fois qu'une femme reçoit une gifle, elle ne va pas se précipiter à l'association des femmes battues. Un petit-fils qui part avec les économies que sa grand-mère avait dissimulées sous son matelas, vous croyez que la famille va le dénoncer ? On dit : "Alors ça, vraiment, ce n'est pas bien. Renaud s'est mal conduit, mais, avec l'éducation qu'il a reçue, ce n'est pas étonnant. Ce sont les parents, les coupables : lui boit ; elle n'est jamais dans son foyer !" Et on s'en tient là... Le pire — vous êtes en train de le vivre — survient au moment des héritages. Si vous saviez ce qu'on voit !

— Quoi, par exemple ?

— Déjà, le dépouillement immédiat des cadavres... Le premier arrivé s'empare des bagues, quitte à tirer sans vergogne sur les doigts parfois déformés des morts, mais on prend aussi les bijoux, les vêtements, les fourrures, les petits meubles faciles à fourrer dans un coffre de voiture... Tout est imaginable, tout se fait ! Je connais deux frères, dans les environs de Saint-Valençay, qui, depuis la mort de leur aîné, dont ils sont les héritiers — il n'avait ni femme ni enfant —, ne cessent de venir à tour de rôle cambrioler sa maison.

— Ils ne sont pas à parts égales ?

— Si. Mais l'un veut vendre, l'autre pas, histoire d'ennuyer le premier avec lequel il est brouillé depuis trente ans. Alors, la nuit, ils vont se servir en fracassant les volets, en forçant les serrures... L'un a pris le téléviseur, l'autre la vaisselle, ils en sont à arracher les luminaires, le manteau de la cheminée... Chacun à son tour va se plaindre à la gendarmerie, on prend leur déposition et on la classe en riant sous cape. On sait qui a fait le coup, et alors ?

— On n'est donc pas défendu ?

— Pas en famille. Sinon, les tribunaux passeraient leur temps à s'occuper de ce genre de conflits. Le plus courant, c'est lorsqu'un homme remarié décède. Quels que soient les arrangements légaux qu'il a pu prendre pour protéger sa seconde femme, les enfants du premier lit la persécutent : sus à l'étrangère ! Et ils y parviennent : aucun testament n'est inattaquable et il n'y a jamais prescription. Le mieux, si on veut être tranquille, c'est de lâcher du lest...

— Comment ça ?

— Vous abandonnez ci ou ça auquel vous avez légalement droit, vous le faites de votre plein gré afin d'arriver à faire signer la clôture de la succession par les autres...

— Mais c'est horrible !

— C'est.

— Il n'y aurait donc pas d'amour en famille ?

— Mais *c'est* de l'amour... Qui se fourvoie, peut-être, mais qui flambe fort ! Il n'y a pas qu'une façon d'être, en amour...

— Vous m'en apprenez !

— Émilienne, je crois que vous êtes plus jeune que moi !

— En ce moment, je me sens vieillir à vue d'œil, dit-elle en tendant son verre pour que Franck lui reserve du vin.

— C'est bien.

— Non, c'est triste.

— C'est ce qu'on appelle faire son deuil...

— Je ne veux pas faire mon deuil de la maison !

— Vous faites mieux : le deuil d'une partie de vous-même qui n'était pas dans le réel... Pour la maison, vous verrez ensuite...

— Cela s'arrangera, Franck, dites-moi que ça s'arrangera !

— Revoilà la petite fille ! Vous savez bien qu'il n'y a pas de problèmes sans solution... Je sens d'ailleurs qu'il y en a une en marche...

— Oui, dit pensivement Émilienne, l'un de nous peut mourir.

— Et vous hériterez ? N'oubliez pas que votre sœur a des enfants et que votre Jean-Raoul peut tester en faveur de son jeune ami...

— Que n'ai-je été fille unique !

— L'important, Émilienne, c'est de ne pas nous prendre d'amour pour les choses qui ne nous appartiennent pas. Il faut savoir rester détaché, léger...

— Au fond, vous avez de la chance, Franck : vous ne possédez rien, vous êtes libre...

— Oui, dit mélancoliquement le jeune homme, je suis libre. »

C'est drôle comme chacun ne voit jamais que son propre cas, sa propre souffrance. Pourtant, Émilienne est une femme sensible. Or, en ce moment, elle est incapable d'imaginer ce que c'est que d'être sans racines, sans parents.

« Si je perds la maison, poursuit-elle après avoir bu son vin d'une traite, je me sentirai comme une exilée... »

Franck sourit, pose sa main sur la sienne.

« Exilée Émilienne ? Peut-être, mais, au moins, vous ne serez pas seule à l'être ! »

Ce jeune homme a des yeux ravissants, d'un vert gris derrière de longs cils noirs. Il n'y a pas que les œuvres d'art, se dit soudain Émilienne ; la beauté est plus belle encore lorsqu'elle est vivante.

C'est après le péage de Tours que Thomas, qui bavardait joyeusement jusque-là, s'est soudain tu. Tout en conduisant, Jean-Raoul jette des regards vers le jeune homme : mi-allongé à ses côtés sur le siège avant, le petit dort. La tête blonde aux lèvres entrouvertes est gracieusement inclinée sur son épaule, ses longs cils reposant sur une joue à la courbe encore enfantine.

Jean-Raoul est heureux. Plus encore depuis que Thomas ne parle plus, car le petit a le chic — il le fait exprès, ou quoi ? — pour trouer son bavardage, en apparence débridé, de zones d'ombre. Il s'interrompt net au milieu d'une phrase, prétend ne plus se rappeler un nom, le jour et le lieu où telle histoire, si drôle, s'est passée... Avec lui, il n'est guère besoin d'être d'une jalousie maladive pour le devenir. Cherche-t-il de la sorte à entretenir un intérêt qu'il doit supposer défaillant du fait qu'il en a été ainsi depuis qu'il est né ?

« Mais je t'aime, lui répète Jean-Raoul, je ne t'abandonnerai jamais ! »

Thomas feint de ne pas entendre. Puis murmure :

« Le nombre de fois qu'on m'a dit ça... »

Sous-entendu : « Tu vois, ça ne m'empêche pas d'être seul... »

D'après ce que Jean-Raoul a pu en apprendre,

tout a commencé quand le garçon était enfant : son père est parti avant sa naissance, sa mère a rencontré un autre homme avec lequel elle s'est mise en ménage et a eu quatre autres enfants. Thomas a alors été confié à sa grand-mère, laquelle n'en voulait pas et le lui a fait sentir : « J'ai mes chiens, ça me suffit comme compagnie... » Très vite, il a cherché du réconfort auprès de ceux auxquels il plaisait, mignon comme il était déjà. Forcément, des hommes plus âgés. Pas des protecteurs, des exploiteurs — certains cherchant même à le mettre sur le trottoir. Du coup, aujourd'hui, gagner sa confiance relève de « Mission impossible » ! Ce qui ne décourage pas Jean-Raoul, au contraire : il se fait fort de trouver le chemin d'un cœur encore plus blessé, plus solitaire que le sien. Et, sans le savoir, en cherchant à conquérir le jeune homme, c'est lui-même qu'il entend chérir. Et consoler.

En fait, il lui est plus facile de se battre pour Thomas — sur cette question d'héritage, par exemple — que pour lui-même. Jusqu'ici, il n'avait pas eu besoin de forcer les portes ni les volontés : sa mère lui donnait tout d'avance avant qu'il ait même eu le temps de le désirer... C'est ce qu'il attendait aussi de ses sœurs : qu'elles la relaient pour le satisfaire et le combler. Surtout Emmy, qui n'a pas d'enfant. Surprise : elles se sont mises à le traiter en étranger, parfois en ennemi, lui préférant l'une sa progéniture, l'autre une maison...

Heureusement, il y a Thomas !

Depuis que le petit est revenu dans sa vie, Jean-Raoul n'a plus besoin de personne. S'il pouvait en être de même pour le garçon... Malheureusement, c'est loin d'être le cas. Du moins lorsqu'ils sont à Paris : soudain, Thomas disparaît, soi-disant pour aller chez le coiffeur, faire une course ou une autre, et ne revient que des heures plus tard, se dérobant à toutes questions.

Où était-il ? Qu'a-t-il fait ? Que lui faut-il ? Plus d'argent, plus de plaisir, plus d'amour ?

Jean-Raoul se morfond, se torture les méninges et finit par comprendre que le mieux est de se taire, de tout supporter. Apprivoiser un animal sauvage prend du temps. Thomas n'est-il pas une merveilleuse bête fauve? Il n'a pas encore compris que Jean-Raoul ne lui veut que du bien et ne songe qu'à son intérêt à lui — mais cela va venir. Patience, patience...

Soudain, le petit se redresse, tout de suite dans la demande, comme à son habitude.

« J'ai envie de faire pipi! On arrive, ou quoi?

— Dans une demi-heure, mais, si tu n'y tiens plus, on peut s'arrêter à une station-service...

— T'as bien pris de l'essence, tout à l'heure?

— Oui.

— Alors, pourquoi que tu m'as pas réveillé? J'aurais pu aller aux toilettes à ce moment-là et m'acheter des cigarettes, j'en ai plus! »

Sous-entendu : tu ne penses jamais à moi, tu ne fais jamais les choses en fonction de moi — alors que Jean-Raoul s'est donné du mal pour faire le plein et payer sans que le petit, profondément assoupi, croyait-il, s'en aperçoive...

Il y a des moments où il a quand même envie de protester, de se justifier. C'est ce qu'il ne faut surtout pas faire : Thomas n'attend que ça pour piquer sa crise!

Une fois, alors qu'ils se connaissaient encore à peine, après une prise de bec que Jean-Raoul jugeait sans importance, au premier arrêt à une station-service, Thomas est descendu de voiture tandis qu'il faisait le plein. Puis Jean-Raoul est allé payer à la caisse de la boutique, et, quand il est revenu, ç'a été pour voir le petit disparaître dans une Porsche aux côtés d'un homme mûr qu'il avait dû draguer vite fait. Pour ce qui est de se faire ramasser, Thomas est connaisseur! Tout autant qu'en marques de voitures!

Entreprendre de rattraper une Porsche, quand on est en Renault 5, c'était hors de question.

Jean-Raoul a bien reçu sa leçon, ce jour-là, ce qui fait qu'aujourd'hui il la boucle — il va la boucler :

« C'est comme tu veux, mon ange, ou on s'arrête dans deux kilomètres, ou on attend d'être à la maison...

— Ça va la faire rigoler, ta sœur, si j'arrive pour demander le pipi-room et m'y précipiter la braguette ouverte...

— Emmy n'est pas une mijaurée !

— Et il y a un jardin ?

— Je te l'ai dit, un jardinet de curé avec de vieux rosiers, des hortensias...

— Alors je pisserai sur les hortensias ! Je crois donc que je peux attendre jusque-là ! »

L'idée de faire son entrée dans la vieille maison pour d'emblée y choquer son monde, voilà qui est à même de calmer Thomas.

Un objectif qui n'est pas non plus pour déplaire à Jean-Raoul : dans la famille, il est temps qu'on sache de quel bois il se chauffe, fût-ce par amant interposé !

Marthe va et vient de la cuisine à la salle à manger, apportant ses plats. Naguère, il lui était arrivé de dire à Monsieur que faire le service, avec ce bout de couloir conduisant de l'une à l'autre pièce, ça n'était guère commode. Sans compter la marche.

« Que voulez-vous, ma pauvre Marthe, du temps où mon père a aménagé cette maison, il y avait du monde : en plus de la cuisinière, une petite venait l'aider aux repas.

— Et maintenant, y a plus que moi pour servir Monsieur ! Faut pas m'en vouloir si c'est pas comme il faut...

— Marthe, vous ne faites pas le service, vous êtes de la famille... »

Lorsqu'il était tout seul, pour le lui prouver, mais aussi pour ne pas manger face au vide, ce qu'il détestait, Aubin l'invitait à s'asseoir. Mais Marthe n'avait jamais accepté, prétextant les nécessités du fourneau... En fait, élevée dans une ferme, la vieille femme craignait que ses manières de table ne soient pas parfaites, ce qui était indifférent à Aubin ; celui-ci appréciait avant tout sa conversation, directe et vraie, mais Marthe ne s'en doutait pas.

Ce qu'elle sait, c'est qu'on ne mange pas avec ses doigts, même le poulet ; et qu'on s'abstient de faire du bruit en aspirant les moules, même si leur sauce est exquise...

Décidément, ce jeune homme n'a aucune éducation, ce dont elle s'est d'ailleurs aperçue dès qu'il a pénétré dans la maison : sans même dire bonjour, il est allé pisser droit dans le jardin alors qu'il y a des cabinets au rez-de-chaussée comme à tous les étages ! Pendant ce temps, Jean-Raoul saluait sa sœur, puis elle, Marthe, comme si de rien n'était.

Quand le petit est revenu, en passant par la cuisine et en piquant une langoustine au passage, Jean-Raoul l'a présenté :

« Thomas, a-t-il dit sans préciser le nom de famille.

— Je vous serre pas la main, a répliqué l'Ostrogoth, les miennes sont pleines de jus de crustacé. Ça coule de partout, ces bêtes-là ! »

Et le manège a continué...

Marthe a admiré le sang-froid d'Émilienne qui n'a pas pipé, comme s'il n'y avait rien de plus normal que de recevoir un aussi grossier personnage. Elle a même entretenu la conversation, sans poser de questions directes ni à l'un, ni à l'autre des jeunes gens, mais en évoquant la petite ville, sa situation difficile sur cet affluent de la Charente — « On risque tous les ans l'inondation » —, son isolement de tout et les caprices de son climat, trop humide, trop chaud, trop venteux, trop froid...

Un tableau si noir que Marthe a failli intervenir : « On est bien, à Saint-Valençay, on y est tranquille et heureux ; c'est vrai qu'on n'est pas sur les grandes routes ; de ce fait, on a des touristes, mais pas trop... »

Au moment où elle allait prendre la parole, un signe d'Émilienne lui a enjoint de se taire. Ce n'est qu'en faisant sa vaisselle que Marthe a compris : il s'agissait de décourager les deux garçons, en particulier le nouveau venu, de toute velléité de s'installer dans la vieille maison.

« Ce qui nous manque, c'est la mer, soupirait Émilienne, elle n'est qu'à cinquante kilomètres, mais par des routes impossibles, on s'y tue toutes les semaines... Ah, on est des abandonnés par ici, des exclus! Faut y être né pour aimer! Cinéma: presque zéro; théâtre : on ne connaît pas; aucune boîte de nuit, pas un café convenable...

— Mais on a la vigne! s'exclame Jean-Raoul pour tenter de corriger la noirceur du tableau.

— La vraie commence à vingt kilomètres au sud; ici, c'est une piquette. On est loin de Bordeaux et de ses grands crus! »

Le petit a fini par bâiller, poser sa tête à même la table, sur ses bras repliés, et Jean-Raoul a déclaré qu'il était temps pour eux, les voyageurs, d'aller se coucher. Thomas s'est levé d'un coup de reins assez élégant, ma foi, pour s'accrocher au cou de Jean-Raoul; lequel, ce benêt, en a paru tout ébloui et a soutenu son compagnon par la taille en se dirigeant vers l'escalier.

« Tu ne finis pas ton dessert? a demandé sa sœur par politesse.

— Je n'en ai pas envie... »

À peine ont-ils eu monté les marches que Marthe a grommelé (ce qui a fait sourire Émilienne) : « Son dessert, il l'a! »

C'était le premier dîner.

Là, il s'agit d'un déjeuner et ils sont quatre : Émilienne a invité le jeune homme qui travaille à l'étude de Me Baulieu. Et qui s'y connaît en successions, a-t-elle précisé à Marthe. Il explique, en tout cas.

« Cela va prendre du temps! »

C'est ce que répète Franck Gallaud à toute proposition ou question émanant d'Émilienne ou de Jean-Raoul. À croire qu'il ne sait rien dire d'autre!

« Ce sera long : les tribunaux ne sont pas pressés, du moins de s'occuper d'affaires de succession... Pensez, il leur en arrive tous les jours de nouvelles!

Dont certaines, heureusement, finissent par se régler d'elles-mêmes. » On dirait qu'ils ont mis au point leur manège, lui et Émilienne ! La voici qui ouvre des yeux ronds :

« Mais c'est très ennuyeux, ce que vous dites là, Franck. J'aurais voulu que Jean-Raoul ait sa part tout de suite... Il a besoin d'argent, ce petit-là. Il ne va pas attendre d'être vieux pour hériter de son père, tout de même !

— Alors il n'y a qu'une solution.

— Laquelle ?

— Vous entendre entre vous et régler directement vos affaires de partage. Imaginons que M. Saint-Cyr...

— Vous pouvez m'appeler par mon prénom », suggère Jean-Raoul après avoir posé sa main sur celle de Thomas, assis à côté de lui.

Il a tout de suite été évident que Franck Gallaud plaît bien à Thomas — lequel manque de distractions piquantes, depuis vingt-quatre heures qu'ils sont ici. Aussi Jean-Raoul commettrait-il une grave erreur en affichant trop de familiarité vis-à-vis du clerc, d'autant qu'il est tout aussi manifeste que Franck Gallaud préfère les femmes aux garçons. Mais c'est justement ce genre de défi qui amuse Thomas... Rien ne lui paraît plus drôle — il l'a fait avant le déjeuner — que de prendre un homme ou un garçon par la taille et de coller sa tête blonde et ébouriffée dans le creux du cou masculin... Pour le relâcher aussitôt. Ah, la tête de la « victime » ! Surtout si son épouse est présente, quel régal...

« Imaginons quoi, Franck ? reprend Émilienne qui ne perd pas le fil.

— Que Jean-Raoul veuille s'attribuer — et pourquoi pas ? — certaines pièces du mobilier qui se trouvent sous nos yeux...

— J'adore la pendule avec le petit couple de bergers et le chien. À propos, c'est un chien ou une chienne ? On ne voit pas bien, avec ces longs poils ! » déclare Thomas en allant caresser le sujet de bronze.

Émilienne et Franck échangent un regard : l'appât fonctionne !

« Eh bien, vous ne pourrez pas l'emporter avant que le tribunal se soit prononcé, et cela peut prendre un temps fou...

— C'est combien, un temps fou ? interroge Jean-Raoul, inquiet.

— Des années, laisse tomber Franck en mâchant tranquillement sa tranche de gigot. Délicieux, ma foi ! Il n'y a que des femmes du pays, comme Marthe, pour savoir cuire le mouton sans ail, avec du thym, dans tout son jus... Cela vous fond dans la bouche. Ce sont là les vrais plaisirs de la vie de province, et même de la vie tout court...

— Mais si nous arrivons à nous entendre, toi et moi, reprend Émilienne à l'adresse de son frère, je me ferai une joie, je ne dis pas de te donner, mais de faire en sorte que cette pendule figure dans ta part.

— Alors, on peut partir avec ? demande Thomas en soulevant la pendule de son socle.

— Dès qu'un arrangement sera signé entre les Saint-Cyr », conclut Franck Gallaud en sauçant son assiette, qu'il a mise en biais.

Ça ne se fait pas ? D'habitude non, mais, quand c'est bon, trop bon, le vrai savoir-vivre, le savoir-savourer, savoir-aimer, c'est de le faire !

Jean-Raoul réfléchit : avec un esprit sauteur comme Thomas, a-t-il le temps d'attendre des années ? Même si le résultat devait se révéler plus juteux ?

« Moi, je serais prêt à négocier un arrangement tout de suite », murmure-t-il après un coup d'œil à Thomas qui s'est arrêté devant la seule gravure quelque peu licencieuse de la maison : une sorte de petit Fragonard, exquis, que son père adorait et se faisait une joie de montrer aux dames en visite. « Mais il y a Giselle. Que va en penser Giselle ?

— Veux-tu que nous lui parlions ? Elle ne va pas bien du tout, peut-être serait-elle heureuse de ne pas avoir deux procès à la fois...

— Deux procès ?

— Et bien son divorce plus la succession. »

C'est Franck Gallaud qui a fait remarquer la chose à Émilienne : sa sœur va se retrouver par deux fois en justice, ce qu'un être humain non entraîné à ce genre de sport supporte très difficilement ! Déjà, quand on va bien, c'est épuisant ; mais quand on va mal...

« Pourvu que ça ne s'arrange pas entre Giselle et son mari ! » se surprend à penser Émilienne.

Une idée lui vient pour éviter ce qui se révélerait être un malheur. Une idée véritablement diabolique !...

« Qui veut un peu de cognac ? Ce qui reste de la meilleure bouteille de Papa ; elle date de 1840... Ça ne se trouve pas dans le commerce.

— Connais pas, dit Thomas jetant un regard sur la bouteille emplie d'un liquide brun. Ça ressemble au whisky ?

— Jeune homme, si vous n'avez jamais bu du cognac d'âge et de qualité, gare au choc ! »

Une fois la première gorgée en bouche, Thomas les regarde d'abord avec stupéfaction, puis bonheur, délice — il a peut-être du palais, après tout, ce jeune rustre ! —, jusqu'à se renverser en arrière en poussant un cri de plaisir.

« Il n'a jamais fait ça au lit avec moi ! » se lamente intérieurement Jean-Raoul.

Épanouie, Émilienne susurre :

« Je crois bien qu'il doit en rester quelques bouteilles dans une armoire... Je ne sais plus où est la clé, mais, en cherchant bien, je pourrai la retrouver...

— Oh, s'il vous plaît, tante Émilienne —, je peux vous appeler comme ça ? — cherchons ensemble, s'il vous plaît ! »

Tandis qu'elle retourne dans la cuisine avec le reste du saint-honoré, Marthe bougonne : « On dirait une vraie famille ! Manquait plus que ça ! Où allons-nous ? »

« Enfin, Émilienne, ce que vous me demandez là est impossible. Je dirais même choquant...

— Je vous assure, Franck, que c'est tout à fait innocent !

— Contacter votre sœur, que je ne connais pas, pour lui faire la cour...

— Ne le voyez pas comme ça : il s'agit de la détourner de notre procès en succession et, pour ça, il ne faut pas qu'elle se réconcilie avec son mari... c'est tout ! D'ailleurs, c'est vous qui me l'avez suggéré !

— Je vous ai simplement fait remarquer que mener deux procès de front, c'est trop pour quelqu'un de normal...

— C'est pourquoi Giselle doit absolument poursuivre son action en divorce ! Épuisée, harcelée, elle renoncera alors à nous affronter, Jean-Raoul et moi. À part ses enfants, nous sommes sa seule famille. Elle a besoin de nous dans cette épreuve.

— Mais qu'est-ce que moi, clerc de notaire, je viens faire là-dedans ?

— Vous pouvez déjà user de votre séduction pour que ma sœur prenne conscience qu'il y a d'autres hommes sur cette terre que son imbécile de Thierry ! Quand je dis qu'il est idiot, c'est qu'en fait je le redoute ! Il est trois fois plus intéressé que

Giselle : il a trop besoin d'argent pour renflouer son cabinet et cet héritage doit lui apparaître comme pain bénit... Il est sûrement navré que Giselle ait entrepris cette action en divorce contre lui !

— Oui.

— Quoi, oui ?

— Il me vient une idée. Ce qu'il faut faire valoir auprès de votre sœur, c'est que, si elle touche son héritage, son mari sera en position de revendiquer l'argent pour son cabinet, et elle perdra tout ! Vous croyez qu'elle peut l'entendre ?

— À cause de ses enfants... Giselle souhaite avant tout préserver leur avenir, c'est une vraie mère poule.

— Alors, Émilienne, allez-y !

— Non, Franck, allez-y vous-même !

— Je ne connais pas votre sœur et je ne me vois pas lui téléphoner...

— Je vais vous la présenter ! »

Au bar du Crillon, lieu de rencontre choisi par Émilienne pour sa situation centrale, ses deux entrées, place de la Concorde et rue Boissy-d'Anglas, Giselle se pointe avec un certain retard. Dès qu'elle s'encadre dans la porte, Émilienne découvre sa sœur amaigrie, ce qui l'avantage — mincir va à toutes les femmes, moins aux hommes ! Et ce petit bout de renard roux autour de son cou s'accorde à merveille avec ses cheveux qu'elle a colorés du même ton.

À ses côtés, Franck Gallaud s'est figé. Puisqu'il ne la connaît pas encore, il n'a pas compris que la femme qui vient d'entrer est Giselle, mais elle lui a plu.

Au lieu de s'en féliciter, Émilienne ressent un pincement de jalousie ! Tout ce travail qu'elle accomplit depuis des semaines pour se rapprocher du jeune homme, l'apprivoiser, s'en faire un allié, voire un ami, il suffit qu'une autre femme surgisse, l'inconnue, l'étrangère, et c'est terminé : l'homme en question change son fusil d'épaule !

Dégueu...

En plus, l'intruse est sa propre sœur !

Pas la première fois que ça leur arrive, mais le coup n'en est que plus douloureux ! C'est bien la vie, ça : un combat mène à l'autre, un succès prépare la prochaine défaite.

Giselle les a repérés et s'avance droit vers leur table, sans un sourire. Une seconde, Franck n'y croit pas : aurait-il plu à cette séduisante femme ? Puis il comprend : c'est la sœur d'Émilienne, celle qu'il est supposé conquérir pour l'ancrer dans son désir de divorcer.

On pourrait imaginer tâche plus ingrate, mais le jeune homme, pris d'émotion, ne se le dit pas, il se lève, cède son fauteuil à l'arrivante pour qu'elle prenne place entre eux deux. Fait signe à un garçon pour commander ce qu'elle désire : thé, jus d'orange ? Du champagne, peut-être ?

« Oui, champagne pour tout le monde ! » déclare Émilienne qui se sent le besoin d'un réconfort.

Il ne faut pas qu'elle se laisse démonter par cet imprévu : elle doit attaquer ! D'ailleurs, que Franck Gallaud soit attiré d'emblée par sa sœur peut être considéré comme une chance. Émilienne ne doit pas oublier l'objectif — obtenir sa chère maison en héritage — au profit de ce nouvel épisode de ses relations avec sa sœur, faites de compétition et d'une jalousie toujours latente depuis qu'elles sont nées.

Ainsi, en apprenant que Giselle a été trompée par Thierry — quelle humiliation pour une femme peu sûre d'elle comme sa sœur cadette ! —, Émilienne s'est sentie en position de supériorité. Et prête à la compassion, comme chaque fois qu'on se croit mieux loti qu'un rival... Dans son cas, sa « pauvre » sœur !

Or, à la découvrir aujourd'hui plus jolie qu'à

l'accoutumée dans son tailleur de tweed bleu bordé de renard roux, avec ses yeux noisette cernés de mauve — maquillage ? —, Émilienne s'assombrit.

D'autant plus que la direction des opérations semble sur le point de lui échapper !

« Madame, j'ai beaucoup entendu parler de vous par votre sœur, Émilienne... Je crois savoir que vous avez des difficultés, et si je peux vous être utile...

— Vous êtes avocat, monsieur ?

— Non, je travaille dans une étude, chez Me Baulieu.

— Ah, le monstre !

— Qu'est-ce qui vous fait dire ça ?

— Vous le savez, si vous êtes chez lui : il nous a jetés dans l'indivision...

— Giselle, ce n'est pas lui, c'est Papa !

— Oui, mais conseillé — et mal — par ce Baulieu !

— Madame, je n'ai pas eu affaire à votre père — je n'étais pas là lorsque les choses se sont passées — et, jusqu'à ce que votre sœur m'en parle, je ne connaissais pas votre dossier.

— Franck Gallaud s'est occupé de me fournir et de m'apporter des documents. Des textes concernant l'indivision..., précise Émilienne. Grâce à lui, d'ailleurs, j'ai appris une foule de choses intéressantes.

— Quoi ?

— Que nous risquons d'être *collés à vie,* toi, moi et Jean-Raoul !

— Ce n'est pas possible : *nul n'est censé rester contre son gré dans l'indivision...*

— Juridiquement, vous avez raison, madame, intervient Franck qui voit dans son savoir un moyen de prendre de l'importance aux yeux de la jolie femme, mais, pour en sortir, il faut faire appel au tribunal. Et c'est là que les ennuis commencent...

— Les tribunaux, c'est ce que je crains par-dessus tout !

— Vous n'aurez rien à en redouter si votre dossier est bien préparé.

— Justement, qui va s'en occuper ?

— Je sais ce que vous voulez dire : les avocats sont tellement surchargés qu'ils attendent de leurs clients qu'ils fassent le travail à leur place !

— Ce qui n'est guère commode, insinue Émilienne, lorsqu'on a le cœur percé comme ma pauvre sœur. Sachez que Giselle est en instance de divorce...

— Madame, vous m'en voyez désolé. Vous êtes la plaignante, j'imagine ?

— Oui... Je... J'ai... Enfin, puisque vous êtes un ami d'Émilienne, je peux vous le dire : mon mari m'a trompée ! »

En toute autre occasion, Franck Gallaud aurait souri, si ce n'est éclaté de rire : de nos jours, qu'est-ce que ça veut dire « tromper » ? Le type est allé coucher ailleurs, bon, ça prouve que sa femme ne l'a pas complètement châtré, comme il arrive trop souvent, et c'est tant mieux, du moins s'il a bien pris ses précautions, côté sida et procréation annexe... Mais ce n'est pas le moment de jouer à l'esprit fort !

« Je vois que vous souffrez », lui vient-il à l'esprit de dire.

Ce qui n'est pas un mensonge et met Giselle au bord des larmes. Elle sort un mouchoir, éponge délicatement ses yeux.

« La garce ! se dit Émilienne. Aucun homme ne résiste aux pleurs d'une femme qui exhibe à la fois son mascara et ses peines de cœur. En plus, elle est malheureuse à cause d'un autre homme, ce qui va donner à celui-ci l'envie de le supplanter... Si ce n'est déjà fait ! »

Effectivement, Franck ose poser deux doigts sur la manche du tailleur de tweed mauve :

« Je comprends que ce soit très douloureux... Sans compter l'humiliation... Tant d'hommes se conduisent comme des mufles. Et... »

Suffit ! pense Émilienne qui se met à l'ouvrage :

« Le pire, mon cher Franck, c'est que mon beau-frère à l'œil braqué sur notre héritage. Je m'en doutais, mais ça m'a été confirmé par certaines personnes (c'est là un mensonge, mais la chose est très envisageable). Et il est bien embêté de la situation, car il craint de perdre ses droits à la succession de notre père.

— Seriez-vous mariée sous le régime de la communauté de biens ?

— Réduite aux acquêts..., répond Giselle.

— Un héritage en est un. Mais cela se plaide. Je comprends que votre époux n'ait aucune envie de renoncer à cette chance qui lui tombe du ciel, si l'on peut dire. Il va tenter de vous faire changer d'avis pour ce qui est du divorce...

— Il a cherché à me contacter, mais je me suis mise sur répondeur. Ce qui me coûte énormément, car les enfants souffrent de ne pas voir leur père...

— Je t'emmène, dit vivement Émilienne, viens !

— Où ça ?

— Eh bien, chez nous, à Saint-Valençay ! C'est moi qui répondrai au téléphone ; tu ne seras ni persécutée, ni harcelée, tu peux compter sur moi...

— Bonne idée ! approuve Franck, comblé à l'idée d'avoir cette femme à sa portée dans leur petite ville. Vous savez, madame...

— Oh, appelez-moi Giselle, s'il vous plaît... Je ne suis pas si vieille... »

Façon de faire savoir qu'elle est plus jeune qu'Émilienne, la garce !

« Bien que n'étant pas avocat, je connais le droit, je sais constituer un dossier, et je peux tout à fait vous conseiller. Puisque vous tenez à divorcer... »

Elle n'a rien dit de tel, mais autant enfoncer le clou !

« ... il faut que ce soit dans les meilleures conditions. Pour vous, pour vos enfants...

— Mes enfants avant tout ! Pour moi, tant pis... Arrivera ce qui arrivera...

— Il ne vous arrivera que du bon, assure Franck de son ton de voix le plus chaleureux. Comptez-sur moi... Sur nous », corrige-t-il en appelant du regard Émilienne.

Laquelle, en réponse, se force à sourire. Pour un ambassadeur, c'en est un, et elle devrait se féliciter de son juste choix ! Toutefois, elle n'y arrive pas... Cela lui rappelle trop... Quoi ? Eh bien, leur enfance à toutes deux, dans une indivision perpétuelle et générale : des parents, des vêtements, de la nourriture, des jouets... À laquelle personne ne s'opposait : c'est naturel, non, de tout partager entre sœurs ?

L'insupportable état de promiscuité va-t-il se perpétuer toute leur vie ? Jusqu'à ce que l'une d'entre elles meure ?

« *Émiégiselle !* » L'onomatopée résonne encore à ses oreilles. Les autres seraient bien capables de leur faire une tombe jumelle et de l'inscrire sur la pierre : ÉMIÉGISELLE...

Il est temps qu'elle réagisse. Tranche le cordon ! Car le cordon ombilical n'existe pas qu'entre mère et enfants, toute une fratrie peut s'y trouver emberlificotée... Descendants y compris !

D'où tant de guerres fratricides.

Comme la leur.

« C'est moi qui paie, dit Emmy en avançant la main vers la soucoupe qui contient l'addition.

— Non ! proteste vivement Franck en s'en emparant le premier. J'y tiens ! »

Giselle n'a pas bougé, ravie sans doute d'être dans la position de celle qu'on gâte. « Profites-en, rage intérieurement Émilienne, ça ne va pas durer, je m'en occupe ! »

Fâché, fâché, fâché !

C'est ainsi que s'est montré Thomas tout au long du trajet de retour de Saint-Valençay à Paris.

Du fait qu'il n'a rien pu emporter de la vieille maison. Il a essayé, pourtant, mais, chaque fois qu'il s'emparait d'un bibelot ou d'un autre, une céramique, un cendrier en verre de chez Lalique, ou la petite gravure anglaise représentant des chevaux de course, Émilienne, toute souriante, le lui reprenait des mains :

« Oh, je vous en ferais bien cadeau, cher Thomas, mais cet objet figure à l'inventaire, et nous risquons les pires ennuis s'il vient à manquer. »

Pour ajouter, perverse :

« Un peu de patience : dès que nous aurons réglé la succession avec Jean-Raoul et ma sœur Giselle, et que nous saurons ce qui est à qui, Jean-Raoul pourra disposer de tout ce qui lui plaira... »

Pour ajouter encore :

« ... et de ce qui vous plaira à vous, qui me semblez avoir si bon goût !

— Mais quand ce sera ? » demandait le jeune homme pressé.

Là, Émilienne s'adressait à Jean-Raoul :

« Dès que nous nous serons entendus sur le partage. Il suffit de fixer une date pour que nous allions chez le notaire... À toi de dire, Jean-Raoul! Moi, je suis disponible tous les jours...

— S'il te plaît, mon Joujou, pourquoi tu dis pas que tu y vas tout de suite? J'aimerais tellement emporter la petite table en bois blond, il y a juste la place dans le coffre; je prendrai ta valise sur mes genoux... »

Émilienne aurait pu se laisser fléchir — après tout, elle saurait convaincre Giselle de consentir à donner d'avance la table à Jean-Raoul, comme déjà pour les petits chevaux de bronze. Mais il lui a paru plus astucieux de ne rien céder, cette fois-ci, pour que la frustration du jeune homme soit plus intense, et sa pression sur son frère accrue.

La tension était d'ailleurs palpable quand les deux hommes sont montés dans la Renault 5. Lorsque Émilienne leur a jeté du pas de la porte, non sans ironie: « Bon voyage! », elle était convaincue que ce serait, que c'était déjà l'enfer!

« Bon débarras! a murmuré Marthe lorsqu'elle l'a rejointe à la cuisine. Je ne sais pas comment vous pouvez supporter tout ça...

— Tout quoi?

— Tout ça, je vous dis.

— Mais je ne supporte rien du tout, Marthe, je prépare l'avenir!

— Si vous avez l'intention de vivre avec ces drôles, moi, je vous le dis tout de suite, je pars!

— J'ai l'intention de les éliminer de la maison, au contraire, Marthe. Pour qu'on y soit chez nous, et tranquilles...

— Et pourquoi que vous le leur dites pas?

— Parce que je ne suis pas la plus forte. Pour l'instant... Tu sais bien que nous sommes trois... Écoute, je crois que je me suis mise dans la poche le petit Thomas. Il va m'être un formidable allié...

— Pourquoi qu'il vous aiderait, celui-là?

— Je ne lui demande pas de m'aider, mais de faire en sorte que Jean-Raoul renonce à faire un procès, pour aller plus vite, et me laisse la maison, puisque ce que désire Thomas, ce ne sont pas les murs, mais une partie de leur contenu. Après tout, il y a trop de choses ici, trop de bibelots, trop de meubles ; je crois que je pourrai m'en passer sans trop de chagrin... Du moment que je garde les lieux, le jardin, l'espace...

— Ouais, et Madame Giselle, qu'est-ce qu'elle en dit ?

— Elle arrive ; on va bien voir.

— Mon Dieu, vous ne craignez pas que si elle est ici, ce soit la guerre ?

— Marthe, il faut que tu m'aides.

— À quoi ?

— À la dégoûter de la maison...

— Et comment je m'y prendrais ?

— Ne les poulotte pas trop, elle et les enfants. Déjà, sur le plan cuisine...

— Je vais quand même pas me déshonorer !

— Je ne te demande pas de tout faire brûler, mais ralentis sur les bons petits plats et surtout sur les desserts... Et puis, ne passe pas leurs quatre volontés aux enfants, comme tu as trop tendance à le faire...

— Vous pouvez parler ! Quand ils sont là, vous pensez qu'à les gâter, ces petiots... Déjà que leur père se sépare...

— Je vais faire attention, moi aussi. Je sais comment m'y prendre, pour leur donner le goût d'autre chose qu'ici : je vais les emmener à la mer... À propos : pas de crustacés, ils les adorent ; tu leur diras qu'il n'y en a pas au marché... Ou alors, qu'ils ne sont pas assez frais, qu'il faut aller sur la côte...

— Mensonge ! Ma marchande va à la criée tous les matins !

— Enfin, Marthe, tu veux qu'on reste dans cette maison, ou non ?

— Bien sûr que oui... Mais j'aime pas qu'il n'y ait plus de vérité...

— Ma pauvre Marthe, c'est ça, une succession, chez les princes, comme chez les pauvres : une série de mensonges. On n'y peut rien. La loi est faite de telle sorte que c'est elle qui y incite...

— Moi, j'ai que mon fils et je lui ai déjà tout donné. Faut dire que c'est ma belle-fille qui a poussé... Que je meure, et ils auront pas de frais d'héritage...

— Et si tu étais dans le besoin ? Tu ne peux plus vendre ta maison, puisqu'elle n'est plus à toi.

— Oh, ils me font une petite rente...

— Petite ?

— Enfin, j'ai assez pour vivre, en faisant attention et en continuant à travailler chez vous.

— C'est pas des mensonges, ça ?

— Où est le mensonge ?

— Que tu aies travaillé toute ta vie, avec ton mari qui était cantonnier, pour te retrouver plus pauvre qu'à tes débuts ?

— Mais c'est mon fils !

— Il vient te voir tous les combien, ton fils ?

— Ben... la dernière fois, je crois que c'était... attendez que je réfléchisse.

— Tais-toi, tout ça me dégoûte !

— Ne vous en faites pas pour moi, Émilienne ; ma vraie maison, c'est ici.

— Je le sais, Marthe. »

« Si un jour Marthe ne peut plus travailler, se dit Émilienne, je la prendrai chez moi et m'occuperai d'elle jusqu'au bout. Comme elle l'a fait pour Papa. Pas de maison de retraite pour elle, pas de mouroir... »

Mais, pour cela, il est nécessaire qu'elle obtienne la maison. Par tous les moyens !

« Dommage, dit Thomas à Jean-Raoul alors que la voiture franchit la porte d'Orléans. Tu vois, j'aurais aimé qu'on s'installe ensemble dans un studio pour nous deux... »

Le cœur de Jean-Raoul ne fait qu'un bond.

« Oui, et pourquoi pas ? Je vends le mien et on en prend un autre plus grand, tout de suite...

— T'as pas d'argent, puisque t'as pas hérité, et on n'a pas de quoi installer un intérieur comme je les aime... Des meubles d'époque, des glaces anciennes, des petits chevaux... Tiens, je pourrais vivre chez ta sœur, si elle me le demandait...

— Tu veux qu'on s'installe à Saint-Valençay ?

— C'est pas ça que je veux dire... Je déteste ce trou du cul du monde, mais le décor de la baraque, alors ça, j'aime... Tiens, j'ai une idée ! »

Jean-Raoul n'ose demander laquelle, tant il redoute tout du petit monstre que peut être Thomas quand il est en forme. Hélas, il l'est !

« Je vais proposer à ta sœur de te laisser la maison, et elle, de venir vivre avec moi à Paris avec tous les meubles... Comme ça, elle ne sera plus seule, la pauvre, ce sera ma tantine chérie, je m'occuperai d'elle, et on vivra très heureux tous les deux ! T'as pas vu comme on s'entendait bien, elle et moi ? Tu ne vois jamais rien de ce qui me concerne !... »

Que Jean-Raoul en arrive à se retrouver jaloux en amour de sa sœur aînée, il n'y a que Thomas pour vous pousser à de telles extrémités !

De quoi devenir fou, se taper la tête contre les murs !

Ou alors tuer quelqu'un.

Mais lequel ? Laquelle ?

[illegible]

[illegible] plus grand, [illegible]

— T'as pas d'argent, puisque t'es pas [illegible] pas [illegible] comme [illegible]

[illegible]

— [illegible]

— C'est pas ça que je veux dire. [illegible]

Jean Rabot [illegible]

[illegible]

[illegible] Comme [illegible]

[illegible]

[illegible]

[illegible]

Mais [illegible]

Sur le quai ombragé de platanes, les deux sœurs avancent côte à côte. La petite rivière en contrebas est si paisible qu'on peut la croire immobile. Les enfants courent en avant de leur mère et de leur tante, à la recherche d'une distraction : escalader un banc pour Alexis, cueillir quelques fleurs sauvages pour Viviane.

Aller et venir dans cet endroit trop tranquille les embête : si peu de passants, un chien parfois ; il faut aller sur le cours central pour trouver quelques magasins, vêtements de sport, journaux, glacier. Toutefois, ils ont fait ce parcours tous les après-midi, depuis trois jours qu'ils sont là, et rien ne se renouvelle. Avec la lassitude, la tension monte...

Viviane revient en courant vers sa mère :

« Pourquoi on n'a pas de bicyclettes ?

— Où veux-tu en faire ?

— Mais là, dans la rue...

— Tu vois bien que c'est dangereux, il y a des voitures.

— Pas beaucoup !

— Justement, elles n'en vont que plus vite.

— À Saint-Palais, on roule sur la chaussée et tu ne dis rien...

— C'est un lieu de vacances, les gens font attention.

— Mais nous, on ferait attention, renchérit Alexis qui saute sur un pied, encerclant les deux femmes.

— Arrête, Alexis, tu me fatigues !

— Ces pauvres petits, ils s'ennuient ici... Il faut être vieux pour aimer Saint-Valençay.

— Ah oui, alors ! approuve Alexis.

— Mais tu n'es pas vieille, tante Emmy, corrige gentiment Viviane. À peine plus que Maman...

— Contrairement à votre maman, moi, j'apprécie la tranquillité, c'est mon travail qui veut ça. Votre mère n'aimerait pas rester là...

— J'y suis bien, la reprend Giselle. Ça me repose à un point... Ici, on oublie tout !

— Oui, quand on est de passage... Mais si tu habitais Saint-Valençay à longueur d'année, tu aurais les mêmes soucis que partout ailleurs : s'occuper de la maison, de ce qui s'y dégrade, entretenir des rapports avec les voisins, participer peu ou prou à la vie municipale...

— Ça ne me paraît pas démesuré !

— Il est vrai que les trajets sont courts, qu'il n'y a guère de distance... L'inconvénient, c'est que tu ne peux rien faire sans que tout le monde soit au courant... Si tu sors, tu tombes forcément sur quelqu'un de connaissance... »

Hier, c'est Franck Gallaud qui s'est trouvé sur leur chemin. Hasard, ou les guettait-il ? Il a proposé de les inviter à déjeuner ; Giselle a refusé, prétextant qu'elle avait encore besoin de repos dans la maison familiale. Pour compenser, elles lui ont donné rendez-vous tout à l'heure chez elles, après la fermeture de l'Étude.

« Si Giselle se met à prendre goût à la vie d'ici, songe Émilienne, il va falloir jouer serré ! »

À moins qu'elles ne puissent...

Elle s'imagine soudain vivant ou plutôt vieillissant en compagnie de sa sœur, à l'ombre du vieux clocher sonnant matines et l'angélus, comme autrefois.

Mais non, la raison lui revient : elles ne sont pas assez âgées pour prendre leur retraite, encore moins ensemble. Avec les enfants à élever, les motifs de dispute iraient en grandissant.

Dès leurs quinze ans, elles ont pris des chemins opposés et ce n'est pas parce qu'elles sont maintenant en indivision que cela change quoi que ce soit à leurs caractères ! Il faut qu'elle se remette ça en tête et ne cède pas à l'attendrissement.

Elle, Émilienne, est la plus indépendante, d'où sa capacité de supporter la solitude, laquelle est une forme de liberté. Giselle, en revanche, recherche la compagnie, au point de l'accepter d'où qu'elle lui vienne. Ce charivari dans la maison qu'ils louent pour l'été... Émilienne y a séjourné, certaines années, mais jamais plus de trois jours... Passage incessant de voisins, de personnes rencontrées sur la plage, amenant leurs propres amis... Jusqu'à ce qu'on ne sache plus très bien qui sont vraiment les hôtes !

Quand Émilienne repense à leur commune enfance, la première image qui lui vient, c'est celle de l'arrière des voitures... À l'époque, il n'y avait pas de ceinture de sécurité, on les asseyait sur un seul siège, Giselle et elle, flanc contre flanc, jambes emmêlées. Leur arrivait-il de se pincer, de se donner un coup de coude, histoire de gagner un peu d'espace vital ? Émilienne n'a que le souvenir de ce petit corps chaud et vivant contre le sien. Ce qui lui a facilité plus tard l'acceptation de l'accouplement avec son mari, ses amants. Le corps d'un autre serré contre le sien, elle connaissait !

« À cette différence près que, petit, on n'a pas de désir sexuel », objecte-t-elle. Mais peut-être qu'on bloque ses sensations, les refoule. Comme ses envies de meurtre, sûrement présentes elles aussi... Que se passe-t-il, en réalité, lorsqu'on est tout le temps collée, mélangée de force à un autre corps ?

(On les mettait ainsi ensemble dans la baignoire, histoire d'aller plus vite pour le lavage.) Vous vient-il un désir de manger l'autre, de se l'incorporer ? Comme dans les règnes inférieurs : une cellule embêtée par une voisine finit par la phagocyter, la digérer, en faire sa substance...

Sa sœur avait dû se l'assimiler, cette aînée qu'elle trouvait toujours entre elle et ses jeux, sa nourriture, entre elle et ses velléités d'indépendance. Entre elle et elle-même !

Obligée de se faire une raison de cet accolement. Une habitude. Dont elle avait fini par ne plus pouvoir se passer.

D'où sa haine actuelle — laquelle a dû commencer bien plus tôt qu'elle ne le pense, lorsqu'elle avait vu sa sœur se détacher. D'abord subtilement, au fil des flirts, des petits voyages... Jusqu'à la vraie rupture, celle qu'avait représenté son mariage, son accession à d'autres intérêts, à un autre univers. Celui de son mari.

Avant, elles avaient les mêmes distractions, les mêmes lectures, elles voyaient les mêmes films.

On lui dit maintenant : « Ta sœur a toujours été jalouse de toi ! » C'est vrai, mais pas comme les gens l'entendent. Jalouse d'elle, oui, Giselle l'a été, l'est : mais c'est de la voir aller vers d'autres, la quitter pour une autre vie. Emportant un morceau de la sienne.

Sans en avoir conscience, Giselle ne supporte pas de ne pas être sa préférence, voire même son seul amour. Pour sa part, elle n'a pas vraiment aimé son mari, ni ses enfants, inconsciemment, elle n'a aimé qu'elle, Emmy. Comme un bœuf aime son compagnon de joug, et meurt quand il meurt.

Giselle voudrait probablement la voir morte — et mourir aussitôt après.

Charmant !

Sans issue.

Il faut pourtant en trouver une...

En ce moment, Giselle est remuée par les événements qui se sont abattus sur elle, et prête à apprécier une pause, un retrait dans un cadre familier. Mais cela ne va pas durer !

Il suffit de la laisser s'en dégoûter toute seule. En continuant à la faire vivre en vase clos, avec austérité, conformément au plan établi avec Marthe. Les deux femmes ont fait en sorte que personne ne leur rende visite, ces jours-ci, en prévenant subrepticement l'entourage que Giselle, fatiguée, avait besoin de paix. Quant aux menus, ils sont d'une monotonie de table d'hôte.

La visite du clerc risque toutefois de faire croire à Giselle qu'il y a de l'aventure possible à Saint-Valençay ! Mais le retour au rien n'en sera ensuite que plus pesant.

De fait, Giselle doit éprouver quelque impatience d'une distraction, car elle vient de consulter sa montre :

« Ce n'est pas l'heure de rentrer ? On a un invité, je crois bien...

— Ne t'inquiète pas ! Marthe lui ouvrira, et puis les gens d'ici n'arrivent jamais à l'heure... Comme ils savent qu'on a le temps, ils prennent le leur... C'est ainsi ! On traîne, on lambine, on aime ça...

— Ah bon ! » se rembrunit Giselle.

Si quelqu'un a horreur de s'ennuyer, c'est bien elle.

Et elle s'ennuie vite...

« À tout prendre, il n'y a qu'une chose qui m'appartienne ici, se dit Émilienne qui en est à sa première toilette face au petit lavabo de sa chambre. C'est l'heure!... »

Elle sait profiter de ce moment matinal où elle est encore seule à jouir de l'espace, des odeurs du jardin, du chant des oiseaux. Une fois les autres levés, tout devient à tout le monde.

Bien sûr, elle possède en particulier ses habits, ses affaires de toilette. Mais qu'il s'agisse du lit, des fauteuils, de l'armoire, de la commode au dessus de marbre, et bien entendu du plancher, du plafond, des murs, tout est à « eux » autant qu'à elle!

Ce « eux » la comprend, elle, Émilienne, ce qui fait que son frère et sa sœur peuvent tout aussi bien se dire que rien non plus ne leur appartient. Mais pourquoi vivre cette communauté comme une douleur? Ne pourraient-ils y puiser de la force? poursuit-elle en se coiffant face à son image : celle d'une femme brune aux cheveux striés de blanc, les yeux bleu doux, la cornée très blanche (« comme l'avait Papa »).

La constatation lui est familière, cent fois elle a entendu dire : « Emmy, elle, a les cheveux, les yeux de son père. » N'a-t-elle pas également la dentition d'Aubin, ces incisives extérieures qui pointent?

Même son corps n'est pas « tout à elle »; il porte la marque, l'empreinte de celui de son géniteur avec lequel elle possède, en commun là encore, un paquet de gènes. Il y a aussi sa ressemblance, quoique moins marquée, avec sa mère, et, à travers ses parents, l'héritage des lointains ascendants de sa double lignée...

Même dans son corps, en somme, elle est en indivision!

De cela également, elle pourrait souffrir. De la présence d'autrui au cœur même de ses cellules, ce qui provoque en elle des gestes, des réflexes, des attitudes, probablement aussi des pensées qui lui viennent d'ailleurs!

Chercher à se soustraire à cet héritage ancestral, serait-ce le signe qu'elle est proche de la folie? « Mais l'indivision conduit à la folie! » se dit Émilienne en s'habillant : un pantalon de coton noir, un T-shirt de fil blanc et une veste de laine à grosses mailles « importée d'Irlande », lui a dit le vendeur.

Hier, Giselle portait des talons très pointus avec son caleçon à fleurs. Un assemblage que leur père aurait réprouvé comme étant vulgaire, pour ne pas dire « pute »...

Oui, il y a de la pute chez Giselle!

Pas chez Émilienne.

C'est peut-être dommage, en tout cas moins sexy — la preuve : ce n'est pas elle qui attire Franck Galaud.

Et alors? Cette manie de toujours se comparer l'une à l'autre: « Giselle est comme ci, je suis comme ça... » Cela vient de leur enfance. Innocemment, croyaient-ils, les parents mettaient sans cesse en balance les défauts comme les qualités de leurs deux filles. Le tout assorti d'un *plus* ou d'un *moins* : Émilienne est plus grande, Giselle plus blonde, Émilienne plus mince, mais moins vigoureuse que sa sœur, Émilienne court plus vite, mais Giselle est plus souple, Émilienne chante juste, mais Giselle danse mieux, etc.

Toutefois elle ne se souvient pas d'avoir entendu dire : Giselle est la plus sexy... Les parents refusaient-ils de s'en apercevoir ? Pourtant, c'est sa sœur qui attirait à la maison cette flopée de garçons, même si c'est elle, Émilienne, qui finissait par les retenir. Jusqu'à en épouser un, la première.

Pour qu'il meurt peu après.

Aujourd'hui encore, celle qui fait office d'attrape-mouches, c'est Giselle !

S'il s'était agi d'une amie, d'une copine, Émilienne n'aurait sans doute pas tenu compte de cette dissemblance ou aurait réglé le problème d'une phrase : « Yolande, ou Chantal, ou Jérômine sont des coureuses... » Mais, du fait que sa propre sœur est en cause, toute disparité entre elles prend des proportions maladives. Est-ce à dire qu'elle voudrait être le portrait craché de sa sœur ? Ce serait bête et provoquerait chez elle une autre forme d'irritation : « Je n'ai pas de personnalité ! »

D'autant plus qu'elle se sait des qualités que sa sœur n'a pas. La lucidité, par exemple. En réalité, ce qui lui est pénible, c'est d'avoir à se vivre dans la comparaison.

Les seuls moments où Émilienne a ressenti leur fraternité avec bonheur, ce sont ceux où elle est parvenue à s'enorgueillir des succès de sa sœur. Ainsi, l'été où Giselle a gagné le marathon de danse. Elle-même n'avait pas voulu y participer, et le fait que sa sœur soit la championne l'a illuminée. Elle s'en est vantée pendant huit jours : « C'est ma sœur qui est la meilleure ! »

Autrement dit : c'est moi, c'est mon sang.

Pourquoi n'arrive-t-elle pas à demeurer dans cet état de communion ? Pourquoi cherche-t-elle à sortir de la fusion alors que trop d'adhérences résistent à l'arrachement ?

Giselle doit également souffrir du fait qu'elle entende divorcer de Thierry alors que, d'une certaine façon, celui-ci fait partie d'elle. Tout ce qu'ils ont vécu, bâti, créé ensemble : à commencer par ces enfants qui portent leur empreinte sans qu'on puisse séparer ce qui vient de l'un ou de l'autre... « C'est tout son père ! » a lancé un commerçant en voyant passer Alexis dans la rue piétonnière. Giselle s'est raidie. Et qu'est-ce qui avait provoqué la remarque : les traits du garçon, ou sa façon d'avancer, les bras ballants, comme son père ?

Elle, Émilienne, c'est d'avec sa sœur qu'elle voudrait divorcer, et elle se heurte aux mêmes tiraillements. À cause de la succession ?

C'est plus grave qu'une question d'héritage, que le « ceci est à toi, ceci est à moi » concernant potiches, batterie de cuisine, literie, etc. En définitive, on ne possède rien, ne serait-ce que parce qu'on va devoir tout quitter à plus ou moins brève échéance ! Reste que, pour tout le temps de sa vie, sa sœur continuera de résider en elle, à cause de ces sacrés gènes, sans compter leurs souvenirs d'enfance et ce qu'elles ont en commun de façon irréfutable : leurs parents. Quand Émilienne dit « mon père », elle pèche par omission ; c'est « notre père » qu'elle devrait dire... Son père n'est pas tout à elle, ni sa mère, ni son frère... Rien de ce qui lui est le plus essentiel n'appartient qu'à elle seule !

Sa sœur est perpétuellement présente pour revendiquer « sa part » de ce qui fait son « fin fond » ! Pour exiger sa livre de chair sur sa propre chair...

Émilienne ne voit pas comment elle va pouvoir... que faut-il dire : l'expulser ? l'oublier ? la tuer ?

Rien ne servirait à rien. Sauf, peut-être, la mort ! Elle pourrait alors s'incorporer sa sœur. Comme ces veuves qui, après s'être terriblement disputées avec leur conjoint de son vivant, s'établissent paisiblement avec lui dans le veuvage : le cher disparu s'est fondu dans leurs viscères. Ogresses, cannibales, boas constrictors !

Quelle régression : au lieu de rejeter hors de soi

un prochain trop proche, on l'avale. Le digère. On devient un sac à digestion de ses propres morts... Héritage compris! Et tout le monde d'applaudir : quelle merveilleuse fidélité dans le deuil!

Serait-ce son souhait à elle aussi? Pour en finir avec un proche, lorsqu'il devient trop encombrant : le voir mourir afin de pouvoir le résorber en soi? Ce que font certains « sauvages » qui consomment le cadavre de leurs ennemis ou de leurs ancêtres, à ce que prétendent du moins les anthropologues. Sympa!

En même temps, depuis une heure qu'Émilienne est debout, quelque chose en elle guette les bruits de la maison. Elle espère que Giselle va se lever avant les enfants pour lancer son appel familier, le cri de ralliement entendu tant de fois depuis que sa petite sœur s'est mise à parler : « Emmy, où es-tu? »

Elles s'assiéront côte à côte à la table de la cuisine, comme elles faisaient autrefois avant d'aller à l'école, partageant sans histoires le pain, le café au lait.

Sans se poser la question de vivre « sa » vie, car ni l'une ni l'autre ne savaient encore qu'elles avaient chacune le droit d'en avoir une.

Sans l'autre!

Comme il est coutumier dès qu'il fait doux, les deux hommes avancent tranquillement et du même pas, après la fermeture des bureaux, sur la belle promenade longeant la petite rivière qui traverse Saint-Valençay.

« Mon cher Franck, dit le notaire, hors votre travail à l'Étude, vous avez le droit de faire ce que vous voulez. Toutefois, soyez prévenu : on jase !

— Merci de m'avertir, Maître, mais, à vous dire vrai, je m'en doutais, c'est une très petite ville. Puis-je vous demander ce qu'on dit ?

— Que vous en avez après l'héritage !

— Moi, mais l'héritage de qui ?

— Enfin, Franck, ne faites pas l'innocent : l'héritage des enfants Saint-Cyr... »

Franck Gallaud ne peut s'empêcher de rire, en dépit du respect qu'il doit à Me Baulieu, son patron. Or, dans une Étude, le notaire en titre n'est pas n'importe quel patron, c'est lui qui décide, tranche, ordonne, auquel on obéit au doigt et à l'œil, sans murmurer et même en murmurant !

« Maître, pardonnez-moi, mais cet héritage est... d'abord plutôt dérisoire...

— Rien n'est dérisoire en matière d'argent et de fortune.

— En tout cas, n'est pas disponible, et parti

comme c'est, je ne sais pas s'il le sera avant longtemps! Il va probablement falloir aller en justice...

— Fâcheux.

— Pour eux, oui.

— Pour vous aussi... Je vais vous dire, mon petit : j'en ai vu de toutes sortes, dans ma profession... » Et le notaire de prendre familièrement son clerc par le bras pour poursuivre leur avancée sous les platanes du quai. « Ce qui fait que j'ai l'habitude de rêver à l'avenir des gens... Avec le temps, je me trompe rarement. C'est ce qu'on appelle le "sens clinique", et un notaire en a tout autant qu'un médecin, parfois même plus, parce qu'il nous arrive d'officier sur plusieurs générations. C'est mon cas, étant donné que mon père avait l'Étude avant moi, comme vous le savez, et que nos clients sont pour une grande part demeurés les mêmes... Ainsi, mon père s'est occupé du père Saint-Cyr, le grand-père de votre nouvelle amie...

— Et vos pronostics?

— Déjà une appréciation : cette maison vaut beaucoup plus cher que vous ne l'imaginez, du moins le vaudra dans l'avenir. Ce quartier central, du fait même qu'il est ancien, prend tout le temps de la valeur. De nos jours, étant donné l'insécurité ambiante, les gens désirent habiter dans le centre des villes... Encore plus quand il est charmant comme celui-ci, avec jardins, cours fleuries derrière chaque immeuble, et entouré de commerces... Enfin, si je devais acheter, j'achèterais là.

— Maître, je ne cherche pas à acheter!

— Non, mais vous pourriez... Écoutez, vous allez me trouver trop direct, mais là aussi, c'est mon métier qui me pousse, par moments, à être chirurgical : ou vous épousez, ou vous achetez!

— Pardon?

— Il paraît qu'une des filles Saint-Cyr divorce, et j'ai cru comprendre que c'était celle avec laquelle vous entretenez des rapports, mettons, rapprochés...

— Ce n'est pas elle qui veut la maison, c'est l'autre : Émilienne.

— Ah, dit le notaire en lâchant le bras de son clerc. Dommage ! »

Me Baulieu ralentit, se frotte le menton comme le font tant d'hommes lorsqu'ils réfléchissent à vive allure (y aurait-il là un point d'acupuncture, un méridien chinois qui passe par le menton ?). Puis il s'arrête, dévisage le jeune homme qui en fait autant.

— Ne pourriez-vous pas changer votre fusil d'épaule ?

— Plaît-il ?

— Eh bien, trouver du charme à cette Émilienne, laquelle, maintenant que vous me le rappelez, a effectivement vécu dans la maison du vivant de son père, et doit y être attachée.

— Maître...

— Elle n'est pas vilaine, pas tellement plus âgée que sa sœur, et tout à fait libre, alors que l'autre, Giselle, son prénom me revient, n'est qu'en instance... Cela ne se fera peut-être pas !

— Croyez bien que ce n'est pas l'intérêt qui me pousse à fréquenter la famille Saint-Cyr...

— C'est bien pour ça que je m'en mêle, même si cela peut vous paraître outrecuidant de ma part ! Voyez-vous, Franck, à notre époque — surtout à notre époque —, l'argent mène le monde... Et si vous aviez le bon sens de vous en apercevoir, vous vous diriez qu'à l'approche de vos trente ans, il est plus que temps de faire des projets d'avenir. C'est-à-dire d'installation...

— Maître, travailler avec vous, apprendre mon métier sous votre garde est un privilège...

— Et vous êtes très doué ! J'ai pu le constater. Je n'ai pas d'enfants, Franck, rien que des neveux, et je dois songer à ma succession. Je peux prendre ma retraite quand je veux, mais j'aimerais laisser cette belle Étude à quelqu'un qui continuera à la faire prospérer... Vous, par exemple ! »

Franck se tait. Non que la proposition le cueille à froid ; il est bien obligé de reconnaître qu'il y a déjà pensé... C'est vrai qu'il a l'étoffe d'un notaire, en ce sens qu'il ne peut s'empêcher d'envisager la « suite » : ce qui va advenir des choses, des contrats, des successions, des biens mobiliers et immobiliers, mais aussi des gens... Quand Untel sera mort, si Machin se marie, s'il a des enfants, s'il n'en a pas... S'il doit y avoir expropriation, chute des cours de ci ou de ça, le moment de vendre, le moment d'acheter, le moment d'attendre... Un notaire attend beaucoup, pour ses clients et pour lui-même, comme l'araignée au milieu de sa toile.

Donc, Franck avait envisagé ce qu'il adviendrait de l'étude de Me Baulieu si celui-ci n'avait personne pour reprendre sa charge. Bien sûr, il pouvait encore se remarier, à cinquante-cinq ans, avec une femme qui aurait déjà de grands enfants, ou adopter quelqu'un, mais de là à ce qu'il y ait dans le lot un futur notaire !

Cela ne s'improvise pas, un notaire, cela se décide à l'avance, se cultive, s'éduque... « Pourquoi pas moi ? » s'était ainsi dit Franck au cours de ses songeries les plus ambitieuses et les plus folles. Et voilà que la réalisation de son rêve secret lui est proposée !

Trop brusquement, peut-être, car le jeune homme n'avait pas réfléchi à ce que devrait être sa réponse. D'où son bafouillage qui pourrait passer pour un manque de maturité, regrettable en l'occurrence, s'il n'était possible de l'imputer à une émotion bien compréhensible...

« Maître, je ne sais que vous dire... Vous connaissez ma fidélité... Vous pouvez être assuré... Quoi qu'il en soit...

— Je sais, mon ami, je vous prends de court, et je ne l'aurais pas fait si je n'avais pas le sentiment qu'une occasion se présente de vous installer dès à présent et très honorablement dans notre petite cité. Par le biais de la famille Saint-Cyr et de cette délicieuse maison... »

(« D'un seul coup, maugrée Franck, la bicoque qualifiée jusque-là de délabrée est devenue charmante ! »)

« Je vous avoue — continue Baulieu qui a l'habitude d'enfoncer ses clous jusqu'à la garde, et même au-delà ! — que si je n'avais pas *La Forgerie,* où j'habite, vous le savez, avec ma pauvre sœur, j'aurais considéré avec plaisir l'idée de me retrouver dans cette demeure plus petite, plus souriante... Bien qu'un notaire, du point de vue déontologique, ne puisse acheter le bien de son client...

— D'autant que celui-ci n'est pas en vente !

— Pas encore, certes, mais nous y allons, vous verrez, nous y allons... »

« C'est terrifiant, ne peut s'empêcher de penser Franck, la façon dont on dispose en imagination du bien d'autrui ! Les enfants Saint-Cyr se croient chez eux, protégés par la loi, et les voici expulsés de leur bien par la seule imagination d'un notaire en veine d'expansion et de déménagement... Qui sait si leurs voisins n'en pensent pas autant ? *Ôte-toi de là que je m'y mette !* Telle est la devise des humains... »

Va-t-il participer lui aussi à ce dépeçage ? En a-t-il vraiment envie ?

« Mais nous ne sommes pas loin de chez nos amis ! s'exclame soudain le notaire comme s'il venait juste de s'apercevoir du lieu où, comme au hasard, les a portés leurs pas... Et si nous allions leur rendre une petite visite impromptue ? Au cas où ces dames seraient chez elles, bien sûr. Mais il ne coûte rien d'essayer... »

« Tu souhaites faire encore un inventaire, vieux renard !... », s'indigne intérieurement Franck. Le notaire n'a-t-il pas déjà tout vu, tout estimé, tout soupesé de la maison, la dernière fois ?

En ce qui concerne les meubles et les murs, peut-être ; mais il lui faut, cette fois, prendre une autre mesure, la plus utile, la plus précieuse quand on poursuit un but déterminé : la mesure de ses habitants.

Afin d'élaborer un plan en fonction des forces et faiblesses en présence. Et de mettre au point la façon de s'y prendre pour les jouer les uns contre les autres. Ce qui est le fondement de toute stratégie, en politique comme dans l'art militaire.

Me Baulieu serait-il un grand stratège ?

« Encore à voir », se dit Franck en sonnant à la porte de la maison Saint-Cyr.

Le notaire, lui, s'est reculé pour mieux considérer la façade.

« La bâtisse n'est pas très haute, ce qui ajoute à son attrait..., jette Baulieu en souriant de contentement. On doit être bien, ici, pour travailler. Et pour y vivre ! »

C'est Émilienne qui a décroché dès la première sonnerie du téléphone. Elles étaient toutes deux dans le bureau et lorsque sa sœur a répondu : « Oui, elle est là, un instant... », Giselle s'est demandé qui cela pouvait bien être. Franck Gallaud ? Emmy ne le tutoie pas... Jean-Raoul ? Elle se serait montrée plus prolixe...

En fait, Giselle savait déjà qui appelait rien qu'à voir l'expression d'Émilienne, brusquement figée et sans sourire. « C'est pour toi », a ajouté celle-ci en lui tendant le combiné. Et elle a chuchoté : « Ton mari... »

« Alors, tout se passe comme tu veux ? » demande la voix d'homme si familière, sur un ton qui l'est également.

Emmy venait de quitter la pièce en refermant discrètement la porte derrière elle. Ce que Giselle a regretté ; elle aurait aimé sentir la présence de quelqu'un, un appui qui l'aurait aidée à résister.

À quoi ? Mais à l'attraction qui la projette vers Thierry — dont elle n'a pas eu de nouvelles depuis si longtemps — en dépit du fait qu'il l'a bassement trahie avec Laure et qu'elle-même le trompe avec le clerc. Mais est-ce encore tromper dès lors qu'on ne vit plus ensemble ?

En réalité, cette aventure — n'était-ce pas son but inavoué ? — a ramené les jeux à égalité.

Est-ce à dire que les époux pourraient, s'ils le désiraient, reprendre la partie comme avant ?

Rien n'est jamais « comme avant » entre les êtres, tout ce qui est dit, fait, voire imaginé, change la donne entre joueurs... Et Giselle ne sait plus où elle en est avec cet homme qui a été son mari et le sera toujours, même s'ils divorcent...

« Ça va bien », finit-elle par répondre, faute de penser à mieux.

Elle a envie d'ajouter : « Et toi ? » Se dit que ce n'est pas à elle de se montrer prévenante. Mieux vaut attendre de voir ce que Thierry lui veut, car il doit avoir une idée derrière la tête pour l'appeler à Saint-Valençay.

« Comment vont tes affaires ? Cela avance ?

— Quelles affaires ?

— Eh bien, la succession... »

C'est comme un coup : pour elle, les « affaires », les seules véritablement importantes, touchent à leurs relations ! Ou alors à la santé des enfants... et à la sienne. Or, ce que Thierry veut savoir, c'est si elle a « palpé ». Ne pense-t-il vraiment qu'à l'argent ?

La colère la prend :

« Je n'en sais rien ! »

C'est proféré pour l'agacer... Et ça marche :

« Tu n'es pas allée à Saint-Valençay pour t'en occuper ?

— Je suis venue me reposer, j'en avais grand besoin. Les enfants aussi : je te rappelle que ce sont les vacances de Pâques... Ils auraient aimé te voir ; Alexis a tenté de te téléphoner, mais il n'est pas parvenu à te joindre.

— J'ai eu le message, c'est pour ça que j'appelle ; j'étais en voyage... »

Ainsi, ce n'est pas pour elle qu'il téléphone, mais pour son fils ! Giselle se sent blessée... Qu'espérait-elle, après tout ce qu'elle lui a dit, reproché, sans compter l'action en divorce : qu'il lui saute au cou ?

Peut-être...

Ils ont beau se tirer dans les pattes, elle et lui, Thierry est la personne au monde dont elle se sent la plus proche. Ça ne s'explique pas. C'est un quelque chose dans sa voix, le fait qu'elle perçoive entre les mots ce qu'il pense. Et là, elle le devine, il est triste... Le constater lui donne envie de le consoler. C'est qu'elle se sent la plus forte en ce moment : n'est-elle pas au calme dans une maison, la sienne, avec sa sœur, les enfants ? Leurs enfants !

Et qu'en est-il de lui ?

« Tu es où ?

— À la montagne. À Megève. »

Tiens, n'est-ce pas là que Laure et Pascal ont un petit chalet ? Thierry serait-il avec eux ? Quel toupet ! Continuer cette liaison sous les yeux de Pascal, le mari... En plus, le lui laisser entendre à elle ! Au moins il pourrait avoir la délicatesse de lui mentir...

Thierry devine-t-il ses pensées ? On dirait qu'il cherche à se rattraper :

« Il n'y a personne dans la station, la neige a fondu, il a fait trop chaud. Je suis venu travailler, j'ai apporté une tonne de dossiers... Et je marche dans la montagne, il y a déjà des fleurs... Je suis descendu à la petite auberge, en haut du téléphérique... »

Et, la voix changée :

« On y était allés une fois, tu t'en souviens ? »

Elle était enceinte d'Alexis et ne bougeait pas de la terrasse, occupée à se faire bronzer toute la journée, tandis que Thierry skiait. À chaque remontée, il venait l'embrasser. Ces souvenirs-là, rien ni personne ne pourra les leur enlever. Tous deux sont dans une telle indivision de souvenirs ! Tant qu'ils resteront en vie...

Et ils sont en vie.

Soudain, Giselle se sent prise d'un désir fou de se

retrouver une fois encore sur cette terrasse en planches à considérer le majestueux paysage du Mont-Blanc, si brillant sous ses neiges.

Avec Thierry.

Afin de se convaincre qu'en effet, elle est encore en vie.

Comme lorsqu'elle avait vingt ans et qu'elle se fichait d'héritage, de maisons, de patrimoine, de tous ces biens mobiliers et immobiliers dont la vie finit par vous encombrer. Une charge qui vous vient des autres pour vous appesantir. Que vous le vouliez ou non.

À l'époque, elle ne savait même pas ce qu'était un notaire, un huissier, un expert, un testament, une part réservataire... et ne s'en portait que mieux !

Elle n'était qu'à une chose : à ses amours.

Le téléphone raccroché, Giselle se met à la recherche de sa sœur qu'elle finit par découvrir au jardin. Sécateur en main, Émilienne coupe les roses les plus avancées pour soulager le rosier.

« Emmy !

— Oui ? »

Sa sœur l'écoute sans lever les yeux de son jardinage. S'attend-elle à ce que Giselle commente l'appel de Thierry ?

À son propre étonnement, celle-ci s'entend dire :

« Je crois que je vais rentrer à Paris. »

En réalité, Giselle retient ce qui lui monte aux lèvres : « Prends cette maison, délivre-moi de ce souci, je n'ai rien à en faire, je n'en veux pas, je hais la bagarre, les procès, j'ai horreur des inventaires, des objets, des meubles, de tout ce qui empêche d'aimer !... J'ai envie d'être dans l'amour. Comme autrefois, comme toujours... »

Mais serait-il raisonnable d'accorder un tel blanc-seing à Émilienne ? Sans plus réfléchir ?

Elle va réfléchir encore un peu.

Quoiqu'une petite voix dans sa tête ne cesse de résonner. « Quand Thierry t'a demandée en mariage, as-tu pris le temps de réfléchir ? Souviens-toi, vous étiez assis dans sa petite voiture, face à la mer, et quand il t'a dit entre deux baisers : "Et si l'on se mariait ?", tu as répondu oui tout de suite ! »

C'est sans doute ça, être jeune : dire oui tout de suite.

Sans se soucier de l'avenir qu'on a devant soi !

En revanche, dès qu'on en possède moins, c'est alors qu'on songe au futur...

Giselle hésite : rester jeune (dans sa tête et son cœur) et ne pas s'occuper de l'avenir, ou se dire qu'on est sur la pente descendante et prendre des assurances sur et contre tout...

Le choix reste possible, quel que soit l'âge qu'on ait !

« Tiens, lui dit Émilienne en lui tendant la rose qu'elle vient de cueillir. C'est Papa qui a planté ce rosier, le jour où tu as eu trente ans, t'en souviens-tu ?

— Oui », dit Giselle.

L'arbuste a pris de l'âge, ses ramifications sont devenues noueuses. Toutefois, chaque nouvelle rose est comme une naissance : un miracle de fraîcheur, de renouveau, de beauté !

Non, Giselle ne veut pas vraiment qu'on vende la maison.

Ne serait-ce qu'à cause du rosier blanc.

Conduire une aventure avec une femme mariée dans une très petite ville présente des avantages — le loisir, la beauté du cadre —, mais aussi un inconvénient : la curiosité d'autrui... La difficulté majeure est en effet qu'on y est observé. Par les passants de connaissance, les commerçants, comme par des inconnus, des figures dissimulées derrière les persiennes, des conducteurs au volant de leur voiture... Quel genre de relation feront ces gens de ce qu'ils ont pu recueillir, assortie de quels commentaires ? Voilà qui demeure du domaine de la conjecture... Une seule chose est certaine, c'est qu'on est exposé. Au moins le sait-on, et à soi d'agir en conséquence. Sans se cacher, mais en surveillant ses gestes et ses exclamations.

De cela, Franck Gallaud est parfaitement conscient lorsqu'il prie Giselle Veyrat de bien vouloir lui faire découvrir le Saint-Valençay qu'il ignore encore, n'étant installé dans cette ville que depuis peu d'années, et qu'elle connaît mieux que lui pour y avoir séjourné dès son enfance. Du fait aussi que son père qui, comme tous les anciens, connaissait à fond l'histoire et la topographie de la localité, l'y avait initiée. « Papa adorait faire partager son savoir à ses proches », a dit Giselle au clerc.

« À propos, comment s'appellent les habitants d'ici ?

— Au choix, les Valençais ou les Vélençois, a répondu Giselle.

— De fait, j'ai entendu les deux appellations, mais d'où vient ce saint ?

— On dit qu'il a vécu dans les bois, ceux du château de la Courbe où l'on vous indique une roche creusée qui lui aurait servi d'abri.

— Personne ne m'en avait parlé ; cela m'intéresserait de la voir ! » s'exclame Franck, heureux d'avoir trouvé un bon prétexte pour emmener sa belle hors les murs.

Le samedi suivant, ils ont roulé vers La Courbe, une antique demeure habitée par un vieux couple qui n'en sort pratiquement plus jamais.

« Le domaine, une trentaine d'hectares, est à l'abandon, et nul ne se manifeste lorsqu'on y pénètre... », a expliqué Giselle.

Les enfants, pour leur compte, ont eu le bon goût de refuser la promenade : ils avaient le projet d'étrenner les *rollers* neufs, que venait de leur acheter leur tante, sur la piste aménagée le long du jardin public.

La voie de l'échappée était donc libre.

À vrai dire, Franck Gallaud n'est pas un séducteur à la Casanova qui conçoit un plan à appliquer à la lettre et dans les délais prescrits... Il est timide et Giselle, son aînée de plus de dix ans, parisienne, femme d'avocat, l'impressionne. Que va-t-elle penser de lui ? Lui trouvera-t-elle des enfantillages, des provincialismes dont lui-même n'a pas conscience ? Le clerc aurait dû évoquer Stendhal et la façon dont Julien Sorel s'y prend pour piéger Mme de Rénal, mais il y a trop longtemps qu'il a lu ses classiques, bien avant ses études de droit...

Et ce qu'il ne devine pas, faute d'expérience de la gent féminine, c'est que Giselle Veyrat est tout aussi inquiète, pour ne pas dire plus désemparée que lui :

que peut penser un jeune homme d'une femme de son âge ? Ne doit-il pas se répéter : « Ce qu'elle est vieille ! », en comptant ses rides et en détectant ses cheveux blancs sous le rinçage ?

Le mieux, se convainc-t-elle, est de ne rien laisser paraître, ni attente, ni gêne, pour s'en tenir strictement au but de leur escapade : visiter la grotte — réelle ou supposée — de ce bon saint Valençay...

Le jeune homme avait heureusement une carte de la région dans sa voiture, car Giselle ne fut pas longue à s'embrouiller dans les petites routes et les chemins de terre. Lire une carte à deux, lorsqu'on est assis côte à côte, est l'occasion de se tenir plus près l'un de l'autre, surtout lorsque l'un des deux, Franck, est myope. « Je vois très bien sans lunettes, mais à condition d'être tout près... Pour ne pas avouer qu'elle-même est presbyte (signe de l'âge !), Giselle n'a pas voulu sortir les siennes, et les voici joue contre joue à déchiffrer la carte d'état-major où s'entrecroisent des voies aussi nombreuses que les lignes de la destinée.

« Ah, voici le château ! » s'exclame Giselle alors que, pour mieux déplier la carte, Franck lui passe le bras devant la poitrine. Souffles, odeurs s'entremêlent ; le garçon se penche en avant pour mieux voir, et la femme ressent le désir de poser ses lèvres sur cette nuque encore enfantine, juste à sa portée.

Mais déjà Franck se redresse :

« J'ai compris : la nationale, puis la départementale, et ce sera la deuxième à gauche... Vous me guidez ? »

Qu'est-ce qui rapproche le plus ? Les mots, les gestes, l'excitation d'une aventure à deux ? À supposer qu'errer dans les champs, pénétrer dans un bosquet, se prendre la main pour enjamber une souche, un ruisseau, en soit une.

Giselle finit par s'orienter grâce à la gentilhommière, visible entre les troncs des feuillus. « C'est là ! » dit-elle. Une sorte d'éboulement rocheux au milieu d'un petit bois de chênes-lièges.

Pas grand-chose, en vérité : un creux dans la roche, que rien n'indique, toutefois relativement sec ; l'eau de pluie, vu la pente, doit s'écouler du bon côté. Des feuilles mortes en tapissent le sol, marqué de traces d'animaux, peut-être des biches ou des chevreuils.

Franck se baisse pour s'introduire dans l'anfractuosité qu'il explore d'un coup d'œil, puis se retourne : « Il a donc vécu là ! » s'exclame-t-il d'une voix bizarrement émue, comme s'il venait de se retrouver sur la tombe de quelque sien ancêtre. « Il n'y fait pas froid, venez voir. Il y a une espèce de banc... »

Tous deux sont vite accroupis sur une avancée de la pierre, bien opportune. Dans une solitude et une semi-obscurité qui ne le sont pas moins.

« Il va me croire facile », s'inquiète Giselle en se laissant emporter par ce qu'il faut bien appeler les sens — et l'occasion.

« Elle est bien facile ! se dit Franck Gallaud. Mais elle n'est pas d'ici. Elles sont peut-être toutes comme ça, ces Parisiennes qui jouent les grandes dames... »

Aucun ne songe qu'en réalité, tout rapprochement subit et consenti entre un homme et une femme est une affaire en réalité difficile. Très.

Dont nul, au départ, ne peut mesurer les conséquences.

Le premier réflexe d'un homme rejeté par sa femme pour trahison conjugale est de se tourner vers celle qui en est la cause : sa maîtresse du moment. Ce que pressentent les « femmes d'à côté » — d'où leurs manœuvres plus ou moins réussies, quand elles désirent s'attacher un homme marié, pour faire éclater le conflit.

Thierry n'a pas dérogé à la règle : à peine Giselle et les enfants quittés, de sa chambre d'hôtel solitaire il a appelé Laure. Pour lui raconter ce qui venait de se passer et en cherchant à se donner le beau rôle :

« Je me doutais qu'elle le prendrait mal. Giselle est d'une jalousie maladive : je dois être tout à elle et ne jamais jeter un coup d'œil sur une autre femme ! C'est insupportable...

— Tu ne crois pas que, pour nous, il s'agit de plus qu'un "coup d'œil" ? Et je ne suis pas n'importe quelle "autre femme", je suis son amie !

— Je sais, Laure, mais si Giselle avait accepté de fermer les yeux, cela n'aurait pas mené bien loin, toi et moi... Je ne te vois pas quittant Pascal ! »

Plus maladroit, tu meurs ! Car même si une femme est bien décidée à ne pas détruire son mariage pour un autre homme, elle désire quand même que son amant l'en supplie ! Sinon, il risque la porte...

« Il n'en est pas question ! Pascal est l'homme de ma vie ! »

Après une déclaration aussi ferme, aventurer un « Je te vois quand ? » serait périlleux. Thierry s'y risque quand même et se fait évidemment rembarrer :

« Pour l'instant, je crois qu'il est plus prudent de nous abstenir... Imagine que Giselle ait collé un détective à tes trousses ! Si son rapport est montré à un juge, il pourra aussi bien se retrouver sous les yeux de mon mari... Pascal n'est pas soupçonneux de nature, mais, lorsqu'on vous soumet un écrit avec des dates, des faits, des détails, n'importe qui voit rouge ! Imagine-toi dans la même situation... Si tu apprenais — c'est possible, vous êtes séparés — que Giselle se la coule douce avec un autre, tu le prendrais comment ?

— La pauvre petite est trop malheureuse en ce moment pour faire ça. »

À celle qui a justement pris le risque de « faire ça » avec vous, voilà qui n'est pas la meilleure chose à dire !

Pourtant, Thierry, sans doute pour se rassurer sur la vertu de son épouse, enfonce encore le clou :

« Giselle est d'un tempérament fidèle ; une affaire strictement sexuelle ne l'intéresse pas ! »

Patatras ! Au lieu de remercier sa maîtresse pour s'être jeté à son profit dans l'infidélité, voilà que l'amant fait l'éloge de la fidélité et même de la chasteté de sa femme !

C'est sur un « au revoir » sec et plutôt sans appel que Laure raccroche. Elle a tout de même ajouté : « Je t'embrasse », comme une reine salue avec élégance l'ex-amant qu'elle vient de condamner à la décapitation.

Allongé sur le lit froid de son petit hôtel une étoile, Thierry conserve un moment l'écouteur à la main.

Il a envie d'appeler Giselle, là, tout de suite, pour savoir ce qu'elle fait, et où. Cela l'avancera à quoi ? Elle ne lui dira que ce qu'elle veut...

Pourtant, il a désormais une carte, qui n'est pas encore *maîtresse* — s'il peut jouer ainsi sur les mots ! —, mais qui pourrait le devenir s'il s'en sert à bon escient : il vient de rompre avec Laure !

Enfin, si l'on veut...

Mais, dans une relation de couple — malheur à qui l'oublie ! —, c'est toujours à qui sera le plus fort ! Même les mourants trouvent le moyen de faire savoir à leur compagne que ce n'est pas elle, ce matin, qui leur a versé leurs gouttes, mais l'infirmière ! Laquelle s'est levée plus tôt qu'elle ! La chérie...

Entre deux amants de rencontre, le combat pour la prééminence est tout aussi permanent : c'est à qui sortira du lit le premier après l'amour, et celui qui s'est fait prendre de vitesse (il sommeillait, ou quoi ?) tâche de regagner l'avantage en excipant : « Je flâne encore un peu pour fumer ma cigarette ; ça ne te dérange pas, au moins ? »

Mais si, tout dérange, tout blesse quand on vient d'être trop proches.

Et chacun à part soi le sait.

[illegible] a envie d'appeler [illegible] de savoir [illegible]
[illegible] ce qu'elle a fait [illegible]. Cela [illegible]
Elle ne lui [illegible] qu'elle [illegible]
Pourquoi il a [illegible] une carte qui n'est pas
encore [illegible] — il peut [illegible] sur les
[illegible] — qui ne pourra [illegible]
[illegible] avec [illegible]
Enfin, si l'on veut.
Mais, dans une relation de couple — [illegible],
qui l'oublie ? — c'est toujours [illegible] sera le plus
fort. Même les [illegible] trouvent le moyen de
faire savoir à leur compagne qu'elle n'est pas elle
[illegible]
[illegible] Laquelle est la plus puissante [illegible]
[illegible]
Entre deux amours de rencontre, [illegible] pour
la [illegible] c'est
[illegible] la [illegible] après [illegible] et celui
qui [illegible] de [illegible] ou
quoi ? [illegible]
[illegible]
[illegible]
Mais si tout [illegible] quand on [illegible]
[illegible] proches.
[illegible]

[illegible]

« On les a aperçus !

— De quoi parles-tu, Marthe ?

— Mais d'eux ! Giselle et la queue de rat, là... le clerc ! Ils sont partis ensemble en voiture du côté des bois... Après, on ne les a plus vus ! C'est dire...

— Marthe, que vas-tu chercher là ! Giselle m'a dit qu'elle a emmené Franck Gallaud, qui n'est pas une queue de rat mais un futur notaire, à la grotte de saint Valençay... Où est le mal, s'ils ont sympathisé ?

— Vous, vous voyez le bien partout ! Ils vont vous arracher votre héritage, c'est moi qui vous le dis... J'ai vu faire !

— J'aimerais bien que tu m'expliques.

— Des gens chez qui j'ai travaillé : une sœur voulait la part de l'autre ! Eh bien, elle a tellement tourmenté sa sœur que celle-ci est tombée malade. Après, ça n'a pas été difficile...

— Elle est morte ?

— Non, ils l'ont fait internée : dépression. Puis, on l'a mise sous la tutelle de sa sœur, et, de fil en aiguille, celle-là est devenue la maîtresse... Faut dire qu'elle couchait avec le médecin.

— C'est des histoires des temps anciens, ça. Aujourd'hui, les gens ne se laissent plus faire...

— Ça s'est passé il y a seulement dix ans, je travaillais déjà ici. J'en ai parlé à Monsieur, qui était scandalisé. Mais on ne pouvait rien faire... Tout était du légal. Bien saucissonné !

— Et tu crois que Giselle va m'en faire autant ? Avant qu'on ne me fasse passer pour folle...

— Suffit d'un rien ! Fâchez-vous trop fort, portez des coups... Ils vous dénonceront au commissariat !

— Mais je n'ai aucune envie de donner des coups !

— Imaginez, une supposition, que vous reveniez d'un voyage et qu'on ait déménagé votre chambre, le contenu de vos tiroirs... Ça vous ferait pas monter la moutarde à la tête ?

— Qui me ferait une chose pareille ?

— J'ai entendu Giselle dire à son clerc qu'au fond, elle aimait bien cette maison, surtout les pièces qui donnent sur le jardin, que c'est si calme... Ces pièces-là, justement, c'est les vôtres !

— Marthe, Giselle est perturbée, elle cherche un refuge, de l'amitié ; elle a les deux ici, alors elle trouve que tout est bien. Mais ça ne va pas durer : ma sœur aime la ville, le mouvement... Et puis, elle aime son mari, même si elle lui en veut pour l'instant. Et son mari, lui, n'aime pas Saint-Valençay...

— C'est ça, vous voyez tout en bien ! Tant pis pour vous, je vous aurai prévenue ! »

Et Marthe de retourner à ses épluchages.

Reste que ses paroles ont fait leur chemin ! Émilienne est vexée, pour ne pas dire déçue que Franck Gallaud lui préfère sa sœur. N'est-ce pas elle qui, la première, a fait sa connaissance, l'a introduit dans la famille autrement que dans son rôle de notaire ? Et le voilà qui en profite pour suborner une femme mariée... En fait, une personne en état de faiblesse.

Il a sûrement un but.

Lequel ? Il faut qu'elle aille revoir Me Baulieu, exige des précisions sur la façon dont elle doit agir pour se faire attribuer la maison avant qu'il ne soit trop tard. S'il faut aller au tribunal, maintenant elle est décidée : elle ira.

Thomas est reparti.

Cette fois, sans laisser le moindre mot. Le petit s'est contenté, un soir, de ne pas rentrer. Jean-Raoul avait rendez-vous avec un couturier décidé à le prendre à l'essai au vu de ses dessins, et il se réjouissait d'avance de faire part de la bonne nouvelle à Thomas. Lequel n'était pas à la maison.

En attendant son retour, excité par la perspective d'avoir à plancher pour une collection, Jean-Raoul s'est mis au travail sur son cahier à dessins. Les idées lui venaient en foule, comme à tout artiste qui se sent soudain apprécié, attendu. Et les heures ont passé.

Dix heures, puis onze, puis minuit...

C'est à trois heures du matin que Jean-Raoul a commencé à trouver que le petit, vraiment, exagérait. Qu'il rentre tard est une chose, mais qu'il n'ait pas la gentillesse de lui donner un coup de fil pour le prévenir, éventuellement le rassurer... Cette fois, il allait l'entendre !

À quatre heures du matin, Jean-Raoul a cessé de travailler, s'est alimenté, a fait sa toilette, s'est couché... Rien, toujours rien. À la colère a succédé l'inquiétude, puis l'angoisse.

Le désespoir n'est venu que vingt-quatre heures plus tard, après qu'il se fut renseigné dans les lieux habituellement fréquentés par Thomas pour savoir si on l'y avait vu. Oui, en compagnie de Bruno, le photographe qui l'avait invité à une soirée, lors du séjour de Thomas à Saint-Valençay pour l'enterrement de son père.

Il n'en a reparlé qu'une fois à Thomas, pour lui dire que Bruno, doué d'une forte réputation, lui avait proposé de le photographier. « Pour la pub! Tu penses, j'ai refusé, il me voulait nu ou à peu près... — Tu as bien fait, Tom-tom... »

Mais Tom-tom ment comme il respire, surtout quand il s'agit de ses plaisirs et de ses tentations...

Que s'était-il passé? Avait-il accepté une séance de photos, plusieurs? Sûrement, et Jean-Raoul, quand il imagine ce qui a dû se passer, est pris d'un chagrin qui tourne à l'orage.

Contre ses sœurs.

Il aime trop Thomas, dont il continue à souhaiter le retour, pour le haïr d'être parti. Thomas est si charmant, sensible, incapable de dire non à qui l'entreprend avec les moyens qu'il faut : les compliments, les cadeaux, les attentions. (À propos, qu'est-ce que c'était que ces longues roses rouges dans le seau de la cuisine, l'autre jour? « Une copine les a reçues, elle n'en voulait pas, alors je les ai prises pour les sauver... »)

Autre argument de séduction : l'argent. Mais non, Thomas n'est ni intéressé, ni avide, ni à vendre, ni rien de tous ces vilains mots qui désignent ceux que l'argent obnubile. Simplement, il recherche tout ce qui permet de faire la fête et l'accompagne : belles voitures, palaces, somptueuses maisons avec piscine, service... Les mets raffinés : caviar, champagne... Les avions privés, les déplacements rapides, les parties improvisées dans les plus magnifiques lieux du monde en compagnie de *beautiful people.* Sans compter les vêtements griffés, lesquels, portés par lui, deviennent encore plus sublimes. Tout autant que n'importe quel chiffon :

une chemise de paysan sarde rayée bleu et blanc, achetée au marché de Santa Maria di Gallure...

« Tu as vu, mon petit débard' en coton ? Il te plaît ? — Ravissant, mon Tom-tom, tu l'as trouvé où ? » Éclat de rire du torse moulé : « Je l'ai vu sur un ânier, et il m'a dit comment me le procurer... Il était si beau ! L'ânier, je veux dire... Le pantalon, je l'ai acheté pas cher chez le marchand d'habits militaires de Saint-Maixent... »

Pour ce qui est de la ceinture qui tient le tout, elle vient de chez Hermès.

Un poème !

Thomas est un poème : dans sa façon de bouger, de penser, de parler... Avec les gros mots, souvent scato, dont il émaille son discours, ses « Je leur pisse à la raie », et bien pis encore, lesquels, dans sa bouche boudeuse, font écho au langage des délinquants qu'exalte si bien Genet ! Ces condamnés si beaux qu'ils font pâlir le jour...

Thomas c'est le bonheur, la félicité quotidienne de Jean-Raoul ! Tout ce qu'il avait souhaité rencontrer depuis qu'il a eu quinze ans, même si, à l'époque, il était incapable de le formuler. C'était comme une étoile en lui, plus lumineuse que toutes les autres, comme celle qu'ont dû suivre les Rois mages... Et, miracle — tout aussi prodigieux que celui de la Bible —, lui aussi a rencontré son Petit Jésus ! Plus fort encore : il s'en est fait remarquer, aimer, il a obtenu *sa* présence et il n'est pas question qu'il en soit privé !

Or, il l'est.

Thomas vient de s'éclipser avec... Avec qui ou quoi, exactement ? Ce Bruno n'est probablement qu'un tremplin vers quelque Voie lactée — oui, lactée comme le lait de la tendresse humaine, plus délectable encore, car plus insolite, lorsqu'elle est mâle.

Toutefois, pour se maintenir dans ce courant de joie et d'amour à l'allure qu'il convient, il faut de l'argent.

Jean-Raoul veut toucher le sien, celui de la succession, tout de suite ! Même si dépenser ce maigre pactole ne doit durer que peu de temps, il lui faut de quoi se donner des ailes pour voler en pleine béatitude avec son ange !

Dans ce qui pour lui est le Paradis.

Dût-il assassiner, pour ce faire !

C'est par lettre d'avocat qu'Émilienne et Giselle reçoivent la mise en demeure de Jean-Raoul : il veut de l'argent, et tout de suite, sinon il en appellera au tribunal pour faire mettre la maison en vente et accélérer le partage.

« Qu'est-ce qu'il lui prend ? demande Giselle, abasourdie. Il t'a dit quelque chose ?

— La dernière fois que je l'ai vu, quand il est parti d'ici, il m'a seulement soumis une liste...

— Quelle liste ?

— Celle des objets que désire Thomas...

— Comment ça, les objets que désire Thomas ? C'est ce type-là qui est l'héritier de Papa, ou c'est nous ?

— Je te l'ai dit, Jean-Raoul est venu ici avec son ami, et il n'a qu'une idée en tête : lui faire plaisir... Les souhaits de Thomas sont ceux de Jean-Raoul !

— J'aurais préféré que tu me dises : « Tels sont les desiderata de Jean-Raoul », et qu'il ne soit pas question de cette petite frappe... Déjà fort de café que tu l'aies reçu ici sans mon autorisation et sans m'en parler.

— Giselle, je suis ici chez moi !

— Moi aussi. »

Le ton a monté avant même que les deux sœurs aient compris pourquoi.

Giselle se lève de la chaise qui fait face au bureau où toutes deux se sont installées pour ouvrir le courrier. Émilienne, par habitude, droit d'aînesse, en quelque sorte, s'est assise dans le fauteuil de leur père ; Giselle de l'autre côté. Le fait que sa cadette ait en quelque sorte quitté la place, alors qu'elle-même demeure fermement dans le grand fauteuil, lui donne un sentiment de pouvoir. En tout cas, de prééminence.

De toute façon, Émilienne se sent dans « sa » maison et a bien l'intention d'y rester. Quoi que puisse en dire ou en penser Giselle... Il s'agit d'agir, et vite !

« J'ai parlé à Baulieu.

— Ah bon, quand ?

— Il y a deux jours, pendant que tu étais en balade.

(Sous-entendu : avec le clerc, ton amant, et tu ferais bien de ne pas trop t'en vanter... Mauvais pour ton divorce en cours !)

— Et pourquoi l'as-tu vu ?

— Oh, des broutilles concernant les délais, comment négocier notre partage, à l'avantage de tout un chacun...

— Il t'a dit quoi ?

— Il m'a plutôt donné des conseils : il est évident que, dans un partage, chacun désire avoir le plus possible, sinon tout, et souvent la même chose. Au bout du compte, il faut donc faire des concessions... Et si on n'arrive pas à se mettre d'accord, on constitue des lots qu'on tire au sort.

— Charmant ! Et si tu n'as pas de chance au jeu ?

— Écoute, Giselle, on fait en sorte que les lots soient d'une valeur équivalente... Évidemment, il vaudrait mieux s'entendre sur ce que chacun désire, et on en revient au même point : si Jean-Raoul — cette fois, je dis bien : Jean-Raoul — désire les petits chevaux et la pendule Louis XIV, qu'il les ait !

— La pendule Louis XIV ! »

Giselle a failli dire : « Mais Thierry en a envie depuis longtemps », pour se souvenir à temps que Thierry, en principe, n'est plus dans le coup ! Et qu'elle-même n'en a rien à faire, de cet objet certes remarquable, mais plus qu'encombrant et qui détonne dans un appartement moderne comme l'est le sien. Cela vous donne un coup de vieux, un cartel pareil, autant qu'un renard argenté en tour de cou !

Comme sa sœur ne dit plus rien, Émilienne poursuit :

« Il m'a également appris qu'on peut emprunter sur une succession en cours, bien sûr jusqu'à un niveau qui tienne compte de ce qui est censé vous revenir... Ainsi, Jean-Raoul peut avoir sur-le-champ, s'il le demande, l'équivalent du tiers de l'estimation des biens. Ensuite, il n'aura plus droit à rien, sauf si la vente des meubles et de la maison, à supposer qu'on s'y résolve, se révèle être d'un montant plus élevé que prévu.

— Et si on en tire moins ?

— Alors, il devra rembourser !

— Et s'il a tout dépensé avec le dénommé Thomas ?

— Écoute, Giselle, pourquoi toujours voir les choses en noir ?

— Parce qu'elles le sont ! Rien ne va... Rien ne s'arrange ! J'en ai marre de tout... D'ailleurs, il faut que je rentre, je te l'ai dit, les vacances scolaires se terminent. »

Et c'est bien cette perspective qui met Giselle sur les nerfs : il va falloir quitter Franck Gallaud !

Bien sûr, elle a fait un pacte avec elle-même : cette aventure n'est que provisoire ; il est si jeune, au surplus il vit ici, loin de Paris... Cette rencontre n'a été qu'une sorte de consolidation d'ordre narcissique, chose dont elle avait bien besoin à ce moment. Il paraît que le nombre de femmes qui couchent avec l'avocat qui les fait divorcer est incroyable, lui a confié son mari.

Elle, c'est un substitut du notaire : en somme, elle est dans la norme. La suite étant généralement qu'on oublie les deux affaires en même temps : celle qu'on vient de régler, comme celle du lit...

Or, cette vue raisonnable des choses est en train de se craqueler sous la pression de quelque chose de plus puissant, d'imprévisible qui vient de son tréfonds : Giselle a pris goût à se retrouver dans des bras jeunes, vigoureux, avec un homme qui lui manifeste tant de désir que le sien, bien affaibli, surtout depuis sa seconde maternité, s'est réveillé.

Quitter Franck en ce moment serait revieillir d'un seul coup !

Sans compter qu'il va falloir faire face aux avocats, éventuellement à des séances de conciliation avec Thierry dans le bureau du juge, et au chagrin des enfants.

Pour l'heure, ils ne disent rien, ils profitent de cette parenthèse dans leur vie courante que représentent ces vacances. Il fait beau, leur mère est de bonne humeur, leur père leur a téléphoné plusieurs fois, Marthe a renoncé à la pénurie et s'est mise à leur confectionner les bons petits plats qu'ils adorent, leur tante leur a offert des *rollers* avec lesquels ils se sont bien amusés... Tout allait bien, tout va encore bien...

Mais, bientôt, à Paris, dans l'appartement vide depuis le départ de Thierry, que deviendront-ils ? Gallaud a bien dit qu'il viendrait certains week-ends, mais, pour l'intimité, ce ne sera pas pratique, car il y aura les enfants. Alors que, ces dernières nuits, Giselle, une fois tout le monde couché, est allée le rejoindre chez lui, dans son petit appartement des remparts. Quelle vue merveilleuse sous la lune et sur la vallée !

« Tu sais, Émilienne, dit Giselle qui vient de rouvrir la porte du bureau pour y passer la tête, je me demande si je n'ai pas envie d'habiter Saint-Valençay, désormais.

— Où ça ?

— Mais ici, dans cette maison ! Je me suis renseignée, il paraît qu'il y a d'excellents lycées pour les enfants. Ils sont à l'âge où l'université est encore loin... »

« Il ne manquait plus que ça ! » jure à part soi Émilienne.

Au moment où elle vient d'entrevoir la possibilité de se débarrasser de Jean-Raoul moyennant finance et quelques objets, c'est Giselle qui rapplique ! Avec ce sacré Franck Gallaud dans ses jupes, sans aucun doute !

Et elle, alors ?

Que deviendra-t-elle si elle n'a plus la maison ?

Il faut qu'elle prévienne Thierry.

Sa terreur de perdre la maison est si intense qu'Émilienne se décide, en pleine matinée, à se rendre à la poste pour appeler son beau-frère loin de toute oreille.

L'avocat est à son cabinet et sa secrétaire se refuse à le lui passer directement :

« Je vais voir si Me Veyrat peut vous prendre, madame Saint-Cyr, il est en rendez-vous.

— Dites-lui que c'est urgent. »

Une minute plus tard, Thierry est au bout du fil :

« Émilienne, je suis heureux de vous entendre — ils se sont toujours voussoyés —, mais que se passe-t-il ? Quelque chose est arrivé aux enfants ?

— Non, non, rassurez-vous...

— Et Giselle ?

— Elle va bien, elle aussi. Seulement...

— Je vous écoute.

— Je ne sais pas comment vous dire ça : elle voudrait s'installer à Saint-Valençay, et je pense que c'est une erreur.

— S'installer à Saint-Valençay, mais pour quoi faire ? »

Lui jeter tout à trac : pour coucher avec Franck Gallaud ? La déclaration la démange, d'autant plus que c'est la vérité ! Mais ce serait une grosse erreur stratégique. Sans compter que cela relèverait purement et simplement de la délation ! Plus prudent, dans ce cas, d'envoyer au mari une lettre anonyme après avoir enfilé des gants pour découper les lettres dans un journal...

À dire vrai, Émilienne y a pensé, mais n'a pu s'y résoudre. Après tout, il s'agit de sa sœur, et comment en aurait jugé son père ? Quoique... Emmy est convaincue qu'Aubin approuve tout ce qu'elle tente en ce moment pour continuer à vivre dans la vieille maison, c'est-à-dire se mettre en situation de la conserver et de la préserver.

Car si Giselle s'y installe, on peut redouter — même si ce n'est pas absolument certain — qu'elle y fasse venir son amant, lequel, sans scrupules et parfaitement armé sur le plan juridique, trouvera moyen d'y régner en maître.

Baulieu et lui ne se sont d'ailleurs pas gênés, lors de leur dernière visite, pour laisser entendre qu'ils trouvaient l'habitation délicieuse et que ces dames — elle et Giselle — avaient bien de la chance de jouir d'un tel lieu.

Quand on loue ainsi la chance d'autrui, c'est qu'on espère bénéficier de la même un jour ou l'autre, d'une façon ou d'une autre... Et si Giselle divorce, la voie est ouverte à toutes les rapacités !

Que pèse-t-elle, elle, Émilienne, sans enfants, sans moyens financiers, face à ces deux vautours sans scrupules ?

Il n'y a que Thierry qui puisse la tirer de là. À condition qu'elle sache s'en faire un allié. Toutefois, sans le mettre trop en colère contre Giselle ; sinon, le mari bafoué serait tout à fait capable de surgir en vengeur et de ficher à sa femme une telle raclée que le divorce n'en serait qu'accéléré. S'il devait être fait appel au tribunal, n'importe quel juge, voyant cette pauvrette et ses deux enfants menacés par un époux furieux, et désormais sans toit, lui attribuerait la maison sans coup férir. C'est en tout cas envisageable.

Émilienne en a des frissons dans le dos, les mains froides et la gorge serrée.

« Thierry, elle vous aime ! »

Silence au bout du fil. Cet imbécile aurait-il renforcé sa liaison avec sa maîtresse au point de décider Laure à divorcer, elle aussi ? À moins qu'il n'en ait trouvé une autre ? Les hommes sont ainsi faits : dès qu'on les laisse seuls cinq minutes, ils sont pris d'une panique telle que n'importe quelle petite ambitieuse peut faire l'affaire... Sa secrétaire, peut-être ? Celle qui a pris un ton glacial et distant pour lui passer son « Maître Veyrat... », comme elle dit. Alors que rien n'empêche de penser qu'une fois le cabinet fermé, l'avocat et sa secrétaire classent ensemble les dossiers et... Mais elle s'égare !

« Qu'est-ce qui vous fait dire ça, Emmy ? » reprend Thierry d'une voix troublée.

Il a mordu à l'hameçon, ça y est : la voie est ouverte pour la pêche au gros !

« Giselle est ma petite sœur, Thierry, et je la devine sans qu'elle ait à parler : vous lui manquez.

— Vous en êtes sûre ?

— Certaine. Seulement, voyez-vous, elle ne sait comment faire les premiers pas... Vous pouvez comprendre que cela lui soit difficile. Elle se sentirait humiliée... Étant donné la situation... avec Laure...

— Confidence pour confidence, Emmy, entre Laure et moi, c'est fini ! J'ai rompu. »

Aussitôt, les cloches de la libération se mettent en branle dans la tête d'Émilienne qui en tombe assise sur le tabouret opportunément installé dans la cabine par les PTT.

« Thierry, ce que vous me dites là me fait infiniment plaisir. »

(Si tu savais à quel point !)

Et Émilienne de poursuivre d'une voix dont elle n'a pas besoin de forcer l'émotion :

« Pour Giselle, pour les enfants et aussi pour vous, Thierry... Votre bonheur est avec eux...

— Je le sais, Émilienne, je l'ai compris. Écoutez-moi : ne dites rien à Giselle, nous sommes jeudi, j'ai deux plaidoiries demain; tout de suite après, je prends la voiture, j'arriverai dans la nuit... »

Et si la Giselle venait à découcher?

« Samedi matin me paraît mieux, Thierry. Comme ça, je pourrai emmener les enfants en promenade et vous serez plus tranquilles, tous les deux, pour vous entretenir et vous réconcilier. Je dirai également à Marthe de ne pas venir. Ainsi, vous serez tout à fait seuls.

— Merci, Emmy, vous êtes une sœur!

— Mais je suis votre sœur, Thierry! Tout autant que celle de Giselle... »

Et de Jean-Raoul?

Celui-là, c'est un autre problème! Dès que Thierry se sera rabiboché avec Giselle, il faudra qu'Émilienne quémande leur aide pour arriver à satisfaire d'urgence les appétits d'argent de ce malheureux. Afin qu'il leur foute définitivement la paix!

Une fois dans la rue, Émilienne mesure le chemin parcouru : elle a commencé à rétablir le courant entre sa sœur et son mari, lequel, dès que ce sera fait, la ramènera avec lui à Paris.

Toutefois, il reste bien des choses à accomplir avant de toucher au but : déjà, préparer Giselle à l'arrivée de son mari, lequel ne doit pas la prendre à l'improviste. Sinon, elle serait capable de sortir des paroles irréparables, passant aux aveux sur sa liaison avec le clerc. Pour ce qui est de ce damné trouble-fête, il va s'agir de l'éliminer sans perdre de temps!

« Jamais je ne me serais crue capable de telles manœuvres! se dit Émilienne. Tout ce à quoi je suis bonne, d'habitude, c'est de dire et écrire ce que je pense... »

Son père l'avait constaté : « Un sacré numéro, Émilienne; elle n'hésite pas à lancer à la figure des gens exactement ce qu'elle pense d'eux ! Ça produit de ces pataquès... »

Dont le vieux monsieur s'amusait. Grâce au franc-parler d'Émilienne, il avait pu se débarrasser de quelques importuns, lesquels sonnaient trop facilement à sa porte sans s'être annoncés, comme il est encore d'usage en province.

Mais là, il ne convient pas de s'abandonner à ses impulsions, il faut se montrer diplomate. Machiavélique, même. Et Emmy regrette de ne pas avoir lu à fond, du temps de ses études d'histoire, le savant auteur du *Prince*. Il n'est plus temps, elle doit improviser et chaque mouvement compte, comme aux échecs.

Déjà, il est indispensable de mettre les enfants dans son camp. Ils y sont sans le savoir, car ils souhaitent de tout leur cœur la réconciliation de leurs père et mère pour que se reconstitue le foyer hors duquel ils souffrent comme tous les enfants placés dans la même situation.

Émilienne va s'en occuper dès cet après-midi.

Sur le chemin du retour, afin de mettre, si l'on peut dire, de la... crème dans les rouages, elle s'arrête chez le pâtissier et y achète son chef-d'œuvre : un saint-honoré à la chantilly !

Le champagne sera pour plus tard, quand elle aura gagné... Mais ne pas se réjouir trop vite !

« Enfin, Franck, que vous arrive-t-il ? Vous n'avez pas desserré les dents depuis ce matin ! Je sais bien que, dans notre métier de confident, se taire est une force... Mais, à ce point et par surcroît avec moi, c'est trop ! C'est même inquiétant. »

Le notaire s'est rendu dans le cabinet de son clerc, lequel, une plume à la main, les mâchoires crispées, semble concentré sur ce qu'il est en train d'écrire.

« Je... J'ai du travail, finit-il par laisser tomber.

— Puis-je vous demander de quel ordre ? S'il s'agit d'un acte, mieux vaut dicter : Éliane est là pour ça. »

Le jeune homme finit par relever la tête et fixe le notaire droit dans les yeux :

« C'est une lettre... d'amour.

— Ah bon, dit Baulieu en se laissant choir sur le siège réservé au client, face au bureau. Et puis-je vous demander à qui... ? Non, je serais indiscret... Bien que je puisse être de bon conseil en toutes affaires, même de cœur... S'agirait-il d'une demande en mariage ? Je connais l'heureuse élue ? »

Sur quoi, le clerc éclate d'un rire amer :

« Je dirais plutôt que c'est la réponse à une demande en divorce ! Elle me plaque. Tenez, voici sa lettre : je l'ai reçue tout à l'heure; quelqu'un l'a déposée dans la boîte aux lettres de l'Étude.

— *Cher Franck,* lit tout haut le notaire, *il faut nous séparer... Vous vous en doutiez, n'est-ce pas? Vous saviez comme moi que la fin de notre aventure était inévitable... Nous n'en parlions pas, mais c'était sans cesse entre nous. Je rentre à Paris. Il le faut. Pour les enfants, pour moi, pour mon mari. Pour vous aussi, peut-être. Nous avons fait un rêve, vous et moi — toi et moi —, et puis la réalité a repris le dessus. Il faut être raisonnable. Je me dois avant tout à mes enfants. Je ne vous embrasse plus comme avant, chéri, mais plus fort encore, peut-être... Votre Giselle.*

P.S. Thierry est venu me chercher, nous reprenons sa voiture tout à l'heure.

— Il y a beaucoup de "*il faut*" dans tout ça, dit rêveusement le notaire en rendant la lettre à son destinataire.

— Et alors?

— Vous savez bien ce que nous disons pour faire appliquer la loi : « On doit... », « Les parties en présence doivent... » De « on doit » à « il faut », la distance est courte... Cette femme se soumet à la loi, c'est l'évidence, mais sans enthousiasme et même sans désir.

— Le désir... Il y a trois jours, j'ai cru qu'il allait l'emporter... Elle me disait qu'elle voulait rester là, s'installer à Saint-Valençay, elle parlait d'aménager le bungalow au fond du jardin pour sa sœur; ainsi aurait-elle pu garder la maison pour elle-même et les enfants... Enfin, je nous voyais... je me voyais...

— En place?

— Oui! Et puis voilà que... Je ne comprends pas ce qui s'est passé!

— La loi du plus fort... Et le plus fort, en l'occurrence et par raison, c'est le mari... Par curiosité, que lui écrivez-vous?

— Des bêtises.

— Je n'en doute pas, c'est ce qu'on fait généralement dans votre état. Mais de quel ordre, ces bêtises : des reproches ou des protestations d'amour ?

— Les deux. Je suis malheureux et furieux. Je le dis.

— À qui ?

— Mais à elle, à Giselle ! À qui voulez-vous ? C'est à elle que j'écris !

— Non.

— Comment ça ?

— Vous allez me trouver cynique, alors que je ne suis qu'expérimenté : on n'écrit jamais à un autre qu'à soi ! Le nom d'un autre — ou d'une autre — a beau figurer sur l'enveloppe, c'est adressé à soi. On s'écrit à soi-même, un point c'est tout... À propos, je suis ravi de vous entendre dire que vous êtes furieux et non pas désespéré.

— Ce qui signifie ?

— Qu'il y a de l'espoir. Il en reste une !

— Une quoi ?

— Une femme.

— Pour quoi faire ?

— Mais en vue de nos projets, mon ami !

— Vous ne voulez pas dire...

— Si : Émilienne ! »

Cette fois, la plume tombe littéralement des mains du clerc qui n'arrêtait pas d'ôter et de revisser le capuchon de son stylo.

« Mais je...

— Vous n'y avez jamais pensé ?

— Non.

— Encore mieux ! Votre désir est vierge de ce côté-là ! Ah, si je n'étais pas en quelque sorte marié à ma pauvre sœur... C'est qu'elle n'est pas mal du tout, la brunette aux yeux bleus : un peu ronde, comme on les aime quand on prend de l'âge, et même déjà au vôtre. Vous verrez, en vous tâtant bien...

— Mais je ne l'aime pas !
— Vous aimez ailleurs, du moins le croyez-vous, et comme on vous a trompé dans vos espérances, vous rêvez de vengeance.
— Oh, la vengeance...
— Si, si, il faut en passer par là... Balancer un homme comme vous après qu'il a donné le meilleur de lui-même, c'est inadmissible, inacceptable ! Il faut réagir — moi aussi je sais dire “il faut” !...
— Comment ?
— En attaquant, mon ami !
— Le mari ?
— Mais non, attaquez la sœur ! Vous allcz voir ce qui va se passer... On se roulera de douleur et de dépit à vos pieds.
— Elle me reviendra ?
— C'est bien possible, mais vous n'en voudrez plus, vous aurez Émilienne ! Vous me suivez ?
— Un peu. Enfin, j'entrevois. Et ma lettre ?
— Envoyez-la. Qu'on vous imagine au fond du gouffre, on n'en sera que plus surprise, plus atterrée par votre revirement... Et quand Émilienne saura sa sœur suppliciée par la jalousie du fait que c'est elle, et sans tarder, qui console son amant, c'est ce qui achèvera de la ferrer, à supposer qu'elle ne le soit pas déjà... Ah, la jalousie des sœurs entre elles, quel levier ! On ne s'en sert jamais assez pour parvenir à ses fins... Vous me suivez ?
— Oui, Maître. »
Un maître, en effet, ce Baulieu, songe Gallaud ! C'est donc ce qu'on finit par apprendre dans une étude notariale : à analyser le cœur humain ? Quelle tentation ce doit être ensuite d'agir sur autrui...
Mais n'est-ce pas ce qu'il lui faudrait pour l'arracher à son chagrin d'amour ? Une distraction, de préférence, là aussi, amoureuse...

À l'arrière de la voiture qui les ramène à Paris, les enfants ne cessent de trépigner. De joie, déjà, d'avoir retrouvé leur père ; mais aussi d'inquiétude à percevoir une certaine tension entre leurs parents ; enfin de soulagement à retourner dans la ville où les attendent leur lycée et leurs camarades.

Comme tous les enfants, ils en ont deviné bien plus que les adultes n'ont consenti à leur dire. En particulier que leur mère avait songé à s'installer avec eux à Saint-Valençay ! De leur point de vue d'adolescents, une catastrophe...

Fallait-il lier ce fait-là à la présence de plus en plus fréquente de Franck Gallaud à la maison ? Elle ne leur plaisait en aucune façon. Viviane était hors d'elle à l'idée qu'un homme, quel qu'il fût, puisse envisager de remplacer son père. Il n'eût plus manqué qu'il désire se faire appeler « Papa » ! En ce cas, la fillette était bien décidée à la fugue !

De son côté, Alexis considérait qu'en l'absence de leur père, c'était lui — et nul autre — l'homme de la maison ! Les paroles plus ou moins lénifiantes de leur mère, tâchant de faire passer Franck Gallaud pour un possible compagnon de jeu, ne faisaient qu'accentuer sa répugnance.

Bien sûr, il est hors de question, pour l'un comme pour l'autre, de faire part de leurs sentiments à leurs parents. Qui ne leur posent d'ailleurs aucune question sur leurs états d'âme. On s'est contenté de les placer devant le fait accompli. Ainsi, lorsque leur tante Émilienne les a emmenés au bord de la mer, prolongeant comme à plaisir la balade alors que soufflait une brise marine plutôt frisquette, les deux enfants ont commencé à se demander ce qui se passait à la maison pour qu'on s'appliquât à ce point à les en tenir éloignés. Avant de franchement s'inquiéter.

Mais les enfants ne se formulent pas aussi clairement leur angoisse ; si quelqu'un est en retard, par exemple, ils nc se disent pas : Il est arrivé un accident. Ils souffrent et sont oppressés, c'est tout. C'est ce qui s'est passé pour Viviane et Alexis. D'où leur silence, dans la voiture de leur tante, laquelle, au retour, a parlé pour trois : « Qu'allez-vous faire, mes chéris, dès que vous serez à nouveau chez vous ?... Vous avez de la chance de vivre dans une aussi grande ville que Paris où il y a tant de choses... Ici, à part un cinéma qui ne passe que deux films par semaine, nous n'avons rien, même pas un McDonald's... »

Pour les dégoûter de Saint-Valençay, Emmy n'aurait pu dire mieux ! De toute façon, écœurés, ils l'étaient ! Viviane, histoire de prétendre regretter quelque chose, a fini par énoncer : « Y a quand même Marthe, ici, elle fait drôlement bien les sablés... — Tu les aimes ? Alors ne t'inquiète pas, je t'en enverrai à Paris par la poste, ça voyage très bien. »

De fait, au moment du départ, Émilienne, avec un sourire radieux, leur a posé sur les genoux une boîte en aluminium remplie des fameux sablés : « Pour pignocher pendant le voyage ! »

Gentil ? Si on veut.

« C'est vrai que tante Émilienne est une voleuse ? lance Viviane, décidément la plus volubile.

— Qu'est-ce qui te fait raconter ça ? demande

Thierry après un silence gêné des deux passagers à l'avant.

— C'est Maman qui le dit!

— Non, proteste Giselle, je ne le pense pas vraiment... C'est seulement qu'Émilienne veut tout : l'argent et l'argent du beurre.

— Ça veut dire quoi? s'enquiert Alexis.

— Il lui faut la maison et ne pas nous la payer... Avec tous les meubles qu'il y a dedans...

— Moi je trouve qu'on n'en a rien à faire, de cette vieille baraque! s'exclame Viviane. Y a qu'à la lui laisser. J'aime mieux une maison au bord de la mer...

— Moi aussi, approuve Alexis. Avec vous deux dedans, mais pas tante Émilienne : elle est trop bavarde!

— Tu es un amour, dit Giselle en se retournant pour prendre la main de son fils et y déposer un baiser. Moi aussi, vois-tu, je crois que je n'ai plus envie de Saint-Valençay... Maintenant que votre grand-père n'est plus là...

— J'aimais bien grand-père, ajoute Viviane, mais c'était sa maison, pas la nôtre!

— Elle est trop vieille pour nous, surenchérit Alexis, j'en veux une toute jeune!

— Alors on va se débrouiller pour en acheter une bien à nous, acquiesce Thierry. Je téléphonerai au notaire, il peut nous consentir un prêt en avance sur la succession, comme à Émilienne, ce qui lui permettra de garder la maison en nous dédommageant et de nous ficher la paix... Si on va au tribunal, on en a pour cent ans!

— Quel âge tu auras dans cent ans, Papa?

— Encore celui de te botter le derrière si tu continues à ôter ta ceinture de sécurité... Tu m'entends?

— C'est que j'ai envie de faire pipi... On peut s'arrêter à la station-service? geint Alexis.

— Oui, s'il te plaît, mon Papa, je veux boire! J'ai soif! gémit Viviane.

— Plus vous boirez, plus vous aurez envie de pisser, les gosses ! Faut savoir.

— J'adore les boutiques des stations-service, y a plein de trucs marrants, observe Alexis.

— Bon, d'accord, on s'arrête à la prochaine. Vous buvez, mais on n'achète rien. C'est bien entendu ?

— Oui, Papa. »

Leur père a dit qu'on n'achèterait rien — mais pas leur mère ! Tous les espoirs sont donc permis !

Pour les enfants, la vie de famille a repris comme avant. Ils ont leurs parents tout à eux, et à eux seuls. Plus de tante Émilienne, plus de Franck Galaud, plus d'intrus !

N'empêche qu'il va falloir veiller au grain : il y a trop de parents qui divorcent, et même si cela comporte des avantages à ce que prétendent les copains, quelque chose, au fond de soi, est sûrement cassé.

Ils viennent d'en avoir un aperçu. Heureusement — ouf ! — le danger est passé.

Après le départ de sa sœur et des enfants avec Thierry, Émilienne se met à ranger. Sans qu'elle en ait conscience, on peut dire qu'à son tour, elle entreprend un inventaire.

Tâche inépuisable, car elle relève d'une histoire longue : chaque meuble a la sienne, regorgeant de quantité de souvenirs indéchiffrables, d'où l'émotion qu'il dégage... « De l'ordre de celle que l'on ressent dans un musée lorsqu'on contemple le trépied de la Pythie, la perruque de Marie-Antoinette, ou, à Lascaux, les dessins des premiers hommes... », se dit Émilienne.

Ce qui la bouleverse ici, c'est aussi bien le vieux bureau relégué dans l'une des chambres du second étage, dont elle s'est mise à ouvrir les tiroirs récalcitrants après avoir caressé de la main son dessus en cuir. Passé du vert au marron, taché d'encre, coupaillé au cutter — ah, les enfants ! —, il se pare de quelques graffitis, tel un ancien grimoire. Même si on ne sait ce que dit le vieux meuble, il *dit*.

Quant au contenu des tiroirs, c'est toute la mémoire d'un monde ! Cela va d'une collection d'élastiques de toutes tailles, racornis et hors d'usage, jusqu'à des canifs rouillés, des pinceaux collés, un pèse-lettres, des boîtes où ne demeure qu'une allumette, trois punaises, des calendriers d'il y a quinze ans, une montre-bracelet à laquelle manque une aiguille, des timbres-poste oblitérés en vrac dans une enveloppe, laquelle contient également une mèche de cheveux — ayant appartenu à qui ? — et une mue de serpent.

Qui a collectionné ce bric-à-brac inclassable ? Tout le monde, ou plus exactement le temps... Ce monceau d'objets, dont certains minuscules, presque inidentifiables, représentent la décharge de générations respectueuses les unes des autres, puisque rien n'en a été jeté. Et c'est sa conservation même qui rend l'ensemble injetable !

« Déchets perpétuels, c'est ainsi qu'on devrait intituler ce fatras ! » maugrée Émilienne en repoussant le dernier tiroir.

Un petit carnet se met en travers, empêchant de le refermer. Emmy s'en saisit. Sur sa couverture usée, quelqu'un a inscrit (pléonasme !) : *Carnet.* L'écriture se retrouve à l'intérieur.

En réalité, il y en a deux : l'une, plus masculine, aligne des chiffres, sous divers intitulés : *Factures, Reçu, Dû, Payé...* Certains totaux sont au centime près, d'autres omis. Une besogne demeurée sans suite, que continuent, d'une écriture féminine, des notes d'une nature plus intime : *Vu A., mauvaise mine ; Penser au blanchisseur... ; Rendez-vous manqué sans explication ; Promenade sur la digue, beau temps, mouettes ; Demain cimetière. Toussaint. Ne pas oublier les chrysanthèmes ; Dû faire piquer Mylord, n'en reprendrai pas ; Anniversaire de T., trente ans déjà !* Parfois une croix, tracée comme le signe *plus* ; ailleurs, comme celui de la multiplication. Deux, puis trois à la suite... Pour signifier quoi ? Bonheur, malheur, des baisers ?

Historienne par tempérament, Émilienne éprouve de la délectation à se pencher, dans l'espoir de les déchiffrer, sur ces signes, ces indices, toutes ces traces, volontaires ou non, que laissent derrière eux les humains.

Mais là, il lui manque des clés. Ainsi, le nom des scripteurs n'apparaît pas. S'agit-il des grands-parents ou de quelque invité qui a oublié son pense-bête et n'a plus su à qui le réclamer ?

À présent, l'objet est là, sous ses yeux, lourd de présence au point d'en paraître obsédant, les coins usés pour avoir sans doute beaucoup voyagé de sac en sac, de poche en poche... Se réclamant de ses premiers propriétaires pour se donner maintenant à elle, Émilienne, du fait qu'il lui est tombé entre les mains, tel un objet trouvé.

Bien que non vivantes, il y a des choses qui sont dotées d'une existence propre. Plus imposante, parfois, que la vie de ceux qui les manipulent. Émilienne n'ignore pas qu'elle a le pouvoir de détruire le carnet en le jetant à la poubelle ou dans l'âtre, que nul ne pourra l'en empêcher ni le lui reprocher. Mais il lui semble qu'elle n'en a pas le droit ! Quelque chose réside entre ces pages qui exige de persister. Un message ? Semblable alors à celui que nous envoie tout objet du passé : *Ici, autrefois, quelqu'un a vécu, souffert, aimé...*

Émilienne se détourne du bureau après avoir remis le carnet à sa place dans le tiroir qu'elle referme en laissant la clé sur la serrure.

Il n'y a pas que lui : autour d'elle, tout témoigne de vies précédentes. Cela va du linge empilé sur les étagères du haut de la grande armoire, jauni, usé jusqu'à la trame — « Rien de tel que les vieux torchons pour bien essuyer les verres », dit Marthe qui s'en sert — jusqu'aux vieux édredons bourrés de plumes, aux matelas en crin de cheval, aux livres de tous âges entassés dans la bibliothèque, aux piles de dossiers cartonnés.

« Dans celui-ci, lui disait Aubin d'un air malicieux, tu trouveras l'histoire de la maison, la date de son achat par ton grand-père, l'énuméré des travaux et aménagements qu'il y a faits. Là, il y a l'arbre généalogique de la famille tel que j'ai pu le reconstituer; on ne remonte pas aux Capétiens, mais quand même... » Dit avec peu de mots, quelques gestes. Sur l'instant, Émilienne avait cru ne pas prêter attention à ce qu'elle prenait pour un des traits de la maniaquerie d'Aubin. En fait, elle le comprend maintenant, son père lui transmettait une charge : celle du passé de leurs aïeux, aussi loin qu'il remontait.

Effrayée de ce qu'elle percevait comme un carcan, avide de demeurer dans la légèreté, elle avait tenté d'y échapper, de s'y dérober. Mais toute résistance s'était révélée inutile. En fin de compte, elle avait fini par accepter ce que lui proposait son père en ses derniers jours pour s'en décharger après s'être assuré une continuité. Et c'était Émilienne, parmi ses trois enfants, qu'il avait choisie pour hériter du fardeau. Sans doute parce qu'elle était historienne, surtout parce qu'elle était là.

« C'est comme ça ! » se dit-elle en redescendant l'escalier au bas duquel l'attend Mistigri, l'heure de son dîner ayant depuis longtemps sonné.

« Naître, qu'on le veuille ou non, c'est hériter d'un passé, celui de ses parents, de sa famille, mais aussi de l'humanité entière. Même si on tente de l'ignorer, de le nier, de s'en foutre, même si on prétend n'être né que de soi-même, s'être en quelque sorte auto-enfanté, on est un dernier maillon enchaîné à tous ceux qui l'ont précédé... Autant le reconnaître ! »

Tandis qu'elle prépare la pâtée du chat, ouvre une boîte, y ajoute un peu de poulet tiré du réfrigérateur et coupé menu, sa pensée continue son chemin :

« Je suis en indivision avec tous ceux qui ont vécu avant moi ! Et si je dis "non", ils vont me le faire payer. Cher ! Par la solitude, le sentiment d'être abandonnée... »

Elle ne peut pourtant pas se sentir solidaire du monde entier, quoique certains y parviennent... En fait, la charge du passé se limite pour elle à ce qu'elle peut assumer : cette maison et son contenu.

« À croire que ce n'est pas moi qui la veux, mais la maison qui me prend ! »

Mistigri, repu, est retourné dans le jardin où Émilienne le suit. D'un bond, le chat est sur le mur où il s'accroupit, aux aguets, fixant Émilienne de l'œil : « Tu ne vois pas que tu me gênes, tu fais fuir mon oiseau ! » Lui aussi est en communication permanente avec tout ce qui fait partie de son domaine : mulots, oiseaux, lézards, souris, mouches... Qu'il entend ingérer pour mieux les posséder !

« Ah, si je pouvais manger la maison, se dit Émilienne en mâchonnant une feuille du laurier-sauce, me l'incorporer comme le chat sa proie, voilà qui m'arrangerait ! »

La sonnerie de la porte retentit. Encore un de ces visiteurs qui ne s'annoncent pas !

En effet, et c'est Franck Gallaud. L'amant — ou plutôt l'ex-amant de sa sœur. Que vient-il faire ici ? Ne sait-il pas que Giselle n'est plus là ?

« Pardonnez-moi de me présenter sans vous avoir prévenue, Émilienne, mais j'ai besoin de vous parler. Avez-vous un moment à m'accorder ? »

Aurait-il deviné que c'est elle qui a prévenu Thierry pour qu'il accoure récupérer sa femme et ses enfants ? Vient-il le lui reprocher ? Mais non, le clerc est tout sourire :

« Ce qu'on est bien, ici ! Les vieilles maisons, plus encore que les autres, parlent d'avenir et de renouvellement... Je comprends, Émilienne, que vous hésitiez à vous en séparer. Je serais à votre place, j'en ferais tout autant. Je m'accrocherais, je me battrais...

— C'est ce que vous êtes venu me dire ?

— Ça, et quelque chose d'autre...

— De quel ordre ?

— Tout le temps que votre sœur était là...

— Oui ?

— Vous m'avez manqué ! »

Émilienne s'adosse au mur de la maison qui se trouve derrière elle pour y trouver un appui. Que cherche cet homme ? Que leur veut-il, à la maison et à elle ?

En tout cas, elle va suivre le conseil qu'il vient lui-même de lui donner : elle va *tenir.* Et elle n'est pas seule, dans ce combat ; elle se sent soutenue par tous les « invisibles » qui continuent de hanter la maison.

Une chose est certaine : Giselle ne reverra jamais Laure !

Comme si toute la haine résultant de sa souffrance s'était cristallisée contre une seule et unique personne : la maîtresse de son mari.

Thierry n'a d'ailleurs pas essayé de la raisonner sur ce point ; il doit se sentir trop coupable. À juste titre. Vraisemblablement, cela le soulage que Giselle ne semble en vouloir qu'à sa complice en adultère... Pour comble, sa meilleure amie !

Certes, le cas est classique, banal jusqu'à l'écœurement ; il n'en reste pas moins que la douleur, elle, est toujours singulière.

Chaque enfant qui se fait mal est le premier enfant au monde à se blesser et doit être consolé comme tel. Pour sa part, Giselle sent qu'elle aurait encore besoin d'être consolée. Elle s'est appliquée à le faire seule, puis, dès qu'elle s'est sentie un peu mieux, le désir de vengeance a surgi !

Et elle s'est employée à le satisfaire. Depuis son aventure avec le clerc, lorsqu'elle se contemple nue dans la glace, elle perçoit comme une aura autour de son corps : c'est ce qu'a laissé sur elle le regard empli de désir de cet homme.

Une raison — capitale, sans doute — pour laquelle leur aventure ne pouvait pas continuer était justement qu'il est impossible de demeurer rien que dans le désir! Il faut que d'autres éléments viennent s'installer entre un homme et une femme, pour que leur couple perdure alors même que le désir va en s'atténuant. Est-ce portée par ce courant naturel des choses de l'amour qu'elle a pu envisager de vivre à Saint-Valençay et de s'y mettre en ménage avec Franck?

Un fantasme, une illusion qui n'auraient pas résisté à la réalité de la vie quotidienne. Franck n'a été qu'un charmant divertissement, le compagnon du clair de lune; il ne pouvait devenir l'homme de sa vie.

Lequel est Thierry.

D'ailleurs, dès qu'elle a revu son époux dans l'entrée de la maison de Saint-Valençay, elle a ressenti un extraordinaire soulagement; qui continuait celui qu'elle avait déjà éprouvé au téléphone, à son premier coup de fil, quand il l'a appelée pour tenter de reprendre contact.

En route pour Paris avec les enfants à l'arrière de la voiture, ils n'ont pas parlé d'eux-mêmes. En quelque sorte, l'explication n'a pas eu lieu. Sans doute n'était-elle pas nécessaire, tout se remettant en place de soi-même.

Les vieux ajustements maritaux!

Toutefois, dans un mariage, fût-il réussi, finit au bout d'un moment par manquer le piment de la nouveauté, de la découverte, de l'inattendu. « Se découvrir choisie, élue parmi toutes les autres, comme il arrive lors d'une rencontre, et non plus conservée par habitude, en vertu du passé et des souvenirs communs... » Se sentir la mieux-aimée!

C'est le cadeau — romanesque — que lui a fait Franck Gallaud. Au moment où Giselle avait la sombre certitude que la mieux-aimée ne pouvait être que Laure, son amie, sa semblable, sa sœur, en quelque sorte, laquelle venait de prendre le pas sur elle — comme si souvent Émilienne au temps de leur commune jeunesse ! Les affres du présent ravivant les humiliations d'un passé qu'elle croyait révolu...

Quelle géhenne !

Un supplice si destructeur que Giselle ne peut pas pardonner — du moins à Laure.

Pour ce qui est de Thierry, elle a su « égaliser » — et elle a bien fait — en s'envoyant Franck ! Gommant de sa mémoire les moments d'émotion, c'est ainsi qu'elle veut désormais considérer son aventure : comme une partie de pattes en l'air, rien de plus.

Thierry ne sait rien de l'affaire, elle la lui avouera peut-être un jour s'il se révèle salutaire pour leur couple qu'il la sache capable de lui échapper, pas de tout repos, et qu'il se sente ainsi à son tour en danger... Mais pas maintenant.

D'ailleurs, elle lui a fait une grâce sans vraiment le vouloir — réfléchit-on dans ces moments-là —, celle de lui donner pour rival un inconnu et non pas un homme de sa connaissance, un ami — Pascal, par exemple.

Le coup ne peut que s'en trouver atténué.

Giselle achève de s'habiller, enfilant une simple robe de laine écossaise par-dessus les dessous noirs et affriolants qu'elle a achetés à Saint-Valençay pour achever de troubler Franck. Elle aime l'idée de paraître sage par-dessus, alors qu'elle se sait sexy par-dessous. Parée d'un souvenir érotique comme d'une seconde peau... Elle y puise une énergie secrète pour continuer son rôle d'épouse et de mère. Lequel, à la vérité, ne lui demande aucun effort.

À cette seule pensée, une vague d'amour la submerge, on dirait que des écluses, fermées depuis longtemps, se sont rouvertes.

Paradoxe : Thierry et elle viennent mutuellement de se tromper, or il y a longtemps qu'elle n'a pas été aussi heureuse.

Il ne lui reste qu'à régler cette histoire de succession pour se retrouver tout à fait légère, comme au temps de son adolescence où elle n'avait ni charges, ni trop de souvenirs, pas encore de mari ni d'enfants. Un elfe, une plume... Quoique à la remorque et dans l'ombre de sa sœur, mais cela lui donnait en quelque sorte plus de liberté.

À sa sœur de se distinguer pour bien remplir son rôle d'aînée. Elle, Giselle, la seconde, n'avait qu'à suivre... ou obliquer quand quelque chose la rasait par trop...

Après leur sortie de l'indivision, jamais elle ne retournera à Saint-Valençay. Sauf, peut-être, une fois, pour signer des actes, et encore, elle doit pouvoir se contenter de donner procuration.

Non, elle ne veut pas marcher à nouveau sur les pas de la Giselle d'autrefois — « Gigi », comme la surnommait son père lorsque, en pleine crise d'adolescence, elle avait le flirt à fleur de peau, allumant de préférence des hommes plus âgés. Des faux pères... Et voilà qu'à la surprise générale elle s'était fiancée avec Thierry, rencontré à un bal de jeunes gens et qui lui avait fait l'honneur de la préférer d'emblée à toutes les autres...

Émilienne n'était pas là et Giselle avait redouté de les présenter l'un à l'autre. Si souvent sa sœur lui avait soufflé ses amoureux... Mais, cette fois, rien, Thierry s'en était tenu à son choix initial. Ce dont Giselle lui avait été — lui est encore — infiniment reconnaissante.

Elle achève de se maquiller par touches légères lorsque le téléphone sonne : c'est Jean-Raoul !

« Tu sais quoi ? Cette garce d'Émilienne a une liaison avec Franck Gallaud... Il ne vaut pas mieux qu'elle : te remplacer sur-le-champ par ta propre sœur ! Qu'est-ce qu'ils manigancent, ces deux-là ? Ils doivent travailler ensemble à nous flouer... Je te préviens : je n'ai pas l'intention de me laisser faire. Je peux te voir tout de suite ?

— Oui, viens », souffle Giselle.

La revoilà estomaquée ! Faudra-t-il qu'il en soit toujours ainsi : qu'à chaque tournant de sa vie, à chaque croisement, elle retombe sur Émilienne en train de s'octroyer, à ses dépens, la part du lion ?

Bizarrement, une histoire drôle lui revient : « Pourquoi n'as-tu pas peur du lion, toi ? » demande un petit animal aux aguets à son vis-à-vis tranquillement couché sur le ventre et un tantinet plus gros. « Parce que je suis le lion », répond l'autre en ouvrant tout grand sa vaste mâchoire.

Émilienne est le lion !

Thomas est allongé le dos sur la moquette, les pieds en l'air, jambes écartées, son long T-shirt retroussé, et s'applique à faire bouger ses orteils un à un.

« Y en a un qui veut pas m'obéir ! Tant pis pour cet âne, on n'ira pas...

— Qu'est-ce que tu dis, Tom-tom ? » demande Jean-Raoul.

Assis face à Thomas à sa table à dessin, il esquisse des modèles pour la collection d'hiver et, de temps à autre, jette sur un coin de papier un rapide croquis de l'Ange, si adorable avec ses doigts de pied qui frétillent !

« J'ai fait un pari avec moi-même : chacun de mes orteils représente un continent. Quand j'arrive à en bouger un sans les autres, c'est que j'irai ! Il n'y a que celui de l'Afrique, le rikiki, qui ne veut pas se plier ! Tant pis, pas d'Afrique...

— Tu as tellement envie de voyager, mon petit ange ?

— J'étouffe, ici ! gémit Thomas en se retournant d'un coup de reins pour s'asseoir face à Jean-Raoul. Il me faut de l'air, à moi, de l'espace. Je ne sais pas comment tu peux vivre dans cette boîte d'allumettes ! Tiens, ça me donne une idée : on devrait y mettre le feu. Comme ça, on toucherait l'assurance, et à nous les grands horizons !

— Thomas, on vient juste de déménager, tu n'es pas bien ici ? Tu as une chambre rien que pour toi, quand tu as envie d'être seul...

— C'est mini-mini, je te dis ! Tu veux voir ? »

Le jeune homme bondit de son divan, s'élance et fait deux enjambées, tel un danseur, mais, au troisième saut, heurte violemment le mur et s'écroule par terre. Où il reste assis, bras tendus vers l'arrière, remuant sa tête, sûrement douloureuse.

Jean-Raoul s'est précipité pour le prendre dans ses bras :

« Mais tu es fou !

— C'était juste pour que tu te rendes compte : c'est trop petit pour moi, ici ! »

Un oiseau qui s'est fracassé contre une vitre en cherchant à retrouver l'espace de son vol, le ciel, la liberté !

Jean-Raoul en est ému aux larmes. Il n'a pas le droit de garder cet enfant — car c'est un enfant ! — ainsi enfermé. Emprisonné. Il faut qu'il trouve le moyen de l'emmener ailleurs. Prendre le premier avion en partance, où qu'il aille... Après ils verront, il verra, il travaillera ! À n'importe quoi : comme barman, ou il s'embauchera sur les docks, il fera la manche s'il le faut, dessinera des portraits sur le trottoir, mais il va offrir le monde à Thomas. Il le doit.

« Je m'en occupe, je vais prendre des billets d'avion. Où veux-tu qu'on aille, pour commencer ?

— Je sais pas, moi. Au Brésil... »

Le petit s'est remis sur ses jambes, il esquisse un pas de samba.

« Ou alors, tiens, dans les îles !

— Lesquelles ?

— Tu sais bien que je suis nul en géo, mon J.-R. Des où il y a du sable, des palmiers, où on peut être nu toute la journée, à faire griller des poissons sur la plage... J'ai vu ça à la télé ! J'ai envie de vivre tout nu avec toi. »

Délire, inconscience. Rêve, aussi.

Jean-Raoul rêvait ainsi quand il avait quinze ans : à un paradis sans contraintes, sans obligations, surtout sans le regard de l'autre. Des autres. Pouvoir aimer qui on aime sans se dire : « Qu'est-ce qu'on pense de moi ? qu'est-ce qu'on chuchote ?... »

Serait-ce pour cette raison — ne plus rien entendre — que Rimbaud est parti un jour sans demander son reste, fuyant tout, même les mots, vers le Harrar, le désert ?

Thomas est un Rimbaud à sa façon, un poète du vivre.

« Le bateau-vivre... », se murmure Jean-Raoul à lui-même. Vite, partir, ne plus revenir. Il va téléphoner à Baulieu, il veut de l'argent tout de suite. Le notaire lui a dit qu'il lui suffisait de signer quelques papiers. Évidemment, il y perdra au profit de ses sœurs. Mais il s'en fiche : qu'est-ce que l'argent, qu'est-ce que ses sœurs, quand le bonheur, la beauté, la liberté sont à portée ? Il faut être fou ou le dernier des imbéciles pour ne pas s'en saisir...

« Les Caraïbes ! s'exclame Thomas en enfilant son jean à cru. Je sais pas où c'est, mais le mot me plaît ! »

Ce qu'il sait, le petit, et qu'il ne dit pas, c'est que c'est là que se trouve Bruno en ce moment, en train de photographier les plus beaux « *tops* » du monde. Des garçons. Pourquoi le photographe n'a-t-il pas voulu de lui ? Il croyait pourtant l'affaire faite, après une certaine séance dans son studio. Et puis ce cochon — c'en est un, Thomas peut en témoigner — lui a préféré Fabrice. « Le client désire que ce soit lui, a-t-il dit en guise d'excuse, parce qu'il est plus grand que toi ! »

La taille, ce n'est pas la seule chose qui fait l'homme, ou le mannequin ! Il faut qu'il le prouve à Bruno sur le terrain. Mais, pour ça, il faut y être !

Jean-Raoul a intérêt à y pourvoir. Ensuite, une fois sur place, on avisera. Il y a toujours moyen de se débarrasser d'un pot de colle... Tiens, s'il finit par rattraper le coup et se faire engager par Bruno, il paiera à J.-R. son billet de retour en France, au cas où le fils à papa n'aurait plus de fric pour se l'offrir lui-même ! Pas grave. Rien n'est grave, jamais, sauf de ne pas avoir ce qu'on veut. Et tout de suite !

Jean-Raoul s'approche de lui, l'air étonné, son crayon à la main :

« Tu sors ?

— Je vais dire au revoir à ma vieille, puisqu'on s'en va. Et même adieu, si on ne revient jamais du paradis, toi et moi. Tu prends les billets, c'est sûr ? Je peux te croire ? J'aurais l'air bête, après, si on ne partait pas... Me resterait plus qu'à disparaître... »

Avec Thomas, il y a toujours de la menace dans l'air.

« C'est sûr, ne t'inquiète pas. »

Une mèche blonde en épi, les yeux plissés par le rire, les dents éblouissantes, Thomas se retourne — pour se faire admirer ? — avant de claquer la porte.

« Il est vraiment idéal ! Aucune femme ne fait le poids à côté d'un tel être », se dit Jean-Raoul en se dirigeant vers le téléphone. Mais la famille ne peut rien y comprendre, la famille est un système qui a pour fonction sociale de vous empêcher d'être vous-même, de s'opposer à la réalisation de vos désirs. De votre désir. D'accoucher de votre âme. Tous les artistes, y compris les plus grands, s'y sont heurtés un jour ou l'autre. Lui-même n'a peut-être pas le génie de la création, mais il a celui de savoir reconnaître la beauté, la divinité, même, lorsqu'elles passent.

Il va suivre sa pente, et qu'on ne s'inquiète pas, elle ne peut aller qu'en montant !

« Maman serait contente, je suis sûr qu'elle m'approuverait ! »

Au téléphone, Baulieu se montre beaucoup plus

coopérant qu'il n'avait semblé l'être jusque-là. Oui, Jean-Raoul aura le chèque dans les plus brefs délais, dès qu'il lui aura retourné signé le papier que l'Étude va lui envoyer par Chronopost.

Une fois le téléphone raccroché, Stéphane Baulieu se contente de murmurer entre ses dents :

« Un de moins ! »

Après tout, il n'a rien fait pour lui forcer la main, à celui-là. Il ne le fait jamais, d'ailleurs. Il se contente d'attendre.

La plupart du temps, dans les successions, c'est ce qui finit par advenir : quand les fruits sont mûrs, ils se détachent tout seuls les uns après les autres. Des héritiers renoncent, certains meurent, d'autres encore disparaissent — ce qui va arriver à ce petit Saint-Cyr !

Et la vie continue !

Celle des biens, en tout cas, et de ceux, comme lui, qui s'en instituent les gardiens.

« C'est que vous m'avez toujours fait peur... »

Émilienne et Franck vont et viennent dans le jardin. Un jardinet, de par sa taille, mais elle n'aime point le désigner ainsi, car elle rejette les diminutifs. Qu'en famille on l'ait appelée Emmy lui a toujours déplu, sans qu'elle en sache la raison. Elle a commencé à le comprendre en lisant les surréalistes, puis Lacan, et en s'essayant elle-même à jouer avec les mots : Émilienne peut s'entendre comme *Emmy l'hyène.* Ne l'appeler qu'Emmy, c'est la priver de sa part sauvage, ce que la famille a fait d'instinct. Pour ce qui est de la réduction, voire, parfois, de la mutilation de ses membres, les familles sont incomparables ! Dès la naissance, on vous assigne une place, parfois un métier, avec prière de n'en pas bouger ! De demeurer conforme au vœu général.

Or, il n'y a pas meilleure incitation à la révolte pour ceux qui en ont la vocation : ainsi Émilienne ! Ne s'est-elle pas toujours sentie incomprise, insoumise, rebelle ? Hyène, à l'occasion... Ce qu'elle vient d'être avec sa pauvre sœur !

À moins qu'elle ne lui ait rendu service ? Giselle n'est pas taillée pour cheminer sur les hauteurs, longer les gouffres de la solitude ou du rejet social. Or, n'est-ce pas ce qui l'attendait si elle avait poursuivi sa liaison avec ce petit provincial plus arriviste qu'ambitieux, incapable de reconnaître le cadeau qu'elle lui faisait en quittant son mari et en lui demeurant fidèle ?

La preuve : dès aujourd'hui, le clerc entreprend de la courtiser, elle, Émilienne ! Et qu'en attend-il ? Qu'elle lui fournisse des nouvelles de Giselle au cas où il n'en aurait pas ? Éventuellement se venger ? Désir banal chez les délaissés... Sinon, quoi d'autre ?

« Vous devez me trouver bien inconstant ! »

(« Aurait-il conscience de ce que je pense de son attitude ? » se demande Émilienne en débarrassant l'anthémis de ses fleurs fanées.)

« C'est une maladie de la jeunesse, finit-elle par répondre. Ainsi moi, en ce qui concerne mon jardin, j'ai longtemps voulu toutes les espèces et toutes les variétés, de la tulipe à l'arum, de l'hortensia au fuchsia, du géranium au pétunia et à l'oenothère... Désormais, je n'aime que les roses. La rose !

— C'est vous, la rose, chère Émilienne. Quelle façon magistrale vous avez de m'infliger une leçon ! En me fustigeant avec une rose — sans épines —, quoique je ne pense pas le mériter ! Je crois que je ne peux aimer qu'une seule personne, et déjà depuis un moment.

— Ah, vraiment ? »

Il ne va quand même pas jouer le veuf, l'inconsolé à perpète de sa Giselle ?

« Si ma compagnie ne vous pèse pas trop, j'aimerais vous emmener déjeuner dans un petit restaurant au bord de la rivière, et là, je vous expliquerai tout. »

Un instant, Émilienne a envie de répondre : « On ne m'achète pas avec un déjeuner », puis elle se dit qu'elle a encore besoin du secours de l'Étude et des lumières de son clerc.

« Pourquoi pas ? consent-elle en poursuivant son épouillage floral.

— Alors aujourd'hui : il est à peine midi.
— Je préférerais demain. »

Elle aura le temps d'aller chez le coiffeur, de s'habiller un peu. Ce qui l'amuse, dans cette affaire, c'est que, pour la première fois, elle va sortir avec un homme après que sa sœur sera passée par là. D'habitude, c'était le contraire : Giselle prenait ses restes ! Les garçons qu'Émilienne avait dédaignés, ou mis à l'écart, ou franchement repoussés après essai non transformé... Ce qui lui paraissait normal, puisqu'elle était l'aînée.

Il n'y a que Thierry qui ait foncé droit sur Giselle, peut-être du fait qu'Émilienne était absente à ce raout, ayant accepté une autre invitation.

Il y eut aussi quelques chassés-croisés de l'une à l'autre. Les garçons s'imaginaient sans doute que, pour plaire à l'une, il fallait commencer par susciter sa jalousie en passant par l'autre... pour revenir jouer la carte de l'amour au premier regard, du coup de foudre si violent qu'on a commencé par le nier...

Et voilà que tout se répète :

« Vous savez, Émilienne, c'est vous que j'ai remarquée en premier, mais je n'osais pas vous le dire, vous m'avez tellement impressionné que...
— Que vous avez sauté sur Giselle ?
— En réalité, ça n'est pas moi qui ai...
— Non, Franck, pas de ça ! Nc mc dites pas que vous vous êtes laissé faire, et par ma sœur, dans le but de vous rapprocher de moi ! La manœuvre est grossière, peu digne de vous... D'autant que je n'apprécie pas les hommes-objets, et se laisser faire par une femme qu'on prétend ne pas aimer, c'est en être un ! »

Flirt, marivaudage ?

Émilienne a le sentiment qu'elle ne veut pas de cet homme, mais il est là. C'est sa force.

Et elle est seule.

C'est sa faiblesse.

On le lui avait bien dit, mais il ne le croyait qu'à moitié : à partir de 180 km/heure, on ne sent plus rien. On entre dans le monde du silence, de la sérénité, du tout-lisse... Plus de bruit, déjà, mais aucun tressautement non plus. Trêve de secousses, de problèmes. Les obstacles s'effacent comme par magie... Il n'y a plus que soi, ne faisant qu'un avec cette surpuissante machine entre les jambes, laquelle vibre juste ce qu'il faut pour qu'on sache qu'elle est vivante. « Je t'aime, je t'aime... », murmure Thomas dans son casque, à l'adresse de la moto.

Il rit d'étonnement : jamais il n'a encore dit « Je t'aime » à personne ! Des mots qui le dégoûtent, d'habitude. Galvaudés, pourris... Juste bons pour les petits maquereaux qui cherchent les bonnes grâces sonnantes et trébuchantes d'un quelconque richard. En fait, contrairement à ce qu'il prétend, s'il n'a pas voulu le dire jusque-là, c'est pour la raison diamétralement inverse : c'est parce que dire « Je t'aime » n'est pas dégoûtant, mais, au contraire, une parole sacrée. Celle qui accompagne le mariage, qui signe l'engagement total avec l'autre. Or, jusqu'à présent, il n'a rencontré rien ni personne qui lui en ait donné envie...

Pas plus avec cet idiot de Jean-Raoul qu'avec les

autres. J.-R., lui, lui murmure des « Je t'aime » à tout propos, et quand Thomas lui a demandé de cesser de lui polluer ainsi les oreilles, il s'est borné à le proférer sans le son, en ne remuant que les lèvres, ou alors tout bas, dans son cou, ses cheveux, lorsqu'il croit qu'il dort ! Thomas en a des frissons d'agacement...

Une irritation qui lui donne tout de suite envie de le contrer, ce bêta, de le bafouer, le tromper, bien sûr, et éventuellement le fuir. Comme aujourd'hui.

Thomas n'en pouvait plus, ces derniers jours, de ces téléphonades embrouillées de Jean-Raoul avec sa famille, ses deux pouffiasses de sœurs, les banques, son couturier, son agent immobilier — il s'était décidé à vendre son studio — pour préparer ce qu'il appelle leur « voyage de noces » ! Il lui fallait se mettre au clair avec tout ce petit monde... et quoi encore ? Ah oui, avec sa conscience ! Au lieu de prendre les billets d'avion en signant tout simplement un chèque en bois ! Avec son nom, ça serait passé comme une lettre à la poste et ils auraient été loin avant qu'on s'aperçoive de l'affaire. Mais J.-R. a repoussé la suggestion et c'est alors, pour passer ses nerfs, que Thomas est allé voir ce marchand de motos rencontré sur un parking.

Un mec baraqué, trapu, l'œil très enfoncé, pas spécialement franc du collier — Thomas perçoit très vite, à force d'expérience, à qui il a affaire, côté mâle.

Le type s'est quand même laissé convaincre de lui laisser essayer ses « canassons », ainsi que Thomas les a baptisés dès qu'il les a vus, rangés côte à côte dans un hall d'exposition. Il y avait un peu de tout, mais surtout du haut de gamme et du « mode », comme les Harley Davidson.

Heureusement qu'il avait un peu chevauché celle de Claude, autrefois. Cela lui a permis de parler cubes, cylindres, le langage de ces archisnobs que sont les motards. Thomas a ce don-là, s'il ne s'en est pas découvert d'autres : celui de baragouiner immédiatement le patois du milieu où il se trouve. Camionneurs, princes, joueurs de golf, coiffeurs, drogués, nanas en manque d'hommes, paysans, milliardaires ou fils de famille comme Jean-Raoul (quoique celui-là, il s'amuse exprès à le choquer...). Cela lui vient tout naturellement, sans qu'il ait à apprendre ni à se forcer.

En un rien de temps, le malabar lui a confié une Harley, et Thomas est sorti pépère du garage, a fait gentiment le tour du quartier pour revenir en déclarant, à l'estomac, qu'elle avait un « bruit »... Par chance, le mec l'a admis :

« C'est juste, je le sais, un petit réglage que je n'ai pas eu le temps de faire... »

N'empêche que cela l'a posé comme un connaisseur et il n'a eu qu'à laisser tomber :

« On s'endort, avec ça ! Je pourrais pas essayer au-dessus... ? Mon vieux m'a dit : "Prends ce qui te fait plaisir..." »

L'autre a cédé tout de suite.

Enfin, presque : il a commencé par lui faire l'article en lui présentant des trucs de plus en plus costauds, jusqu'à ce que Thomas avise, dans un coin, ce qui lui a tout de suite paru la perle des perles.

C'est encore un de ses dons, peut-être le plus épuisant à vivre pour lui comme pour les autres : il voit d'emblée ce qui est le « top ». En tout. Dans n'importe quel magasin, bien sûr, mais aussi dans un musée, une assemblée, la meilleure table du restaurant où il entre, la montre-bracelet la plus chère, le tableau le plus coté... et aussi le défaut !

C'est cela qui est si fatigant : Thomas repère sur-le-champ la tache, le pet, l'erreur, la lacune, la faille, ce qui manque, ce qui est en trop, ce qui est secrètement brisé, le trou dans le drap, la faiblesse chez l'autre, la vilaine verrue, le relâchement du ventre, la dent en or, le cheveu qui se raréfie, et même, sans aucun support matériel pour étayer son intuition, la fragilité d'un compte en banque... Et il le dit!

Tout haut.

Ce qui installe le malaise, déclenche l'effondrement, provoque la rupture. Même s'il ne fait parfois que chuchoter...

Là, il s'est contenté de murmurer :

« Tiens, c'est rayé, là. L'aurait pas eu un accident ?

— C'est rien, a rétorqué l'autre, vaguement gêné. En fait, elle est tombée sur une autre, mon mécanicien n'a pas fait attention; un coup de spray et on n'y verra plus rien...

— Ça a peut-être faussé le cadre...

— Pas le moins du monde! C'est solide comme un roc, ces motos-là... Et ça grimpe. Entre nous, je suis arrivé à la pousser plus loin que le compteur; l'aiguille était bloquée, qu'elle accélérait encore...

— Ouais... ! »

L'air de dire : « Je te crois pas », en regardant ailleurs une autre moto moins chère...

Et c'est arrivé :

« Écoutez, vous pouvez l'essayer si vous voulez; à cette heure-ci, l'autoroute est pratiquement déserte... Pas besoin d'aller trop loin : un petit quart d'heure devrait vous suffire... Un bijou! Vous n'en voudrez aucune autre... »

Vraiment gagné!

On lui a prêté la combinaison, les bottes, les gants, le casque. Il avait le sentiment, pendant qu'on l'aidait à s'habiller, d'être un astronaute. Le mécanicien lui a chuchoté quelques conseils qu'il a fait semblant d'écouter, mais, dès qu'il l'a sentie entre ses cuisses, Thomas était trop grisé pour faire attention à autre chose qu'à Elle.

Sa compagne, son épouse...

Mais oui, il est capable d'aimer les femmes! Ça lui est même arrivé de le leur prouver, certaines fois qu'il était saoul à point... Là, il n'est pas saoul, au contraire, il est calme, froid. Magnifiquement heureux.

C'est fait, il a traversé le mur du son. Sur un deux-roues, cela se situe au-delà de 180. Pas terrible : il sait, il sent qu'il peut monter beaucoup plus haut, aller beaucoup plus vite. Jusqu'au décollage — et il va décoller, c'est sûr !

Pas besoin de Jean-Raoul ni d'aucun autre pour y arriver. Il suffit de lui et d'Elle.

« Mesdames, je regrette d'avoir à vous informer que votre frère vous attaque. J'en suis vraiment désolé, croyez-moi, mais rien ne peut le faire fléchir. Lui avez-vous parlé ? »

Les deux sœurs sont assises côte à côte dans le bureau de Me Baulieu qui les a convoquées ensemble pour avoir avec elles une conversation de fond.

Giselle a entrepris de faire le voyage dans la journée, elle n'a pas envie de coucher à Saint-Valençay, dans cette maison qui lui évoque un épisode de sa vie qu'elle tient à oublier. Par crainte aussi, sans doute, de s'y retrouver face à face avec une certaine personne.

« J'ai cherché à le voir, dit-elle, mais je n'y suis pas parvenue. Jean-Raoul s'est enfermé, depuis son deuil.

— Un deuil ?

— Oui, il a perdu un ami très cher, un jeune homme qui s'est tué à moto. Ce drame l'a transformé. Lui qui était si doux, si gentil, est devenu amer, hargneux.

— Il se considère comme coupable, enchaîne Émilienne. Quand il a accepté de me dire quelques mots au téléphone, juste après l'enterrement de ce Thomas, il m'a assuré que, s'il avait eu suffisamment d'argent à temps, l'accident ne serait pas survenu... Tous deux projetaient de partir en voyage ensemble...

— Il m'en avait réclamé, en effet, confirme le notaire. J'ai fait des papiers comme quoi, s'il renonçait à revendiquer sur le partage et acceptait mon offre, je lui versais tout de suite une somme importante. Pour cela, souvenez-vous, il fallait que j'aie votre accord... Cela a dû prendre quelques jours, le temps de vous contacter... Aussi, que vous réfléchissiez. L'une de vous a signé, l'autre pas...

— C'est pour cela qu'il nous en veut. Jean-Raoul considère que nous sommes responsables de la mort de ce jeune imprudent qui roulait quatre fois trop vite, d'après ce que j'ai lu dans le journal. Il est entré de plein fouet dans l'arrière d'un camion qui venait de déboîter pour en doubler un autre...

— Il n'a pas freiné ?

— Pas pu, pas voulu, on ne sait pas... À cette vitesse, il paraît qu'on n'a qu'une fraction de seconde pour agir...

— J'ai rencontré Thomas, dit Émilienne. Il est venu à la maison passer quelques jours avec Jean-Raoul. C'était un agité, un fou, il se serait tué d'une façon ou d'une autre... Il en voulait trop ! C'est lui qui poussait Jean-Raoul à réclamer son héritage et à partir. Alors que mon frère venait juste de trouver une excellente place chez un grand couturier et qu'il allait pouvoir faire la preuve de son talent. Ce petit, c'était son mauvais ange...

— Apparemment, la mauvaise influence continue, reprend Baulieu. Ce qu'il demande maintenant est exorbitant et je ne vous conseille pas de l'accepter...

— Il veut quoi ?

— Un maximum, et, pour cela, qu'on réalise tous les biens : cela signifie tout vendre, la maison, les meubles, les objets d'art...

— Il en a le droit ?

— Oui et non, cela dépendra du jugement du tribunal. Car il veut aller devant le juge...

— On ne ferait pas mieux de s'entendre ?

— C'est ce qu'il faudrait, ça vous coûterait moins cher à tous, finalement, mais, après avoir correspondu avec votre frère, j'ai cru comprendre que ce qu'il refuse, c'est le principe même de l'arrangement. Il veut avant tout détruire. En fait, vous faire mal...

— Mais c'est abominable !

— Une forme de vengeance, si j'en juge d'après ce que vous venez de me dire sur la perte affective qu'il vient de subir.

— Comment nous défendre ?

— Le tribunal appréciera. Je vous conseille de vous entourer de bons avocats. »

C'est abattues que les deux sœurs sortent de l'Étude.

« Tu veux venir à la maison ? demande Émilienne à Giselle.

— Je préfère reprendre tout de suite la route et rentrer à Paris.

— Et la maison, que va devenir la maison ? Je ne vais plus m'y sentir en sécurité... Toi, tu perds de l'argent, mais moi, je risque de ne plus avoir de foyer, rien. J'ai fait ma vie ici...

— C'était imprudent !

— Comment ça ? se rebiffe Émilienne.

— Écoute, ma vieille, tu t'es installée chez Papa comme si tu étais chez toi. Ce n'était pas juste à notre égard, à Jean-Raoul et à moi. La preuve : ce qui arrive aujourd'hui...

— Merci pour ton aide !

— Si tu as besoin d'aide, tu sais à qui t'adresser !

— À qui d'après toi ?

— Ne fais pas l'innocente ! À ton cher clerc de notaire. Je me suis laissée dire qu'il était chez toi plus souvent qu'à son tour...

— Ah, c'est pour ça que tu me traites comme une

moins que rien... Tu es jalouse! Fallait le dire tout de suite! »

Heureusement qu'elles sont sur le trottoir, avec du passage; sinon, elles en viendraient aux mains. Là, elles se contentent de se fusiller du regard.

« Ma pauvre fille, siffle Giselle, si tu crois que ce petit provincial m'intéresse...

— Tu n'as pas toujours dit ça!

— Il me courait après et j'avais besoin de me remettre de la trahison de Thierry...

— Apparemment, tu l'as digéré, ton cocuage, et bien, et vite!

— Ne t'occupe pas de mes affaires!

— Ni toi des miennes...

— Très bien, je ferai dire au tribunal par mon avocat — et Thierry saura le choisir — que je désire moi aussi qu'on vende cette maison. Qu'elle ne représente plus rien qu'un objet de disputes... Les tribunaux en tiennent compte, paraît-il. »

Le désespoir s'abat soudain sur Émilienne. Elle a une terrible envie de s'y abandonner. Si sa sœur ne lui apparaissait pas soudain comme une ennemie dont elle ne peut attendre que de la haine, elle se laisserait tomber sur le trottoir, son énergie sapée.

Mais cela ferait trop plaisir à Giselle! Elle va attendre d'être rentrée à la maison, dans sa maison, pour savoir où elle en est. Ce qui lui reste à faire.

Dans un flash, elle comprend soudain les vieux paysans cernés par le fisc, les huissiers, qui se barricadent chez eux et prennent leur fusil. Quitte, après avoir abattu un ou deux gendarmes, à se faire sauter le caisson.

C'est peut-être ce qu'elle devrait faire.

En tout cas, elle en a envie.

« Ce n'est pas possible ! Si Monsieur avait pu se douter ! Sa maison vendue ! Comme ça, à la criée, comme celle des malheureux qu'ont pas de quoi...

— Que veux-tu qu'on y fasse, Marthe, ils sont contre moi !

— Votre frère et votre sœur, c'est pire que des chiens enragés. C'est ça qui fait le plus de mal... Monsieur me disait toujours : "En tous les cas, j'aurai réussi ma famille. J'ai trois beaux enfants qui s'adorent, ils se soutiennent l'un l'autre, que j'en serais jaloux si j'étais pas leur père !"

— Papa fermait un peu les yeux.

— Pourquoi vous dites ça ?

— Oh, tu sais, on se disputait entre nous ! Rappelle-toi, tu étais obligée de venir remettre de l'ordre. Une fois, même, tu m'as donné une gifle pour que je cesse de houspiller Jean-Raoul, je m'en souviens, parfaitement...

— Une taloche par-ci, par-là, c'est comme ça partout où y a des enfants, ça ne porte pas à mal ! Ça s'oublie...

— Tu crois ? »

Émilienne et Marthe tirent les draps des lits, plient les couvertures en quatre, rangent les couvre-pieds dans des housses, puis s'activent à vider et débrancher le réfrigérateur. Émilienne a décidé de fermer la maison tant que son sort ne sera pas réglé, elle ne veut pas rester là à attendre le verdict du tribunal tout en continuant à astiquer, entretenir des lieux qui ne seront peut-être plus à elle.

L'été approche, elle a décidé de louer une maison sur la côte, dans l'intérieur des terres, à quelques kilomètres de la mer, donc moins chère, et elle a repris son travail sur Fouquet, le surintendant de Louis XIV, dépossédé lui aussi de tous ses biens d'un jour à l'autre. Mort en prison. De mauvais traitements, mais surtout de désespoir.

« Quand j'en aurai fini avec Fouquet, j'écrirai un livre sur l'exil, se dit Émilienne. Les exilés, volontaires ou non, sont légion dans l'Histoire ; certains sont célèbres ; d'autres, des milliers, des millions, comme les esclaves africains importés en Amérique, sont inconnus... Il y en a qui, ayant réussi une intégration extraordinaire, sont devenus plus puissants que s'ils étaient demeurés chez eux. D'autres ont décliné et sont vite morts... Y a-t-il un bon usage de l'exil ? C'est une sorte de castration, et la psychanalyse enseigne qu'il peut toujours y avoir un bénéfice à tirer de la castration, si l'on veut bien... Sur un plan différent, symbolique... »

Elle va en parler à Franck Gallaud. Voir ce qu'il en pense. Ce jeune homme a une intelligence qu'elle ne lui soupçonnait pas au premier abord. « Pas maintenant », lui a-t-elle dit lorsqu'il a commencé à lui faire des propositions trop nettes.

« Vous m'en voulez d'avoir été avec votre sœur ?

— Oh non, vous savez, ma sœur et moi avons souvent partagé des garçons, ou plutôt ils ont passé de l'une à l'autre...

— Alors, vous me trouvez trop jeune ?

— À moins que je ne me trouve trop vieille !

— Émilienne... »

Il est resté un peu coi. Ils étaient dans ce joli restaurant dont la terrasse, fermée d'une baie en cette saison, donne sur la rivière. Franck avait demandé une table contre la baie, et on aurait pu se croire au bord de l'eau, dans un écrin de verdure.

C'était ravissant et pouvait inciter au romanesque.

« Vous savez, Franck, je n'ai pas le cœur à une aventure, en ce moment...

— Qui vous parle d'aventure, Émilienne? Je tiens à vous, je vous aime... »

Le mot aimer se prononce très facilement de nos jours, ce qui permet de lui donner le sens qu'on veut.

« Moi aussi, je vous aime, cher Franck, et mieux encore : je vous fais confiance. Mais je n'ai pas envie de plus. »

Devant son air marri, Émilienne d'ajouter :

« Pour l'instant... »

On dit toujours ça à ceux qu'on entend décourager.

« À vous de vous laisser faire... ou non!..., conclut-elle en riant.

— Vous êtes forte, Emmy!

— Pas assez! Sinon, je ne serais pas aussi désespérée à l'idée de perdre ma maison. Et ma famille. Savez-vous que mon frère et ma sœur sont tout ce qu'il me reste, comme proches? Si nous nous brouillons, je n'aurai plus personne... Mes neveux sont trop jeunes pour venir vers moi sans l'accord de leurs parents. Sans compter qu'on a dû leur en raconter de belles à mon sujet!

— Émilienne, j'ai envie de vous dire : "Vous m'avez, moi!" Mais je sais ce que vous me répondrez : "Vous n'êtes pas de mon sang!" Je vais vous dire autre chose de mieux : "Vous allez être libre..."

— Libre de quoi?

— Du sang, justement! Cela pèse, vous savez, une famille, et pas forcément dans le bon sens. Nous n'avons jamais parlé de la mienne : je suis brouillé avec mon frère. Pour une histoire d'héritage, justement. Nos parents étaient cultivateurs, ils sont morts jeunes, mon père a glissé d'un tracteur qui l'a écrasé, ma mère est décédée d'un cancer dans la même année. Mon frère et moi n'étions pas d'accord sur les terres : je voulais vendre, partir aux États-Unis, ne plus revoir ces lieux de mon enfance, devenus pour moi maudits. Il n'a jamais voulu ! Alors je lui ai cédé ma part, pour très peu, de quoi faire des études de droit. Je n'ai plus jamais revu ni mon frère, ni la terre de mon enfance...

— Alors, vous aussi, vous êtes un exilé.

— Oui, Émilienne. J'en souffre encore. C'est pourquoi je vous comprends. Si vous voulez, nous pourrions reprendre souche ensemble, l'un par l'autre... »

Émilienne est sur le point d'être émue, quand Franck ajoute (maladresse, inconscience ?) :

« Et nous pourrions habiter dans la maison. Je vous aiderais à en avoir la propriété... Elle serait à nous deux !

— Franck, j'ai besoin de réfléchir. »

Faire son deuil de la maison — ou de ses illusions sur l'amour qu'elle peut inspirer ?

« Est-ce le seul choix qui me reste ? » se demande Emmy tandis que Franck Gallaud la reconduit vers la petite maison louée. Celle-là, au moins, pour tout un mois est bien à elle. « Au fond, tout n'est jamais qu'à louer... La propriété est un leurre... Là, je suis aussi en indivision : avec l'homme qui se croit propriétaire, alors que, pour l'instant, c'est moi ! »

« Franck, c'est moi qui vous rappellerai. J'ai besoin de repos.

— Dans pas trop longtemps, alors ! Le temps presse.

— Vraiment ?

— Eh bien oui, pour vos affaires ; le tribunal est pour bientôt...

— Je vais y songer. »

Le mariage également vous fait entrer en indivision. Peut-être la pire : deux étrangers liés par l'intérêt et des corps vivants, ceux de leurs enfants. Comme si cela ne suffisait pas, on parle maintenant du Pacs ! N'est-ce pas créer — avec quelle bonne conscience ! — de nouveaux motifs de s'entredévorer, se disputer, se haïr ?

« Il faut vraiment que je reste seule, conclut Émilienne en refermant la porte de sa petite maison aux volets verts, aux tuiles roses, au jardin envahi de roses trémières. Afin de me libérer le cœur... Après, je verrai. Sans doute dois-je me lier avec les uns ou les autres, mais je le ferai en pleine connaissance de cause... C'est moi qui choisirai. Ça ne me sera pas imposé par le hasard de la naissance... »

Elle va téléphoner au notaire pour lui demander où il en est, où ils en sont, et ce qu'elle doit faire en plus d'attendre.

Rien sans doute.

Un jour, les graines sont mûres et elles tombent d'elles-mêmes, comme celles de toutes les plantes, de toutes les fleurs.

Rien que cette image-là la réconforte.

Avec l'arrivée de Mistigri qui se lève de la pierre chaude sur laquelle il se prélassait pour venir se frotter contre ses jambes.

« Toi et moi, on est bien partout ! » semble lui dire le bon chat.

« Quand j'arriverai à me dire : "Moi et moi, je suis bien partout, tout ira..." », se dit Émilienne en caressant la soyeuse fourrure rousse. D'ici là, tempête en vue !

« En fait, mes sœurs ne m'ont jamais aimé... Les femmes font seulement semblant, elles ne nous aiment pas, nous les hommes, et moi elles m'aiment encore moins que les autres, parce que je ne m'intéresse pas à elles comme elles le voudraient ! »

Jean-Raoul crayonne furieusement.

Toutes sortes de silhouettes représentant des êtres féminins stylisés, les bras et les jambes réduits à des fils de fer, le corps déhanché, la tête déjetée surmontée d'un chapeau ou d'une coiffure échevelée : une caricature de femme, avec un chic fou !

Oubliée, la femme réelle, avec sa chair opulente, ses seins, son ventre, son affaissement, sa grâce... Plus que des angles, une raideur, une désarticulation factices, exprimant — à supposer que ces créatures signifient quelque chose — un dédain pour le reste du monde, qui frise le mépris.

Des femmes inexistantes.

Des sortes d'insectes — ce en quoi les a d'ailleurs déguisées un couturier il y a quelques années... Mais celui-là est allé trop loin et la profession a protesté : montrer les femmes comme des mantes religieuses, des sauterelles, des araignées, c'était quand même un peu gros ! Anticommercial ! Qu'on fantasme si on le désire, mais dans le secret de son for intérieur !

Jean-Raoul a été l'un des premiers à trouver à redire à cet expressionnisme qui n'avait plus rien à voir avec la mesure qui fait l'élégance de la mode parisienne.

Aujourd'hui, cependant, voilà que son crayon rageur retrouve comme de lui-même les traits de son prédécesseur ! Non sans talent : il en a même gagné, ces derniers temps.

Depuis l'horreur.

Voici venu le jour en trop : elles lui résonnent dans la tête, ces paroles sublimes de Paul Éluard, écrites juste après la mort de sa femme. Pour Jean-Raoul aussi, le « jour en trop » est celui qui a vu disparaître le seul être qu'il pouvait complètement aimer : Thomas.

L'imaginer déglingué, en bouillie, auprès de sa puissante moto à peu près intacte ! Il n'a pas voulu voir, bien qu'on lui ait demandé de venir reconnaître le corps. Un vague cousin de Thomas, dont il ignorait jusque-là l'existence, s'en est chargé. Ainsi que de l'enterrement. A eu le toupet de se présenter chez lui, réclamer les « biens » de Thomas, puisqu'ils vivaient ensemble. S'est fait vider. Sans peine : Jean-Raoul, qui se savait plutôt faible physiquement, s'est étonné de se découvrir une capacité de violence qui a terrorisé et fait disparaître l'intrus comme par magie.

Les affaires du petit — vêtements, bibelots, porte-bonheur, photos, press-book... —, tout le pauvre attirail d'un vivant bien léger est resté en place. Sous sa garde. Comme si le mort allait revenir d'un instant à l'autre et retrouver jusqu'à sa brosse à dents dans le verre rose — celui de Jean-Raoul étant le bleu.

Ce sont là les seules choses auxquelles son cœur demeure sensible : ce qui touche au petit. À tout le reste il est devenu indifférent, sinon féroce.

En particulier pour ce qui est de ses sœurs.

Le revirement s'est fait d'un coup. Lui qui, la veille de l'accident, était encore heureux, fier, même, d'évoquer Giselle et Émilienne, les a, sous le choc, prises en grippe.

D'abord parce qu'elles vivent, et pas Thomas, lequel, étant bien plus jeune, aurait dû avoir droit à des tas d'années de bonheur en plus. Celui, en fait, qu'il n'avait jamais connu et qui se rapprochait enfin.

Mais pas assez vite par leur faute à elles, les rapiats, les mesquines, les sans-cœur ! Ce sont elles qui ont causé le drame. Thomas, n'en pouvant plus d'attendre, et dans l'incapacité de faire avancer quoi que ce soit, ne pouvait qu'appuyer à fond sur le seul accélérateur à sa disposition, celui de sa moto !

Quand Jean-Raoul se souvient de son séjour avec Thomas à Saint-Valençay, dans sa maison, cette petite virée qui aurait dû n'être que paradisiaque a été gâchée par l'égoïsme, le manque de générosité d'Émilienne, laquelle s'est refusée à ce qu'il emporte le moindre objet de ce qui est aussi *son* héritage à lui !

Une hérésie, une injustice totale, Jean-Raoul ne comprend d'ailleurs pas comment il a pu se laisser faire ! Ces choses appartiennent autant à Émilienne qu'à lui. Il n'avait qu'à s'en emparer, partir avec ce qui plaisait à Thomas ! Qu'aurait-elle fait ? Appelé les gendarmes ?

Mais, à l'époque, il n'a pas osé, il était encore subjugué par ses sœurs, comme il l'a été par sa mère. Pliant devant leur autorité. Maintenant, c'est fini. Aucune femme ne peut plus lui en imposer. Hier, il fallait voir comme il a rabroué la première d'atelier lorsqu'elle lui a dit que le dessin de robe qu'il lui soumettait était irréalisable ! Il l'a qualifiée d'incapable, de non professionnelle. L'autre en est devenue blanche, puis toute rouge. Deux heures après, elle lui rapportait une toile qui correspondait — presque — à ce qu'il avait imaginé. Le patron, occupé à un essayage, avait suivi la scène du fond du studio. Au vu du résultat, il a proposé à Jean-Raoul de devenir sur-le-champ son premier assistant, avec en particulier la charge des relations avec les ateliers...

Parfait ! Jean-Raoul se sent tout à fait capable de faire marcher ce joli monde à la baguette. Les mannequins aussi, fussent-elles *top-models,* n'auront qu'à bien se tenir. Sa volonté relayant celle du patron : voilà ce qui prime, ce qui compte, ce qui doit faire plier les autres membres de la maison. Qui ne sont au demeurant que des femmes...

Quant aux clientes ! Si celles-là s'imaginent qu'elles auront voix au chapitre ! Elles porteront ce qu'on aura la bonté de créer. Il n'ajoute pas « pour elles » : les modèles, il ne les conçoit pas pour les clientes, mais pour lui.

Plus exactement en pensant à Thomas. En hommage exclusif à l'Ange.

Qu'il s'agit de venger en faisant vendre la maison de Saint-Valençay. Aucune de ses sœurs ne l'aura, puisqu'on n'y a pas traité Thomas avec le respect qu'il méritait.

Sans que lui-même ait spécialement d'efforts à faire : la loi est pour lui. La loi successorale : *nul n'est tenu de rester dans l'indivision.* Émilienne, Giselle et lui vont devoir en sortir. L'opération sera sanglante. Tant pis pour ses sœurs ! Elles l'ont voulu, par leur méchanceté...

Pas de transaction, pas de négociation.

On ne négocie pas avec la mort.

Il vient de l'apprendre, hélas : la mort n'a pas voulu lui rendre Thomas. Dieu sait s'il l'en a pourtant suppliée...

Ceux qui les trompent prennent facilement les maris cocufiés par leurs soins pour des imbéciles! Car le méprisant vocable de « cocu » les désigne encore de nos jours, surtout lorsqu'ils ne s'aperçoivent de rien! À ce qu'on en croit, du moins...

En réalité, Pascal ne s'est nullement laissé abuser par les agissements de Laure et de Thierry : mieux encore, il les a prévus avant même qu'ils aient lieu! Il avait perçu le manège de sa femme, inconscient au début, pour troubler l'homme qui était le mari de sa meilleure amie et l'ami de son propre époux...

Le coup est en fait si classique que Pascal n'a pas eu beaucoup de mérite à le pronostiquer.

Et lui-même eût-il ressenti quelque attirance physique pour Giselle qu'il n'aurait pas hésité à leur rendre la pareille... Il y a un mot — l'échangisme — pour désigner ce chassé-croisé de conjoints entre amis proches... Cela se pratique beaucoup aux États-Unis, paraît-il, lorsqu'on est un peu lassé de coucher toujours avec le même ou la même, et qu'en même temps on n'entend pas se quitter. Autant se retremper les sens entre bons copains, c'est une façon de se renouveler sans risquer les drames de l'aventure extra-conjugale.

En principe... À un moment donné, Pascal a quand même eu peur : Laure devenait par trop absente, et ses mensonges sur ses sorties dans l'après-midi, par trop fréquents... Le petit jeu allait-il tourner au « grand jeu » ?

Pascal l'a envisagé et avait prévu le divorce... C'est lui qui l'aurait demandé et, pour qu'il soit prononcé à son avantage, il avait fait suivre le couple adultère par un détective grassement payé... Lequel avait consigné une foule de renseignements et fourni des clichés pris sur les lieux des rendez-vous — des hôtels —, avec embrassades dans des voitures arrêtées ou dans l'obscurité de salles de cinémas (il y a des appareils à infra-rouges qui photographient sans flash ni déclic !). Oui, son dossier était solidement constitué et c'était ce qui l'amusait dans son malheur : songer à la tête de Thierry, avocat, à se trouver piégé par un amateur...

Marina, à qui il racontait les choses au fur et à mesure, en trépignait de joie. Sans compter qu'elle espérait bien l'épouser, une fois son divorce consommé :

« Tu lui abandonneras les enfants, et, en échange, on prendra l'appartement... »

Pascal la laissait dire ; en fait, rêver... Il avait besoin de cette femme pour rétablir sa confiance en lui-même et supporter d'être pris pour un benêt par les deux autres ; mais il n'avait nullement l'intention de lier sa vie à la sienne. Une esthéticienne qui lui avait fait les ongles chez son coiffeur et à laquelle, il ne sait pourquoi, il s'était quelque peu confié... Maligne — son métier avait dû lui donner des notions de psychologie masculine —, la jeune femme en avait profité, sous prétexte qu'elle vivait la même chose de son côté (faux !), pour lui donner rendez-vous après son travail.

Commençant par jouer les consolatrices en même temps que les consolées, puis les maîtresses ambitieuses. Tellement classique !

Ce qui l'est moins, c'est la façon dont les choses ont tourné : Thierry a lâché Laure ! Plaqué, même, et durement, à ce que lui a appris le détective. La malheureuse aurait passé quelques après-midi à pleurer dans un salon de thé, se remaquillant à la hâte, avant de regagner le domicile conjugal.

Elle était si pâlotte, si silencieuse que Pascal avait fini par la prendre — la reprendre — dans ses bras. Pour s'apercevoir, ma foi, qu'elle lui plaisait plus que Marina...

Aurait-elle appris des « choses » au lit avec Thierry ? C'était possible et non sans saveur... Mais, à y goûter de plus près, il s'était aperçu qu'en fait, ce qui animait si bien Laure, c'était la colère ! Pascal l'avait perçu, sa femme avait été plusieurs fois sur le point de tout lui avouer, sans doute pour partager avec quelqu'un de proche la fureur qui s'était emparée d'elle à se faire balancer par son amant du jour au lendemain...

Les femmes sont irrationnelles !

Heureusement, elle s'était retenue — sinon, quel pataquès ! — et, pour se venger, avait imaginé mieux que la confession générale : racheter la maison de famille des Saint-Cyr !

Pascal n'avait pas compris tout de suite où Laure voulait en venir quand elle lui avait fait part de son projet, et en quoi s'encombrer de cette baraque, qu'il ne connaissait pas mais qu'il savait au diable, pouvait soulager la colère de sa femme.

Jusqu'à ce qu'il apprenne qu'en fait, Thierry et Giselle ne divorçaient plus, comme il en avait été question, mais refilaient à nouveau le parfait amour ! Du coup, ce n'était plus à Thierry que Laure en voulait, mais à Giselle qui avait récupéré son mari sans plus s'affecter qu'il l'ait trompée avec sa meilleure amie.

Ce qui signifiait, en toute logique, qu'elle s'en fichait royalement : donc, que Laure n'avait pas compté pour Thierry et n'existait pas aux yeux de Giselle.

Ah, vraiment ? Et bien, on allait voir ! Laure allait

lui souffler ses souvenirs d'enfance, ses racines, et quand Giselle apprendrait le sort que Laure réservait à sa maison, elle en aurait une attaque.

« Mais qu'est-ce qu'on en tirera, de cette baraque ? On n'a pas besoin d'une maison dans ce trou perdu !

— On commencera par la raser, et après, une fois les arbres abattus, on verra ce qu'on fera du terrain... »

Les vengeances de femme dépassent ce que les hommes sont capables d'imaginer. Heureusement pour eux !

Toutefois, il fallait son accord à lui, Pascal. Après quelques tergiversations pour la forme, il avait acquiescé. Il tenait à Laure, il venait de s'en rendre compte, et si reconquérir la paix de son ménage passait par cette lubie, ce n'était pas trop cher payer...

En route, donc, pour Saint-Valençay !

À vrai dire, lui aussi en voulait à Giselle : de ne pas avoir su conserver la haute main sur son mari. C'est vrai, aussi, se disait Pascal en conduisant à toute allure le *Cherokee,* si cette femme n'avait pas été aussi laxiste, rien de tout cela ne serait arrivé...

Il était juste qu'elle paie pour sa démission !

« Tu crois qu'on a raison de vendre ? On devrait peut-être la garder..., murmure Giselle après un silence songeur.

— Que veux-tu qu'on en fasse, de cette maison ? C'est une affaire réglée.

— Alors, pourquoi as-tu l'air soucieux ? »

Thierry et Giselle roulent eux aussi sur l'autoroute en direction de Saint-Valençay. Le notaire leur a demandé d'être présents à la vente publique de la maison, il y aura des actes à signer aussitôt après ; ainsi, le partage se fera plus vite.

« Votre frère ne veut pas venir et sa décision me semble sans appel... Au moins, qu'il y ait là deux héritiers sur trois. Si vous ne tenez pas à être dans la salle, vous pourrez attendre au café ; moi ou mon clerc, nous vous préviendrons du résultat. »

Au mot « clerc », Giselle a tiqué : va-t-il falloir qu'elle revoie Franck Gallaud ? La situation ne devrait pas être trop gênante, du fait que Thierry n'est pas au courant de son aventure. Les enfants auraient risqué de témoigner quelque familiarité au jeune homme, bien qu'elle ne sache pas ce qu'ils ont réellement compris, mais Alexis et Viviane ne les accompagnent pas. Quant à eux, ils rentreront le soir même.

Émilienne, elle, ne dira rien.

Si Giselle est tout à fait sincère, elle doit avouer que l'idée de vérifier ce que lui a dit Jean-Raoul la démange : sa sœur est-elle vraiment tombée à son tour dans les bras du jeune homme ? Giselle a du mal à y croire après ce que Franck avait laissé entendre sur l'absence de sex-appeal d'Émilienne... À moins que cela n'ait été que pour cacher son jeu, détourner son éventuelle jalousie ?

Ne lui a-t-il pas sorti, comme s'il parlait en général, qu'il ne connaissait rien de plus tortueux, de plus imprévisible que les rapports entre sœurs ? « Tout paraît aller parfaitement, elles sont complices, partagent leurs robes, leurs livres, des confidences, jusqu'au jour où surgit ce que j'ai envie d'appeler un pantalon — comme on dit *un jupon* quand il s'agit d'un groupe d'hommes. Alors là, les lions sont lâchés, ou plutôt les tigresses, et plus rien ne les retient : elles s'entre-déchirent ! »

« Est-ce que ça peut se passer ainsi entre Émilienne et moi ? » s'était alors demandé Giselle. Aucune discorde entre elles jusqu'à la mort de leur père. Sur le plan amoureux, elles n'ont jamais été rivales en dépit du fait qu'Émilienne, plus séduisante que Franck ne l'accorde, collectionnait les succès masculins. Avant de se marier avec ce benêt qu'elle a rapidement lâché. Des garçons qui, dans l'ensemble, ne lui plaisaient pas à elle, Giselle, ce qui fait qu'elle ne s'était pas trouvée en concurrence avec son aînée.

Après son veuvage, Émilienne s'est lancée à fond dans son travail, fréquentant un milieu d'universitaires qui les ennuyait, Thierry et elle, et qu'ils n'ont donc pas cherché à pénétrer. Et Giselle n'a plus su ce qu'il en était de la vie privée de sa sœur. D'autant plus qu'elle ne s'est pas remariée, ni mise officiellement en couple. Alors, qu'en est-il aujourd'hui d'elle et de Franck Gallaud ?

Pour une fois, la question de l'existence d'un éventuel amant de sa sœur l'intéresse ! L'agace, aussi.

C'est en arrivant devant la salle où doit avoir lieu la vente que Giselle, soudain, se raidit :

« Tu vois ce que je vois !

— Quoi ?

— La voiture, là, tu ne la reconnais pas ? »

Au tour de Thierry, de se figer :

« Ça n'est pas possible ! Écoute, ce doit être la même marque, c'est tout... Ce ne peut pas être eux.

— Avec le même numéro d'immatriculation ? Je le connais, depuis le temps, tu penses...

— Et qu'est-ce qu'ils feraient là ? Une coïncidence...

— Un peu forte ! Tu vas voir qu'ils sont venus pour nous narguer.

— Je n'en vois pas l'intérêt. Cela fait beaucoup de kilomètres pour assister à ce qui n'est pas une condamnation, mais une vente, c'est tout !

— Laure t'en veut à mort de l'avoir lâchée... Et de nous savoir à nouveau ensemble doit achever de l'exaspérer... Ça prouve qu'on s'aime et qu'elle n'a pas réussi à nous séparer ! Elle n'a été qu'une femme de passage... »

Elle n'ajoute pas « en somme, une pute », mais cela reste sous-entendu.

Thierry prend la main de Giselle, la baise :

« Oui, mon ange, nous sommes ensemble pour la vie. Personne n'y peut rien, et si cette garce est venue s'en assurer, elle en aura pour son argent ! »

C'est la première fois qu'ils parlent du rétablissement de leur couple.

« Tu crois que Pascal est au courant de ce qui s'est passé entre toi et Laure ?

— Pas la moindre idée... »

À peine sont-ils descendus de voiture, décidés à s'installer au café *Le Petit-Valençay,* selon les conseils de Me Baulieu, que Pascal et Laure, qui devaient les guetter, s'avancent vers eux :

« Bonjour, ça va ?

— Qu'est-ce que vous faites là ? lance aussitôt Thierry d'un ton rogue.

— Écoute, dit Laure, ça peut vous paraître bizarre, mais nous sommes venus pour éventuellement acheter.

— Ma maison ? s'écrie Giselle.

— Eh bien oui, nous avons pensé, Pascal et moi, que vous seriez plus heureux, ta sœur, toi et Jean-Raoul, si votre maison de famille tombait entre des mains amicales. »

Bien joué ! Comment lui répondre, en effet, sans dévoiler ce qu'on cherche à cacher : que Laure, pour Thierry et Giselle, n'est plus une amie, loin de là, même si Pascal ne le sait pas ? La colère de Giselle est d'autant plus forte : que cette femme, qui l'a trompée à son insu avec son mari, essaie maintenant de l'atteindre en s'emparant de sa maison, voilà qui est intolérable !

Elle va tout faire pour contrer une telle agression ! Les héritiers n'ont-ils pas un droit de préemption ? Mais Thierry et elle ne veulent pas se retrouver avec la maison sur le dos. Jean-Raoul non plus. Il reste... Oui, il y a Émilienne !

Puisque c'est ainsi, Giselle va favoriser Émilienne. Sa sœur, c'est quand même plus acceptable que la maîtresse, fût-elle « ex », de son mari !

Voici le notaire.

« Veuillez excuser mon retard, j'ai eu beaucoup de travail ce matin, mon clerc est brusquement tombé malade. »

La nouvelle commence par décevoir Giselle, puis la soulage. Elle est trop submergée par l'émotion et la nécessité de dissimuler pour encaisser un choc supplémentaire. N'empêche que cette fuite dans la maladie, de la part de Franck, relève de la lâcheté... À mieux y penser, son ex-amant lui fournit là un excellent motif de ne pas le regretter ! Si Émilienne en veut, de ce faiblard, c'est comme pour la maison : elle va le lui laisser de bon cœur...

Et c'est si agréable d'être en paix avec son cœur... On ne devrait songer qu'à ça !

« Maître, mon mari et moi désirons nous entretenir avec vous tout de suite. Avant la vente.

— Bien sûr, venez par ici. »

Dès qu'ils sont installés dans la pièce vide au fond du café, et sans même avoir consulté Thierry dont elle perçoit à la fois la colère rentrée et le consentement à ses décisions, Giselle déclare sans ambages :

« Je tiens à ce que ce soit ma sœur qui obtienne la maison, dussé-je en être de ma poche en ce qui concerne le partage.

— Vous êtes sûre ? Il y a des acquéreurs potentiels, et cette vente pourrait vous rapporter une somme tout à fait convenable, même si vous ne devez qu'en toucher le tiers !

— Une maison de famille doit demeurer dans la famille. »

Thierry, comme d'ailleurs le notaire, est stupéfait d'un pareil retournement, et il y a de quoi ! Giselle était tout à fait déterminée à vendre jusqu'à ce que Laure manifeste des prétentions sur « sa » maison. Déboutée en ce qui concerne son mari, son ex-rivale désire s'emparer du bien familial ? Quel scandale ! Hors de question...

« Bon, tant pis », laisse échapper le notaire.

Le « tant pis » est de trop, mais Giselle n'est pas en état de l'interpréter : en fait, il devait y avoir dans l'assistance un prête-nom chargé de racheter la maison pour le notaire en personne... Baulieu aurait commencé par la louer, avec le projet, d'ici une dizaine d'années... Mais déontologie d'abord : il se doit d'exécuter les ordres de sa cliente. Dire que cette sacrée Émilienne va voir se réaliser son vœu le plus cher. La chanceuse...

Mais il faut s'y faire : les histoires de succession, c'est comme les jeux de hasard. Quelqu'un qui ne s'y attend pas, qui se contente d'être là, finit par toucher le jackpot !

Me Baulieu en connaît plus d'un exemple, tantôt sympathique, tantôt tragique, voire même risible...

Un cousin éloigné, parfois un étranger bénéficient au dernier moment des jalousies et discordes familiales. Quand ce n'est pas une association de bienfaisance, les orphelins de la Police, la SPA, jusqu'à un chien, un chat, un cheval, que désigne pour héritier un testateur exaspéré qu'on lui manque de respect, ou blessé de se voir témoigner trop peu d'amour.

Ici, grâce à la fureur de Giselle contre Laure — un fait que le notaire ignore —, il ne va pas y avoir qu'Émilienne à hériter de la maison : il y aura aussi ce petit veinard de Mistigri !

Les deux femmes sont dans la cuisine, la pièce la plus conviviale de la maison, surtout depuis qu'Émilienne a fait percer dans le mur du fond une petite porte vitrée donnant directement sur le jardin, plus une deuxième fenêtre qu'encadre le rosier grimpant. C'est là qu'elle s'installe pour ouvrir son courrier, y répondre, corriger les épreuves d'un texte ou d'un autre. Tandis que Marthe s'affaire à ses épluchages, au linge, à l'astiquage des cuivres... Il y a toujours quelque chose à faire dans une maison aussi vaste, et quand l'une s'assoit dans la cuisine, l'autre s'arrange pour s'y trouver aussi.

C'est le moment des causeries sur tout et sur rien. Parfois sur l'essentiel.

« Lis donc ça, Marthe... La petite Viviane a envoyé une carte postale à Mistigri. Cela vient de Grèce. Elle lui dit qu'il n'aimerait pas, qu'il y a trop d'eau, trop de ciel, trop de chaleur, et pas de souris ! Ce doit être elle, la pauvre petite, qui le ressent pour son compte...

— Pourquoi que vous l'inviteriez pas à passer quelques jours à Saint-Valençay avec nous ?

— Marthe, tu sais bien que j'ai rompu toute relation avec Giselle ! Dans ces conditions, continuer à voir les enfants n'a pas de sens. Ça les mettrait en porte à faux.

— Je ne comprends pas que ça continue, votre brouille... Entre sœurs !

— Tu étais la première à me dire que Giselle se conduisait horriblement mal avec moi. Aurais-tu changé d'avis ?

— C'est qu'elle vous a drôlement aidée, pour la maison. Sans elle et le crédit qu'elle vous a cautionné, vous n'auriez jamais pu l'acheter.

— Je sais. Mais je n'ai pas avalé ce qu'elle m'a sorti après la vente au tribunal... Qu'il fallait tout de suite que j'en fasse la donation, à elle et à ses enfants, sinon je me comportais comme une voleuse... Quand on n'a pas de descendance, ressassait-elle, il faut penser à celle des autres... C'est tout juste si elle ne m'a pas demandé de mourir sur-le-champ pour qu'ils puissent hériter !

— Bof, c'est des mots...

— Qui font mal. Je n'ai ressenti aucune affection de sa part, aucune compréhension de ce qu'est ma vie. Aucun désir de me soutenir en quoi que ce soit...

— Alors, pourquoi vous a-t-elle favorisée, pour la maison ?

— Je me le demande encore... Je crois qu'elle ne voulait pas qu'elle sorte de la famille, et puisque Jean-Raoul avait dit que, s'il l'obtenait, il la vendrait aussitôt, il n'y avait que moi comme possible dépositaire. À condition que je me considère uniquement comme dépositaire, et agisse en conséquence...

— Pourquoi qu'elle vous a pas fait signer un papier avant la vente, comme quoi vous la lui légueriez ?

— Parce que ça n'est pas légal... Je l'ai appris par Stéphane Baulieu... On ne peut pas s'engager d'une façon définitive à léguer un bien... Ni à le donner.

— Et les testaments, ça sert à quoi ?

— On peut les révoquer à tout instant. Ne serait-ce qu'en rédigeant un papier écrit de sa main, devant témoin, aux toutes dernières heures de sa vie... De quoi faire trembler les héritiers potentiels !

— Si c'est le cas et si j'étais votre sœur, je vous en ferais, des léchades !

— Je lui suis reconnaissante de ne pas se conduire en hypocrite avec moi. »

En réalité, Giselle a essayé ! Quand Stéphane Baulieu les a rejointes au *Petit-Valençay* où Émilienne était venue, elle aussi, attendre les résultats de la vente à la bougie, dès qu'il a été dit que c'était Émilienne Saint-Cyr, faisant jouer son droit de préemption, qui acquerrait le bien au prix de la dernière enchère — celle de Laure et Pascal —, Giselle lui a sauté au cou.

« Que je suis heureuse ! On a gagné ! »

Émilienne a été surprise d'une telle effusion. Si sa sœur tenait tellement à ce qu'elle possède la maison, n'auraient-elles pas pu négocier le partage entre elles, hors tribunal et à moindres frais ? Il devait y avoir anguille sous roche, ce qui s'est révélé tout de suite après le départ de Me Baulieu, une fois le champagne bu.

C'est lui qui l'a apporté en leur proposant de se retrouver « chez Émilienne », comme il a dit, pour s'y réjouir ensemble de cette heureuse issue. Marthe, prévenue par un coup de fil, est venue rouvrir le maison qui ne l'avait été que deux ou trois fois, entre-temps, pour la faire visiter. Une charge dont la vieille femme s'était acquittée la rage au cœur. Ah, les commentaires des éventuels acquéreurs : et c'était trop petit, et c'était sale, et c'était délabré, et on entendait trop les cloches de la cathédrale, et il fallait tout changer, repeindre, retapisser, arracher les parquets pour mettre du carrelage, quoi encore ! Rien ne plaisait, à les entendre, et Mistigri, qui était venu passer son nez comme il fait toujours quand il y a de la visite, a même été accusé d'avoir laissé des odeurs...

Le pire a été la réflexion des amis de Giselle et

Thierry. Marthe, qui ne les connaissait pas, a su qui ils étaient en entendant leur nom : « On voit bien que le dernier propriétaire n'avait plus d'âge. C'est une maison de vieux... » Marthe en a pleuré, après leur départ :

« Une maison qui a vu passer les années, et même le siècle, est finalement plus jeune que ceux qui en médisent ! On verra où ils en seront, ceux-là, quand ils auront son âge !... »

En ce moment aussi, elle pleure, mais de joie. Émilienne est devenue la maîtresse des lieux ! Ce que Marthe n'espérait plus après un tel déploiement de haine entre le frère et les deux sœurs ! Qu'est-ce qui a bien pu se passer pour faire changer d'avis Giselle et qu'elle favorise l'achat de la maison par sa sœur ? En fait, il a surgi une haine plus forte, celle qu'elle éprouve envers Laure... Mais Marthe n'est pas au courant, et c'est de tout cœur, ce jour-là, qu'elle embrasse Giselle sur les deux joues.

Stéphane Baulieu aussi a l'air ravi.

Quant à Émilienne, elle semble ailleurs, comme si elle n'y croyait pas tout à fait.

C'est après le départ de Baulieu que les choses se sont gâtées. Marthe est repartie dans la cuisine rebrancher les appareils, le chauffe-eau, et elle les a entendues crier, toutes les deux. Jusqu'à ce que Thierry intervienne en déclarant que c'était des questions à voir plus tard ; Giselle et lui devaient remonter en voiture pour rentrer à Paris le soir même.

Qui a claqué la porte ? Ceux qui partaient, ou celle qui restait ?

Depuis, rien. Silence du côté de Giselle, et les deux femmes ont réemménagé et repris le courant de leur vie.

En fait, une autre vie, plus paisible.

Émilienne a demandé à Marthe de venir habiter chez elle, sans pour autant se séparer de sa petite maison — on ne sait jamais. Ainsi se tiennent-elles compagnie et la maison n'est-elle pas abandonnée — non plus que Mistigri — lorsque Émilienne doit rentrer à Paris pour son travail, ou se rendre ailleurs faire une conférence, assister à un congrès.

On n'a pas revu Franck Gallaud, seulement le notaire.

Stéphane Baulieu a fini par perdre sa sœur, laquelle était de plus en plus malade. Est-ce dû à sa soudaine solitude ? Il rend de plus en plus fréquemment visite à Émilienne.

Que se disent-ils ? Quand il est là, Marthe s'enferme discrètement à la cuisine, ou sort faire des courses, même s'il n'y a pas nécessité.

N'empêche que son imagination marche, et même galope !

« Il n'en aurait pas après vous ?

— De qui parles-tu, Marthe ?

— Mais de votre notaire...

— Stéphane ? Pourquoi dis-tu ça ?

— Il vient vous voir presque tous les jours, et pour ce qui est de vous inviter au restaurant, il y va fort...

— À propos, il m'a proposé d'aller déjeuner au bord de la mer, dimanche, et de faire une petite balade sur la côte. Nous serons absents toute la journée...

— Et c'est pour quand, les fiançailles ?

— Marthe, à nos âges, on ne se fiance plus, on...

— ... se marie ! tranche Marthe.

— Tu n'es qu'une midinette ! Ce n'est pas parce qu'un homme apprécie la compagnie d'une femme que cela doit forcément tourner au mariage... »

C'est pourtant bien le mariage que lui a proposé le notaire. Il y a deux jours !

Mais Émilienne ne tient pas à en faire la confidence à Marthe. Elle a encore besoin de réfléchir. L'homme ne lui déplaît pas, mais elle n'est pas amoureuse. Lui non plus, à ce qu'il semble.

Quand elle y repense — Baulieu a beau peser ses

mots, certains de ses propos trahissent le fond de sa pensée —, elle a le sentiment que ce qu'il cherche, c'est à s'établir.

Il l'est déjà, bien sûr, avec son Étude qui ne cesse d'accroître sa clientèle, mais un homme d'âge qui n'est pas en couple, dans une petite ville de province, n'a pas le même poids que s'il est marié. On peut d'ailleurs en dire autant d'une femme seule. Les gens redoutent on ne sait quoi des célibataires : qu'ils courent d'aventure en aventure, convoitent le conjoint de leur prochain, pervertissent les jeunes gens, en tout état de cause sèment le trouble !

Émilienne se tâte : elle a du mal à se voir dans le rôle de madame la notairesse ! En réalité, elle ne serait que la femme du notaire, mais n'est-ce pas un peu... lourdingue ?

Toutefois, quand elle pense à la tête que feraient sa sœur et aussi Jean-Raoul si le fait se produisait, une démangeaison la prend ! Un mari ainsi « situé » dans la société, voilà qui vous pose, et le fait que vous ayez ou non des enfants ne compte plus...

Bien sûr, il y a la maison ! C'est sur ce point que Baulieu s'est trahi à une ou deux reprises : s'il n'est pas amoureux d'Émilienne, il nourrit une passion pour son habitation... Comme il ne peut empêcher son esprit professionnel de fonctionner, il a éprouvé le besoin de lui expliquer qu'en ce qui concerne leur contrat de mariage, il serait bon qu'ils adoptent cette clause qu'on appelle « au dernier vivant » ! Macabre au premier abord, elle permet à celui qui survit à l'autre d'hériter de tous ses biens, sans contestation possible par d'autres héritiers potentiels. Et le maladroit d'ajouter :

« S'il vous arrive malheur, chère Émilienne, ce qu'à Dieu ne plaise, ne vous en faites pas, je ferais en sorte que la maison soit préservée.

— Et Marthe ?

— Pour ce qui est de Marthe, vous avez la possibilité de lui faire un legs qui assurerait ses vieux jours... »

Émilienne s'est alors demandé si c'était un contrat de mariage qu'il soumettrait à sa signature, au cas où elle dirait « oui », ou une sorte de testament. Les deux, peut-être ?

Après tout, si son père avait eu le courage de se montrer plus clair sur ce qu'il laissait à ses enfants, des drames et des séparations auraient pu être évités.

Mais pas sûr... Cela devait couver, entre son frère, sa sœur et elle.

D'ailleurs, si Émilienne veut bien s'avouer ce qu'elle éprouve aujourd'hui, c'est une libération ! Elle se sent beaucoup mieux depuis qu'elle ne les voit plus, Jean-Raoul comme Giselle lui renvoyant une image d'elle-même dans laquelle elle se reconnaissait de moins en moins... Non, elle n'est plus cette Emmy-là, timide sur certains points, trop rigide sur d'autres. Or son frère et sa sœur veulent continuer à la voir comme ils l'ont toujours connue. Peut-être pour se rassurer eux-mêmes ?

« On est mieux sans famille... », lui est-il arrivé de murmurer devant Baulieu.

Lequel a surenchéri :

« Si vous saviez le nombre de conflits de famille qui éclatent tous les jours dans mon bureau... J'essaie de les régler grâce à la loi... Ce n'est pas toujours possible, et certains se terminent en assassinats...

— Non !

— Si. Pour la plupart, il s'agit de meurtres moraux — je ne sais pas si je dois dire "heureusement" ! —, ce qui fait qu'ils échappent à la justice. Des vieux — mais aussi des moins vieux — qu'on enferme tout vifs dans des asiles ou des maisons de retraite, et qu'on dépossède de force... Je pourrais vous en raconter jusqu'à vous dégoûter de l'humanité, ma chère Émilienne...

— Alors ne le faites pas, s'il vous plaît, Stéphane ! D'autant que l'Histoire, celle dont je m'occupe, en est bourrée... On a trop tendance à penser que les Atrides, les conflits entre familles régnantes, les enfermements de pauvres petites princesses dans des couvents, dans des prisons comme la Tour de Londres ou la Conciergerie, relèvent du passé. Mais vous devez avoir raison, cela a encore lieu de nos jours !

— Mais n'existera pas entre nous, je vous le promets ! »

Stéphane a posé sa main sur la sienne à travers la table.

Émilienne, si elle s'interroge, n'en est pas si certaine. Que sait-elle de cet homme ? À peu près rien, sinon ce qu'il laisse transparaître... Que de coups fourrés sont possibles entre époux ! Tout autant qu'entre frères et sœurs, voire pis encore, puisqu'on partage en outre le même lit...

Elle devrait se méfier, ne pas se livrer pieds et poings liés. Pourtant, Émilienne sait qu'elle va accepter la proposition de Stéphane Baulieu : vivre, c'est se risquer ! Si on s'y refusait, aucun enfant ne viendrait au monde, et personne ne vivrait jamais avec personne... Que deviendrait l'humanité ?

Ce qu'elle va faire, c'est apprendre à se défendre. Avec la loi, et même sans la loi...

« Tu sais, Marthe, un jour nous ne serons plus là, ni toi ni moi, mais la maison continuera... C'est à elle que je dois penser.

— Vous êtes bien bonne ! Pensez à vous d'abord...

— Assurer la vie, ou plutôt la survie des choses qu'on aime, dans de bonnes conditions, c'est un devoir. Plus j'avance dans l'existence, plus j'en suis convaincue. Tu sais ce que je vais faire ?

— Je m'en doute : vous allez vous marier...

— C'est en effet possible, mais je vais d'abord planter un arbre dans le jardin. Il en manque un, dans le fond, c'est toi qui me l'as fait remarquer, je vais choisir un érable rouge, une espèce solide ;

comme ça, je le verrai grandir, mais je ne le verrai pas mourir. Cette idée me fait du bien! Cela doit être le fait de devenir vieille : on supporte de moins en moins bien de voir disparaître ce qu'on aime...

— Mais vous n'êtes pas vieille!

— Disons que je prends de l'âge. Je m'en aperçois, entre autres, à ce que je préfère au provisoire ce qui est susceptible de me survivre... C'est ce qu'ont fait les grands rois. Tiens, par exemple, dans la vallée du Nil : les pharaons ont avant tout bâti pour leur survie!

C'est ce qu'elle va demander à Stéphane Baulieu pour leur voyage de noces : qu'il l'emmène dans la Vallée des Rois!

Et puis, advienne que pourra! Après sa promenade à travers une civilisation multimillénaire, Émilienne sait d'avance qu'elle se sentira reliée non pas à telle ou telle personne, dans une fusion qui ne peut être qu'aléatoire (fût-elle fondée sur l'amour), mais à l'éternité.

Cette indivision-là lui paraît tout à fait supportable!

DU MÊME AUTEUR

Un été sans histoire, roman, Mercure de France, 1973; Folio, 958.
Je m'amuse et je t'aime, roman, Gallimard, 1976.
Grands Cris dans la nuit du couple, roman, Gallimard, 1976; Folio, 1359.
La Jalousie, essai, Fayard, 1977; rééd., 1994.
Une femme en exil, récit, Grasset, 1979.
Un homme infidèle, roman, Grasset, 1980; Le Livre de Poche, 5773.
Divine Passion, poésie, Grasset, 1981.
Envoyez la petite musique..., essai, Grasset, 1984; Le Livre de Poche, Biblio/essais, 4079.
Un flingue sous les roses, théâtre, Gallimard, 1985.
La Maison de Jade, roman, Grasset, 1986; Le Livre de Poche, 6441.
Adieu l'amour, roman, Fayard, 1987; Le Livre de Poche, 6523.
Une saison de feuilles, roman, Fayard, 1988; Le Livre de Poche, 6663.
Douleur d'août, récit, Grasset, 1988; Le Livre de Poche, 6792.
Quelques pas sur la terre, théâtre, Gallimard, 1989.
La Chair de la Robe, essai, Fayard, 1989; Le Livre de Poche, 6901.
Si aimée, si seule, roman, Fayard, 1990; Le Livre de Poche, 6999.
Le Retour du bonheur, essai, Fayard, 1990; Le Livre de Poche, 4353.
L'Ami chien, récit, Acropole, 1990.
On attend les enfants, roman, Fayard, 1991; Le Livre de Poche, 9746.
Mère et Filles, roman, Fayard, 1992; Le Livre de Poche, 9760.
La Femme abandonnée, roman, Fayard, 1992; Le Livre de Poche, 3767.
Suzanne et la province, roman, Fayard, 1993; Le Livre de Poche, 13624.
Oser écrire, essai, Fayard, 1993.

L'Inondation, récit, Fixot, 1994 ; Le Livre de Poche, 14061.
Ce que m'a appris Françoise Dolto, Fayard, 1994.
L'Inventaire, roman, Fayard, 1994 ; Le Livre de Poche, 4008.
Une femme heureuse, roman, Fayard, 1995 ; Le Livre de Poche, 4021.
Une soudaine solitude, essai, Fayard, 1995 ; Le Livre de Poche, 14151.
Le Foulard bleu, roman, Fayard, 1996 ; Le Livre de Poche, 14260.
Paroles d'amoureuse, poésie, Fayard, 1996.
Reviens, Simone, suspense, Stock, 1996 ; Le Livre de Poche, 14464.
La Femme en moi, essai, Fayard, 1996 ; Le Livre de Poche, 14507.
Les Amoureux, roman, Fayard, 1997 ; Le Livre de Poche, 14588.
Les amis sont de passage, essai, Fayard, 1997 ; Le Livre de Poche, 14751.
Un bouquet de violettes, suspense, Stock, 1997 ; Le Livre de Poche, 14563.
La Maîtresse de mon mari, roman, Fayard, 1997 ; Le Livre de Poche, 14733.
Un été sans toi, récit, Fayard, 1997 ; Le Livre de Poche, 14670.
Ils l'ont tuée, récit, Stock, 1997 ; Le Livre de Poche, 14448.
Meurtre en thalasso, suspense, Stock, 1998 ; Le Livre de Poche, 14966.
Théâtre I, En scène pour l'entracte, Fayard, 1998.
Théâtre II, Combien de femmes pour faire un homme ?, Fayard, 1998.
La Mieux aimée, roman, Fayard, 1998 ; Le Livre de Poche, 14961.
Cet homme est marié, roman, Fayard, 1998 ; Le Livre de Poche, 14870.
Si je vous dis le mot passion..., entretiens, Fayard, 1999.
Trous de mémoire, essai, Fayard, 1999 ; Le Livre de Poche, 15176.
L'Indivision, roman, Fayard, 1999 ; Le Livre de Poche, 14061.
L'Embellisseur, roman, Fayard, 1999 ; Le Livre de Poche, 14984.

Jeu de femme, roman, Fayard, 2000 ; Le Livre de Poche, 15331.
Divine passion, poésie. Fayard, 2000.
Dans la tempête, roman, Fayard, 2000 ; Le Livre de Poche, 15231.
J'ai toujours raison !, Fayard, 2000 ; Le Livre de Poche, 15306.
Nos jours heureux, Fayard, 2000 ; Le Livre de Poche, 15368.

Composition réalisée par EURONUMÉRIQUE

IMPRIMÉ EN ALLEMAGNE PAR ELSNERDRUCK
Dépôt légal Édit. : 29352-12/2002
LIBRAIRIE GÉNÉRALE FRANÇAISE - 43, quai de Grenelle - 75015 Paris.
ISBN : 2-253-15039-8

31/5039/8